本书为教育部人文社会科学研究规划基金项目
"新时期小说中的'乌托邦'想象研究"的结项成果。
项目批准号：13YJA751022

新时期小说中的乌托邦想象

The Utopian Imagination of The New Period's Novels

李雁 / 著

中国社会科学出版社

图书在版编目(CIP)数据

新时期小说中的乌托邦想象/李雁著. —北京:中国社会科学出版社,2015.10

ISBN 978-7-5161-6450-1

Ⅰ.①新…　Ⅱ.①李…　Ⅲ.①小说研究—世界　Ⅳ.①I106.4

中国版本图书馆 CIP 数据核字(2015)第 154791 号

出　版　人	赵剑英
责任编辑	郭晓鸿
特约编辑	席建海
责任校对	刘　娟
责任印制	戴　宽

出　　版	中国社会科学出版社
社　　址	北京鼓楼西大街甲 158 号
邮　　编	100720
网　　址	http://www.csspw.cn
发 行 部	010-84083685
门 市 部	010-84029450
经　　销	新华书店及其他书店

印　　刷	北京君升印刷有限公司
装　　订	廊坊市广阳区广增装订厂
版　　次	2015 年 10 月第 1 版
印　　次	2015 年 10 月第 1 次印刷

开　　本	710×1000　1/16
印　　张	14.5
插　　页	2
字　　数	226 千字
定　　价	56.00 元

凡购买中国社会科学出版社图书,如有质量问题请与本社营销中心联系调换

电话:010-84083683

目　录

序

　　《新时期小说中的乌托邦想象》是李雁的博士论文，在修改定稿之后由中国社会科学出版社出版。看到这部书稿，作为导师，我感到非常的欣慰，这是她攻读博士学位的一大收获，是她的辛勤努力与付出的结晶。

　　李雁在攻读博士学位之前已在高校工作多年，在科研方面已有了一定的积累。入校后她选择新时期小说中的乌托邦作为自己的博士论文选题，这个选题角度新颖，难度也很大，对她而言具有挑战性。从时间上来看，新时期文学已有了较长的历史，其时间长度已超过了现代文学三十年；从范畴上来说，新时期文学出现了众多的作家作品，其中许多作品与乌托邦有关，这意味着她要下大功夫来阅读大量的相关史料及作家作品；同时，乌托邦又是一个颇具形而上哲学意味的话题，要求研究者必须具备一定的哲学理论基础，这意味着她必须阅读相关的哲学理论著作。面对挑战，她没有退缩，而是知难而进。在经过广泛的阅读之后，她写出了论文的提纲，并顺利通过了博士论文开题。

　　乌托邦是一个非常有诱惑力的话题，在任何社会、任何时代都有乌托邦的身影，只不过其出现的方式不同而已。中国古人构建出了自己的乌托邦，无论是"大同世界"还是"世外桃源"无不体现出中国人对未来美好世界的向往；西方人也构建出了自己的乌托邦，无论是"黄金时代"还是"理想国"都呈现出西方人对未来美好世界的想象。相对而言，中国人对乌托邦世界的构建更具有世俗化色彩，而西方人对乌托邦世界的构建更具有形而上倾向，他们从理性的角度来论述乌托邦，因此西方关于乌托邦的相关理论著作非常多。随着中国的改革开放，西方的这些相关理论著作被翻译介绍到中国来，对新时期的文学创作与发展产生了重要影响。因此，要研究新时期小说中的乌托邦，必须了解西方乌托邦的相关论述。但新时期小说中的乌托邦又不完全是对西方乌托邦的照搬照套，它是在中国新时期的文化土壤上生长出来的，必然地带有中国自己的印记。这就要求研究者必须从理论上界定清楚乌托邦的范畴，搞清楚其内含与外延，既不能泛化，也不能窄化。乌托邦是一种带有终极意义的美好理想，是人类在困境中对未来的一种美好想象与向往，它表现在人类日常生活的各个方面；乌托邦不可能在短时期内成为现实，甚至根本就不可能成为现实，只能是一种形而上的存在，这样，它就与宗教、信仰之间发生了密切关系。从这一角度来说，乌托邦虽然看起来离我们非常遥远，但它与我们每个人的生活、生命息息相关。乌托邦是人类前进的灯塔，引导着人类从蛮野向文明进发，如果没有乌托邦，很难想象人类社会会是个什么样子。

"文化大革命"结束后，中国进入了改革开放的新时期，出现了新时期文学。当时的研究者从政治、社会、文化等角度切入研究新时期文学，归纳出了"改革文学""伤痕文学""反思文学""寻根文学""先锋文学"等文学现象，概括出了新时期文学的某些基本特征，这些术语也成为学术界在描述新时期文学时常用的词汇。随着时间的流逝，社会文化语境发生了变化，今天我们回过头来重新阅读新时期文学，会对新时期文学有新的感受和发现，也自然地会对已有的新时期文学研究提出质疑：目前已有的研究成果是否已概括出新时期文学的全部？已有的研究成果是否存在着局限性？新时期文学研究是否还有突破的空间？实际上，近几年学术界对20世纪80年代文学的回顾与探讨已不同程度地回答了这一问题。李雁选择从乌托邦的角度来探讨新时期小说，对政治乌托邦、乡土乌托邦、情爱乌托邦、语言乌托邦、宗教乌托邦进行了具体深入的分析，这样的研究避免了对"改革文学""伤痕文学""反思文学""寻根文学""先锋文学"的简单重复，从新的角度来回应以前的文学问题，对新时期小说做出了新的探索，有了自己的独特发现。她在大量阅读相关史料和作家作品的基础上对新时期小说中乌托邦想象的研究，视野开阔，史料翔实，作品分析具体细致，条理清晰，论述严密，得出的结论客观公允，在博士论文答辩时得到答辩委员会的一致好评，顺利通过了博士论文答辩并获得了博士学位。

乌托邦是人类历史上一个非常独特的精神现象，是哲学领域中一个复杂的理性命题，是文学创作领域中一个永恒的主题。新时期小说中的乌托邦想象一方面体现出了作家们对当时社会现状的不满，另一方面又呈现出作家们对未来社会的美好想象。新时期小说中所涉及的乌托邦问题非常复杂，有许多问题仍有进一步深入挖掘的空间，这就给李雁未来的研究提出了新的挑战，也给未来的其他研究者提供了研究空间。

中国进入改革开放的新时期之后，经济得到了快速的发展，百姓的物质生活得到了很大的提高，在经济化商品化的社会中，金钱成了推动社会向前发展的杠杆，人们纷纷向钱看，20 世纪 90 年代曾一度出现了全民下海经商的大潮，中国社会出现了物质文明与精神文明失衡的状态，在物质丰富的同时出现了精神贫乏的现象，在这样的文化语境中谈论精神仿佛成了另类，谈论乌托邦则更是一种奢侈。在一个市场化经济化的时代，乌托邦有什么意义？会对我们的生存与发展产生何种影响？这都是值得我们认真思考的问题。

在经济繁荣、物质发达的年代，在众声喧哗、浮躁难安的时代，静下心来研究学问尤其是研究小说中的乌托邦想象本身就是一种带有乌托邦性质的行为，李雁在博士毕业后仍潜心于乌托邦问题研究，在已有的基础上申请到国家社科基金项目"中西乌托邦小说的比较研究"，这将进一步拓展深化乌托邦问题研究，预祝她在这一研究领域取得更丰硕的成果！

吕周聚

2015 年 5 月 7 日

导　论

　　乌托邦就是梦想，它是社会的也是历史的，是群体的也是个体的，是物质的也是精神的，是意识的也是实践的，它根植于人类心灵和精神的深处，呈现出多种样态。它有时是理想，有时是空想，梦想既存在于现实之中，亦存在于现实之外。它是预设，亦是行动，又或是回忆与沉思，是那些生存于困顿、无望中的人深情遥望的彼岸，是神思缥缈、心游于外的美妙新世界。

　　中国传统文化中一直具有乌托邦想象，传统乌托邦包括儒家知识分子入世热情的现世实践理想、墨家的民间兼爱侠义理想、道家"出世"倾向的"桃源"理想，这几种倾向一直深刻影响着中国人的文化传统和社会实践。中国历史上，20 世纪是乌托邦精神高扬的世纪，既是中华民族苦难深重的世纪，也是中国人奋起斗争，争取实现民族独立、国家富强之梦想的世纪。乌托邦精神一直支持着奋斗中的现代国人。大致上说，前半世纪是在世界民族竞争中失败的中国人在黑暗中摸索、探求、挣扎的过程，其中充满着找寻真理、开辟道路的艰辛与寂寞；后半世纪则是中国人意气风发、建设新国度、开创新纪元的时期，现代人以饱满的热情试图把一种存在于语言符号中的理想展现在历史的图景中，其中包括着近代的资本主义革命和社会主义革命实践，也促使 20 世纪的社会实践和文学实践充满浪漫主义和英雄主义的色彩。既有举世瞩目的成就，也存在着因盲动、激进而导致的挫败，并在世纪末产生了反乌托邦的精神取向。与现代乌托邦相连的诸如"崇高"、"理想"、"进步"、"正义"、"美"等价值遭到质疑，而后现代的反中心、反本质、反理性等反乌托邦、反理想文化受到追捧。20世纪乌托邦由正极向负极的转化、演变蕴含着社会、文化、文学、人性的多重意义，也促使了本书的产生。

第一节　研究现状与研究内容

中、西乌托邦都有悠久的历史，但国内学界近20年来才对其加以重视。对乌托邦的研究，相关的研究成果近年来逐渐增多。据不完全统计，对CNKI中国期刊全文数据库及博硕士论文以及北大图书馆等资源进行检索，键入"乌托邦"后显示：相关书籍约有70部，相关的学术论文有200余篇，博士论文有30余篇，硕士论文有近200篇，数量庞大，内容丰富，涵盖哲学、社会学、历史学、文学等多个方面。综合起来，主要集中在以下几个方面：

首先是思想研究。从历史、哲学层面阐释乌托邦的概念、含义、特点和历史意义。相关的书籍有乔·奥·赫茨勒的《乌托邦思想史》、卡尔·曼海姆的《意识形态与乌托邦》、蒂里希的《政治期望》、诺齐克的《无政府、国家与乌托邦》、朱学勤的《道德理想国的覆灭：从卢梭到罗伯斯庇尔》、陈周旺的《正义之善：论乌托邦的政治意义》、施茂铭和林正秋编的《莫尔和他的〈乌托邦〉》、拉塞尔·雅各比的《不完美的图像：反乌托邦时代的乌托邦思想》、谢江平的《反乌托邦思想的哲学研究》、贺来的《现实生活世界：乌托邦精神的真实根基》、衣俊卿的《历史与乌托邦——历史哲学：走出传统历史设计之误区》、张康之的《总体性与乌托邦：人本主义马克思主义的总体范畴》、陆俊的《理想的界限："西方马克思主义"现代乌托邦社会主义理论研究》、陈正炎和林其锬的《中国古代大同思想研究》等。博士论文有张彭松的《社会乌托邦理论反思》、张伟的《詹姆逊与乌托邦理论建构》等。学术论文有张彭松的《"永不在场"的乌托邦——历史与价值之间的张力》、《马克思的实践观及其对道德乌托邦的超越》、张彭松和王雪冬的《乌托邦的内涵及其现代性审视》、张隆溪的《乌托邦：观念与实践》、《乌托邦：世俗理念与中国传统》、王振林的《"乌托邦"思维与普遍伦理》、董四代和杨静娴的《现代性、乌托邦与中国社会主义的历史和现实》、陈岸瑛的《关于"乌托邦"内涵及概念演变的考证》、谢永新的《乌托邦理想社会的文化底蕴》、李仙飞的《乌托邦研究的缘起、流变及重新解读》等。在这众多的成果中，多数论者一方面注意到乌托邦的空幻色彩，同时又高度肯定乌托邦在人类生活中的重要作用，认为乌托邦是指引人类向更完美世界前进的力量源泉，是激情、力量、信仰的融合，是人类一种非常宝贵的精神。张彭松和王雪冬在《乌托邦的内涵及其现代性审视》一文中提出："具体来说，乌托邦的社会理想应该包括以下具体内涵。首先，它是人的一种价值理想。作为一种双重性的存在，人不仅受到感官所接触到的事物支配，还会受到超验的想象启发，前者是形下的经验层面，后者则是形上的价值理想。……其次，乌托邦的社会理想开启了未来广阔的可能性空间。在现实社会中，人追求的目标往往是可以实现的可能性，然而，对于不能实现的可能性则视之为空想，这就把诸多虽然不可能但对人来说却至关重要的价值排除在外了。因此，人不但需要依靠现实逻辑来维持生存，更需要有超现实的逻辑来展开广阔的可能性空间，为人的存在提供丰富的选择机会。"[①] 王振林在《"乌托邦"思维与普遍伦理》中提出："'乌托邦'无疑是人的一种思维定式，这种思维定式所诉求的规范性与普遍有效性是人类理性使然。"[②] 他认为乌托邦是根植于人类内心的一种能力，呈现本体性存在。而进入现代社会，乌托邦并没有失去其功效，它仍然为人类未来开辟新的道路。而对社会主义实践来说，社会主义乌托邦运动尽管存在一些失误，但并不能就此否认其对历史的促进作用。董四代和杨静娴的《现代性、乌托邦与中国社会主义的历史和现实》中认为，"虽然毛泽东在社会主义实践中有过乌托邦思想，但如果把社会主义看做是一个现代化的过程，这种乌托邦则具有以道德理想抑制现代性分裂的诉求"。认为社会主义社会应该保持乌托邦所具有的批判和理想

———————

① 张彭松、王雪冬：《乌托邦的内涵及其现代性审视》，《广西大学学报》（哲学社会科学版）2005 年第 4 期。

② 王振林：《"乌托邦"思维与普遍伦理》，《吉林大学社会科学学报》2005 年第 45 卷第 2 期。

精神，"在社会主义现代化进程中，不是以现代性否定乌托邦的意义，也不是以乌托邦取代现代性，而是必须保持二者之间的张力。既然社会主义现代化还有许多未知的领域，还有可能出现一些挫折和困惑，因此，也就有必要形成一种理想追求精神。这种追求不是与科学社会主义对立的，而是作为民族文化从传统向现代转化中体现出来的一种精神力量，不断寻求社会变革的意义"①。

其次，作为一种人类意识，乌托邦思想自然地会影响文学。对乌托邦文学的研究，相关的研究成果有武跃速的著作《西方现代主义文学的个人乌托邦倾向》、周黎燕的博士论文《中国近现代小说的乌托邦书写》、顾韶阳的博士论文《理想与现实——乌托邦与反乌托邦作品中人性的揭示》、王一川的著作《语言乌托邦——20世纪西方语言论美学探究》，论文有李小青的《当代中国文学批评界对"乌托邦文学"的误读》、姚建斌的《乌托邦文学论纲》、《乌托邦小说：作为研究存在的艺术》、刘欣的《中西小说缺类比较之乌托邦小说研究》、李志斌的《欧洲文学的乌托邦情结》、孟二冬的《中国文学中的"乌托邦"理想》、张全之的《文学中的"未来"：论晚清小说中的乌托邦叙事》、胡全章的《晚清乌托邦小说的主题特征》、耿传明的《清末民初"乌托邦"文学综论》、《清末民初乌托邦文学的类型、源流与文化心理考察》、周均平的《审美乌托邦研究刍论》、马治军的《文明转向与文学的乌托邦精神》、魏韶华的《论老舍与乌托邦之精神关联》、方维保的《乡土乌托邦的破毁与重建——解读〈边城〉》、郝瑞芳的《乡土乌托邦的追寻——比较沈从文与黄春明的"乡土世界"》、陶国山的《文学的乌托邦抑或政治的乌托邦》、刘新锁的《"道德理想国"的建构与个体自由伦理的消泯——"十七年文学"的伦理脉络》等。他们或从整体上论述乌托邦文学的特点，或取特定阶段的文学现象，或对作家进行独立研究，或进行中西比较研究，都取得了一定的成就。但与西方乌托邦研究的繁盛相比，仍然不够深入。姚建斌在《乌托邦小说：作为研究存在的艺术》谈到这种现象："长期以来，作为西方文学史上重要文学现象的乌托

---

① 董四代、杨静娴：《现代性、乌托邦与中国社会主义的历史和现实》，《天津师范大学学报》（社会科学版）2008年第1期。

邦文学，尤其是乌托邦及反乌托邦小说没有受到应有的重视，这种情况在中国尤其为甚。这在一定程度上既遮蔽了我们对西方文学史整体景观的了解与鉴赏，也阻隔了我们获得有价值的文学思想资源的可能性。"① 这其中的原因是多方面的，很大的原因在于中国由于历史原因而造成的对乌托邦的误解，可以说"乌托邦"的空想性被认定是历史的产物，特别是马克思的科学社会主义产生之后，之前的社会乌托邦思想就被赋予空想性，其所蕴含的意义被一种单一的思维所限制，没能得到更深入的挖掘剖析。新时期后思想解放的热潮逐渐打破了传统思维的局限，但总起来讲研究成果还不够全面。

最后，就是新时期乌托邦文学研究，也较为薄弱。相关的论文有付衍清的《聚沙成塔的乌托邦——从西川看"知识分子写作"的极境与绝境》、罗玉成的《论当代文学中的理想主义精神及其流变》、谢有顺的《革命、乌托邦与个人生活史——格非〈人面桃花〉的一种读解方式》、吴晓东的《中国文学中的乡土乌托邦及其幻灭》、曾平的《乌托邦的终结——评张炜的长篇小说〈刺猬歌〉》、莫显英的《反乌托邦写作及其后现代文化品性——论当前诗歌精神的一种向度》、农为平的《寻梦者的歌唱——诗人顾城的"童话情节"分析》、刘俐俐的《构筑当代精英文化乌托邦的歌者——马丽华创作论》、田智祥的《由社会乌托邦的营造看金庸武侠小说的人文关怀》、洪治纲的《寻找理想生命的聚光——叶文玲和她的创作》、贺绍俊的《最后的浪漫主义革命者》、金秋的《乌托邦情结的消解——中国"后新时期"文学创作的一种精神向度及其文化品性》、王鸿生的《反乌托邦的乌托邦叙事——读〈受活〉》等。硕士论文有张立的《论新时期小说中的桃源叙事》、卢逍遥的《论阎连科小说的乌托邦叙事》、卢丽华的《"民间"烛照下的个体生存与群体乌托邦——二十世纪九十年代小说创作中的一种倾向》、刘辉的《爱情乌托邦的神圣诉求与悲剧性幻灭——试论张洁婚恋小说的爱情观》、吕保军的《余光中诗歌乌托邦论》等。大多数研究集中于个别作品的研究分析，把乌托邦文学作为一种思潮进行整体研究的还较

① 姚建斌：《乌托邦小说：作为研究存在的艺术》，《北京师范大学学报》（社会科学版）2003 年第 2 期。

少，还缺少系统全面的论文。总起来讲，乌托邦文学的研究还不够充分，特别是新时期研究更为薄弱。

在研究成果上，一般而言，多数的研究关注传统与现代的差异性，表现在现代文学研究上，就是把现代文学视为一种与传统割裂的现象，或者把现代文学的发展视为对西方文学和苏联文学的模拟。表现在当代文学研究中，对 20 世纪 80 年代初期的作品强调其与新中国成立以后的社会主义文学话语的不同，对具有现代主义和后现代主义倾向的作品，特别强调其对 80 年代初期文本的反叛性，而相对忽视了文化本身的惯性存在和现代生存环境的复杂性以及文学现象的多样性。我认为：从 19 世纪至 20 世纪，中国进入了一个现代化的转型时期，其过程是复杂而动态多维的，存在着经济、政治、文化多种因素的交相激发。整个 20 世纪的文化转型大致有几个关键性的阶段：近代的西风入侵后的文化觉醒、"五四"时期的激进的文化启蒙、30 年代以降的无产阶级文化的勃兴、80 年代的启蒙复兴、90 年代的后现代文化思潮的兴起。新时期是一个非常重要的时期，其文化发展是在政治性、民族性、现代性、全球性等多元因素交融的错综复杂的历史语境下进行的，是继承与变革、反叛与皈依、整合与分裂、统一与悖论的存在体。

新时期文化启蒙的勃兴具有反叛性。它是在社会主义乌托邦实践的反思中开始的，对革命主流意识形态的怀疑、质询引发文学否定批判精神，知识分子开始重新思考中国现代化的旅程，重新定义现实和理想。新时期的文化启蒙具有反叛性、个人性，包含着个体意识、世俗精神、生存感受的再认识。其中的一个重要特征就是传统理想精神的式微与世俗精神的勃兴。传统的由实践、道德、理想、崇高、英雄、恒定、静态、稳定构成的高蹈世界受到感性、本能、欲望、世俗、动态、偶然、变化世界的冲击，乌托邦小说从内容到形式开始了嬗变。新时期乌托邦小说中表现了几种探索类型：一是从政治的角度切入现实，继承现代政治乌托邦理想，代表文本为新时期的一部分伤痕、反思、改革、知青叙事。二是从文化视点的整合展望。知识分子试图重塑现代文明，从民间、宗教立场改造现代文明。新时期的历史塑造从社会实践转向民族的文化重塑，疏离政治角度，而从意识、精神领域对理想与现实、个人与集体、物质与精神、理性与感性、欲望与生存关系开始新的观察与定义。代表类型为乡土乌托邦、宗教乌托邦叙述。三是个人主义立场的乌托邦想象。随着个体意识、女性意识的觉醒，一部分作家特别是女性作家对社会与个人等关系开始重新思索。两性伦理中的爱情进入当代文化空间，爱与性、爱情与道德、爱情与自由、物质与精神、肉体与灵魂、理想与现实等多重因素纠结缠绕，形成一股短时期的爱情乌托邦热潮。它蕴含着现代人寻找自我、实现自我的艰辛精神旅程。四是语言乌托邦思潮。新时期后由于市场经济的兴起，在文化领域内形成一种激进主义的思潮，对传统价值全面否定、对现代文明加以质疑，随之而起的后现代主义思潮也涌入中国，现代的理性主义、一元本质论受到质疑，当代进入众声喧哗、潮起潮落的多元价值空间系统中。思想界价值的多元性导致文学的边缘化，乌托邦精神表现出新的特点，由一元到多元、由社会到个人、由实体到精神存在，乌托邦在复杂多元的全球化语境下继续发展，呈现出复杂混沌动态的趋势。

新时期文学又蕴含着乌托邦精神，意识层面反叛下又隐藏着理想主义精神的内核。80 年代初期的乌托邦文学与 30 年代以降的社会主义政治乌托邦文学具有同质性、承继性。伤痕文学、反思文学、改革文学主要从政治层面对现代化进程进行再认识，并且承继了社会主义乌托邦中的某些内容，如对历史进步的信仰，以及民粹主义的价值建构，对政党、人民保有正义，对改造历史、创造历史持有充分信心，表现出乐观主义和英雄主义的精神气质。80 年代中期以后由于市场经济的兴起，政治乌托邦热情减弱，进步的历史哲学与英雄神话开始破灭，乌托邦转入新的层面，由一元向多元转移，向社会生活的其他层面扩展。先后出现了乡土乌托邦、爱情乌托邦、语言乌托邦、宗教乌托邦等形态。乡土乌托邦站在民间伦理文化的立场建筑理想人生和美好人性，在他们的文本中，乡土具有了精神家园的永恒意义，负载了作家对理想的社会和人格的想象；爱情乌托邦则提出了一种浪漫的爱情宣言，他们站在个人立场上建造私己的天地。他们的爱情书写，寄托了创作者对和谐、美好、纯净、优美的两性关系的期待。在他们的话语中，爱情具有了精神家园的永恒意义；语言乌托邦以语言为载体，寄托创作主体的自由追求和理想人生；还有一部分作家显示出宗教乌托邦精神，以宗教伦理想象理想生命形式。这其中既蕴含着对传统乌托邦的扬弃，又包含有传统乌托邦元素，如对完美世界的向往、对善的憧憬、对超越的追求，呈现出复杂多样的形态模式。

本书主要借助于文化研究和审美研究方法，包括社会历史研究、文化研究、叙事学研究等理论，对作品进行文本细读和比较阅读，对乌托邦文学的文化内涵和文学内涵做综合研究。

本书的内容为新时期乌托邦文学，研究对象选取新时期文学中具有乌托邦精神的小说文本。从总的趋向来看，80年代、90年代文学中的乌托邦精神较为浓厚，90年代以后随着社会生活的转型，市场经济所形成的物质主义和金钱崇拜成为时代主潮，乌托邦热情衰落，反乌托邦倾向严重，因而研究对象以80年代、90年代的小说文本为主，主要分为五类。

第一类为政治乌托邦小说。政治乌托邦指的是一种政治理想主义思潮。它以政治优化作为改进社会的关键，认为政治制度是完善人性、保证社会正义的核心要素。因而致力于革命，主张政治力量和社会结构的全面更新。20世纪兴盛的革命浪潮大多以此为本，它既包括资本主义的革命理想，也包括社会主义的革命理想。政治乌托邦思潮渗入文学，形成政治乌托邦文学。左翼文学、抗战文学、解放区文学、新中国成立后的社会主义文学形成20世纪社会主义政治乌托邦文学的主脉。新时期前期的一部分小说仍然延续政治乌托邦立场，如伤痕文学、反思文学、改革文学，相关作家有王蒙、刘心武、鲁彦周、高晓声、张弦、张一弓、李国文、周克芹、张贤亮、丛维熙等。

第二类则为乡土乌托邦小说。乡土乌托邦是中国现代化进程的产物。现代化、城市化、市场化的浪潮激发了社会固有的矛盾，城市与乡村、物质与精神、生态与发展、传统道德与现代价值观念之间都出现了极其尖锐的冲突。在诸种冲突对立中，一部分作家把恋念的目光转向民间乡土野地，他们在乡土大地上建造了一个理想家园，描摹乡土大地上相亲相爱的伦理感情以及朴素平实的乡间生活，鸣奏一曲乡野赞歌。相关作家有汪曾祺、阿城、贾平凹、迟子建、阎连科、李佩甫等。

　　第三类为爱情乌托邦小说。爱情作为一种人际结构，伴随着时代的变化而变化，新时期后中国人逐渐疏离了集体而转向较为狭窄的家族、家庭结构之中，试图建构一种脱离世俗的较为自我的纯粹私人空间，描摹一种浪漫的爱情，相关作家有张抗抗、张洁、陈染、黄蓓佳、海岩等。他们为现代人寻找到一个崭新的生存空间，它狭小而亲密，自由而孤绝，它为现代人提供了一个短暂的栖息地。

　　第四类为语言乌托邦小说。语言乌托邦是后现代思维的产物，是传统乌托邦思维陷入绝境后对理想的新探索。语言意味着虚拟的新世界，它并非存在于现实的世界之内，而是生存于语言与幻想之间。它背离生活，与生活对峙，它维护了乌托邦的叛逆与憧憬，实现了真实的自我。相关作家有陈染、林白、残雪、虹影、斯妤等，他们借助语言建造了一个想象中的天堂，在语言的舞蹈中放纵舒展被现实压抑的灵魂，建立了一个由语言所建筑的理想世界，显示了乌托邦精神新的特征。

　　第五类是一批具有宗教背景的作家，在他们的创作中表现了宗教乌托邦精神。宗教与乌托邦有密切联系，它所构想的"天堂"曾经昭示人类的渴望与热情。而新时期宗教文化开始释放活力，它以神性的世界启示世俗泥沼中堕落的灵魂，引领人类克制欲望，寻找内心的完美。相关作家可以分为两类，一类是有佛教背景的阿来、扎西达娃、次仁罗布等作家，一类是具有伊斯兰教背景的张承志、王树理、石舒清、查舜等作家。宗教乌托邦文化对他们的影响主要体现在两个方面：一是对世俗苦难的感知，一是对超世俗的神性世界的向往。他们所憧憬构想的完美世界融合了宗教的因素，显示出超凡脱俗的美。

第二节　乌托邦概念与形态

　　乌托邦是中西方思想史和文学史上的一种普遍现象。"乌托邦"一词产生于 16 世纪，随后，乌托邦思维模式、叙述模式影响了一大批人，产生了一大批乌托邦文本。乌托邦自产生起便开始影响人类的社会生活和精神生活，乌托邦渗透进入文学领域，则产生了大批蕴含乌托邦精神的文学作品。乌托邦渗透进入实践领域，则产生了革命思潮和运动，极大地改变了人类历史的进程。

一

1516 年，英国人文主义者莫尔在《乌托邦》中首次提出了"乌托邦"一词。乌托邦由希腊文的 ou（"没有"之意，又一说为"好"之意）和 to-pos（地方）组成，其原意是"乌有之乡"，莫尔用来描写一种尚不存在的理想社会形态。其后，莫尔的精神倾向与话语模式影响了一大批人，17 世纪，西方先后产生了培根的《新大西岛》（1623 年）、康帕内拉的《太阳城》（1623 年）、哈林顿的《大洋国》（1656 年）等乌托邦言说文本，逐渐形成了以理性、自由、平等、和谐、统一为价值中心的近现代西方乌托邦思想。19 世纪，圣西门、傅立叶等西方社会主义乌托邦思想家和革命家等沿着早期乌托邦的思想旅程继续发展，形成西方社会主义乌托邦潮流。19 世纪后，马克思主义在批判继承近代乌托邦的基础上提出了科学社会主义。马克思的科学社会主义产生以后，采用二元对立的简单模式把马克思之前的社会主义，包括莫尔以及之后的圣西门等思想成果视为"空想"社会主义，以之与马克思等的"科学"社会主义相区别，并在欧洲、亚洲掀起了社会主义乌托邦运动的高潮。但值得玩味的是，无论是现代民主乌托邦还是社会主义乌托邦，在其实践过程中都遇到诸多困境，引发了现代性信仰危机。现代性内在危机日渐严重，现代的价值观念如人文中心论、理性主义、科学精神遭到普遍质疑。随着后现代主义哲学的兴起，乌托邦伴随着现代性理性乌托邦、科学乌托邦和民主乌托邦的整体衰落而消失了其耀眼的光芒。乌托邦逐渐式微，人类历史进入了后乌托邦、反乌托邦的转折时期。

乌托邦产生以后引发不同反应。大致说来，从莫尔的《乌托邦》问世以后，人们对"乌托邦"就产生了两种态度，赋予其特定理性认知和别样的感情色彩。一种是略带贬义的消极态度，把"乌托邦"视为不切实际的幻想。乌托邦在早期使用中往往具有贬义色彩，几乎与"空想"同义。人们认为"乌托邦主义"就是一种不切实际的空想、幻想，它是一种与实际生活相背离的、没有实现条件的荒诞奇思。20 世纪后一批哲学家开始重新定义乌托邦，以积极态度看待乌托邦，把它当作理想的同义语，指代一种与现实不同的指向未来的憧憬和期待。理想归根结底属于人类的意识领域，是人类对未来世界的设想，是对未曾经历和体验的生活的预先设定。这种设定可能会实现而成为现实，也可能不能实现而沦为空想，而空想和理想的区别就在于意识与现实接近的程度。人们通常把能够实现的、有一定条件的想法、憧憬视为理想，而把一些没有实现条件的想法当作空想。托尔斯泰就曾明确指出："理想要能成为理想，只有当它在人们的思想中成为有可能实现的时候，当他在无限远的未来可以实现的时候，并且有无限的可能接近它的时候。"① 我们认为，乌托邦具有多重含义，也具有多种指向。一方面它具有空想的成分，因为它所设想的完美世界往往被历史实践证明具有虚幻性或矛盾性，是不可能完全实现的；但乌托邦也具有理想的成分，它的一部分也在转化为现实或转化为价值认识。正像哈贝马斯所言："许多曾经被认为是乌托邦的东西，通过人们的努力，或迟或早是会实现的，这已经被历史所证实。"② 即便不能完全实现，它所弘扬的价值也往往具有标向作用，因为乌托邦所憧憬的原则往往具有普世价值，它符合人类的内在需求，凝聚了人类对公正、合理、正义、善性的社会秩序的寻求与肯定，闪耀着恒久的美的吸引力。

二

乌托邦一词虽然是在 16 世纪产生的，但蕴含其观念和价值的想象并非肇始于彼时彼刻。如果"乌托邦"之意为对理想社会形态的想象，那么人类对于理想社会形态的想象从人类早期时候就存在了。美国学者乔·奥·赫茨勒研究乌托邦时主张把乌托邦的出现延伸至柏拉图之前的先知们，他认为所谓的乌托邦是指"依靠某种思想或理想本身或使之体现在一定的社会改革机构中以进行社会改革的思想"③。这样近代以莫尔为先驱的社会主

① ［俄］列夫·托尔斯泰：《克鲁采奏鸣曲》，草婴译，上海文艺出版社 2003 年版，第 122—123 页。

② 章国锋：《哈贝马斯访谈录》，《外国文学评论》2000 年第 1 期。

③ ［美］乔·奥·赫茨勒：《乌托邦思想史》，张兆麟等译，商务印书馆 1990 年版，第 4 页。

义乌托邦只是有史以来众多乌托邦的一种形态，是具有人文意识的知识分子在近代资本主义兴起时对社会矛盾、弊端的积极思考，与当时的哲学人文知识和科学水平密切相关。有学者说："托马斯·莫尔能在一五一六年写成《乌托邦》，不仅有文艺复兴和宗教改革为条件，而且有地理大发现及其所引发的对遥远新世界的兴趣为背景。"① 莫尔的论说既反映了当时先进的人文思想和对新型的公有制经济制度的超前思考，也暴露出其贵族身份所导致的思想的虚幻性和妥协性。也就是说，近代的乌托邦社会主义是一种历史性存在，它是社会发展到一定历史阶段的产物，在它的背后，实际上反映的是存在于人类历史上的一种普遍性的现象，即基于对现存社会秩序不满而产生的改变的冲动。

乌托邦作为人类意识形态的一种，不同时期由于不同的历史环境和文化基础，这种乌托邦冲动的内容、形态、结构、方向、实现途径以及转化为行动的能量方面存在着很大差异。近代以来西方社会面临巨大的转变，从中世纪封建制度向现代社会转变，这种转变造成思想文化方面的大的混乱与分歧，各种观念、价值都发出声音，都有应和者加以响应或否定，因而在变革社会制度、寻求更完善的生活秩序的乌托邦热情的引领下，产生了内容、价值取向不同的乌托邦形态。对于历史上的乌托邦形态，西方乌托邦研究者的成果比较丰硕。美国学者赫茨勒把乌托邦泛化，把历史上对现存制度不满而引起的对完美社会的想象都归之于乌托邦，他的《乌托邦思想史》一书从时代和性质方面分析了西方有记载以来的乌托邦形态，包括公元前以色列的阿莫斯、霍齐亚等知识分子的思想，赫茨勒称之为伦理乌托邦；基督教的天国和耶稣的乌托邦以及柏拉图的乌托邦思想，随后逐一分析了西方近现代的乌托邦思潮。德国的研究者卡尔·曼海姆的研究立场与此相近，他在《意识形态与乌托邦》对西方现代的乌托邦类型作过研究。他把乌托邦分为四种类型：第一种是千禧年主义。这是一个来源于基督教的千年梦想王国，认为耶稣基督将再次降临人间，人类世界的最终阶段会出现一个完美的王国。第二种

---

① 张隆溪：《乌托邦：观念与实践》，《读书》1998 年第 12 期。

是自由主义和人道主义的乌托邦思想。第三种是保守主义的乌托邦思想。第四种是社会主义和共产主义的乌托邦思想。这种分类与西方近代以后社会历史的发展历程密切相关。西方现代乌托邦的共同点在于对封建制度的否定，这成为西方现代乌托邦的共同的思想基础，但在对新的完美制度的想象方面，他们有着巨大的差别。而现代乌托邦的不同精神内涵都影响了西方现代生活秩序。

　　中国的乌托邦现象较为复杂。英国学者库玛1987年出版了《近代的乌托邦与反乌托邦》，其中有一个重要的论断："现代的乌托邦——文艺复兴时代欧洲发明的西方现代的乌托邦——乃是惟一的乌托邦。"[①] 库玛的乌托邦研究主要针对西方现代乌托邦，因而他所定义的乌托邦概念极为狭窄，大多数的研究者则采取一种较为宽泛的乌托邦概念。张隆溪就认为："从文学创作方面看来，中国也许不能说有一个丰富的乌托邦文学传统，然而如果乌托邦的要义并不在文学的想象，而在理想社会的观念，其核心并不是个人理想的追求，而是整个社会的幸福，是财富的平均分配和集体的和谐与平衡，那么，中国文化传统正是在政治理论和社会生活实践中有许多因素毫无疑问具有乌托邦思想的特点。"[②] 从这种概念考察，中国乌托邦现象也源远流长，中国存在着乌托邦思想的渊源。陈正炎和林其锬撰写的《中国古代大同思想研究》把古代的大同思想分为六个类型：一是怀古主义的向后看的道家思想，二是宗教中存在的社会构想，三是政治家和改革家实施的社会方案，四是文学家的大同想象，五是具有空想社会主义实践的社会实验，六是农民革命中的朴素的"均贫富"、"等贵贱"的大同思想。这种分类稍显烦琐。我认为，从儒家的"大同"理论和老子的"小国寡民"开始，中国开始了乌托邦的言说。传统的乌托邦具有浓重的人间性，儒家的"大同"思想充满现世热情，它指向社会的政治实践和伦理实践，它的乌托邦理想是在历史实践的过程中得到拓展与纠正的；而老子的"小国寡民"、庄子的"逍遥游"则具有超脱性，指向自然、自由的世界。关于理想世界的构想，两者尽管在具体的构想中存在差异，但在思维和价

---

①　转引自张隆溪《乌托邦：观念与实践》，《读书》1998 年第 12 期。

②　张隆溪：《乌托邦：世俗理念与中国传统》，《山东社会科学》2008 年第 9 期。

值层面上存在相通之处，即把理想世界的建构指向现实世界，而非宗教的超验世界。近代以后，封建制度崩溃，西方各种思潮进入中国，中国在西方文化的影响下开始探索现代的民族国家制度。西方的现代乌托邦思想影响了中国，西方的自由主义和人道主义的乌托邦思想、社会主义和共产主义的乌托邦思想都影响了中国。在思想领域形成了几个不同类型的乌托邦，并形成近现代乌托邦的高潮。特别是社会主义和共产主义的乌托邦思想，成为 20 世纪的主潮，极大地影响了中国现代化的进程。

三

从乌托邦的性质上看，乌托邦先后有三个层面的活动，显示了乌托邦演进的内在逻辑。第一个是社会科学层面。早期的文本按照现代的学科体系看都属于哲学或社会学范围。乌托邦思想家是从政治、社会、文化、制度等方面思考理想社会生活的图景，他们基于所处的历史发展程度，针对当时所面对的现实问题，从哲学和社会学的角度研究问题，提出了乌托邦设想。像英国的莫尔、弗朗西斯·培根、意大利的康帕内拉以及 19 世纪法国的圣西门、傅立叶等乌托邦思想家，他们研究理想社会的组织、制度、运行、结构，勾画统一普遍的社会蓝图。第二是文学层面。乌托邦作为人类的一种意识形态，必然会向意识的其他领域渗透，特别是文学，因为文学是人的生存的反映，人的生存困境、人的超越的梦想、人的价值美学会自然地外化于文学话语中。乌托邦文学通常指蕴含着乌托邦精神的作品，反映着人类对理想社会、理想人性的构想。乌托邦文学是乌托邦精神在审美中的反映。西方乌托邦的创作历史久远，出现了众多的作品，"在欧洲文学史上，许多作家都在自己的作品中表现过乌托邦思想，从古希腊'喜剧之父'阿里斯托芬的剧本《鸟》开始，后来又历经托马斯·莫尔、康帕内拉、摩莱里、伏尔泰、孟德斯鸠、歌德、巴尔扎克、哈代、车尔尼雪夫斯基、乔治·桑和雨果等欧洲作家的创作，欧洲文学的乌托邦情结得以生成与拓展"[①]。中国的乌托邦文学虽没有西方文学那么丰富，但古代也有

①　李志斌：《欧洲文学的乌托邦情结》，《外国文学研究》2001 年第 4 期。

"大同社会"、"小国寡民"、"桃花源"、"海人国"等乌托邦想象。而近代以后则出现了一股创作高潮，出现了一大批科幻类乌托邦小说。近代乌托邦文学不仅反映了现代中国人的强国之梦，书写了现代人的爱恨情仇，也参与了现代中国的建立，"它是'五四'新文化运动和新文学产生的直接源头，是中国现代性文化与文学的开路先锋，它所代表的精神、心态、观念深刻地影响了 20 世纪中国的历史、文化、文学的走向"①。第三是社会实践层面。乌托邦从思想、文学转向社会政治实践层面，从灵动飘浮的主观意识领域转向客观物质领域。乌托邦是一种价值、意识，它在某些情况下就会转化成行动的力量，焕发出改变现实、重整江河的内在热情，"一旦乌托邦成为现实社会意识，它便会从理论与道德思想的领域渗透到实际思想感情领域并主宰人的行为"②。当乌托邦思想家把存在于观念意识内的对理想社会的设想付诸行动时，乌托邦就从内在、主观的层面转向社会历史实践，形成乌托邦运动热潮。近代以后中国先后有资本主义和社会主义的革命实践，都伴随有乌托邦思想、乌托邦文学的摇旗呐喊，三者互为倚靠，戮力并行，塑造了现代中国的历史形态。

可以说历史上，在不同的时期既有乌托邦思想家和文学家站在不同的立场上进行乌托邦言说，形成了不同的话语模式，在实践领域也存在着较长历史的经验，反映着特定时期人类对人以及社会的根本看法，体现了不同历史阶段的哲学思考和价值取向。

第三节　乌托邦精神

乌托邦在中外历史上源远流长，创造了令人瞩目的思想成就和文学成就。在历史上诸多形态各异的乌托邦言说的深层，起决定作用的实际上应该是一种精神。按照马克思的辩证法，物质决定着人类的意识，意识也反作用于物质。人是在物质生产活动和社会生活中逐渐形成一整套思想意识和行为规范，以适应于人类内在的需要和要求。这一整套的思想意识和行

①　耿传明：《清末民初"乌托邦"文学综论》，《中国社会科学》2008 年第 4 期。
②　王振林：《"乌托邦"思维与普遍伦理》，《吉林大学社会科学学报》2005 年第 45 卷第 2 期。

为规范是人与客观世界相互运动的结果。它在一定程度上反映了客观世界的本质规律，同时也反映出人类本能的需要和意欲，体现了人类内在的渴望、热情和信念。乌托邦产生的深层动力实际上就是乌托邦精神，指的是存在于人类内心深处的一种普遍的心理倾向和价值取向。对于这一点，赫茨勒曾经加以界说："乌托邦的基础是乌托邦主义精神，即认为社会是可以改进的，而且是可以改造过来以实现一种合理的理想的。"① 可以说，乌托邦精神有三个特征：第一是乌托邦的否定性，也就是乌托邦包含着批判、否定现存秩序的精神倾向。乌托邦的动力机制在于弥补现实秩序"合理性"的缺乏。第二是乌托邦的理想性，乌托邦蕴含着善性本体论，也就是说乌托邦是相信社会历史发展的善性原则，认为人性和社会历史之中蕴含着向更高级、更完善的境界转化的潜在能力。因而乌托邦从不满足于实际存在的事物，它具有创造、改变的心理趋势和超越的精神，反映了对人的主体性的信仰。第三是乌托邦的非现实性。乌托邦是理想，必然与现实相隔离。理想集中了现实所不能提供的内容，往往借助于想象的力量，因而乌托邦又具有一定的空幻性。下面我对这三点逐一进行论述。

一

乌托邦具有否定性。曼海姆曾经指出："一种思想状况如果与它所处的现实状况不一致，则这种思想状况就是乌托邦。"② 曼海姆认为，乌托邦是意识形态的一种，但两者存在根本区别，在与现实的关系上前者是否定的，后者是肯定的。意识形态倾向于维护现实秩序，而乌托邦则否定现实秩序。我们知道，社会历史是一个运动的过程，其中各种历史力量处于不断冲突、斗争的态势，进而形成了社会历史的不断的演变。什么是运动呢？亚里士多德的界定是这样的："潜能的事物（作为潜能者）的实现即是运动。"③ 运动的过程就是潜在的意志转化为现实的存在。而转化的动力

---

① ［美］乔·奥·赫茨勒：《乌托邦思想史》，张兆麟等译，商务印书馆1990年版，第4页。
② ［德］卡尔·曼海姆：《意识形态与乌托邦》，黎鸣、李书崇译，商务印书馆2000年版，第196页。
③ ［古希腊］亚里士多德：《物理学》，张竹明译，商务印书馆1982年版，第69页。

在于缺失。缺失即构成运动的趋势。缺失即不足，即需要的缺乏。从本质上讲，乌托邦冲动来源于对已有的实存现实的残缺性认知，人、社会、宇宙在乌托邦思想家看来并非是善的、美的存在，相反，现实的世界往往是有缺陷的、残缺的、痛苦的，当面对一个残缺的世界时，否定、对抗、斗争、改变就成为人的必然选择。

乌托邦的缺乏感存在着现实性，所以乌托邦的产生具有现实基础。在这一点上历来存在着对乌托邦的种种误解。乌托邦在相当长的一段时期内被当作一种脱离现实生活的幻想，认为它与真实可感的人的生存状况无关，因而也与具体的历史发展程度相疏离。其实并不是这样，一切意识形态都来源于人的现实处境，是社会历史的自然、经济、政治状况的反映。也就是说，乌托邦的产生具有其具体、历史的原因，反映了人与自然、人与社会的斗争情况，体现出人的自我认识和价值取向。

乌托邦的产生具有共同的心理基础，即对现实苦难与不义的经验和体会。历史上的各种乌托邦产生的心理动因大都基于现实苦难，现实生活的苦难构成人类乌托邦冲动。基督教和佛教正是犹太民族和古印度现实苦难的产物。宗教作为一种对人和自然关系的颠倒的反映，体现了人类早期在自然和社会强大力量支配下的人的生存形态，是人与物的严酷斗争和失败境遇的反映，体现了下层民众渴望救赎的心理。马克思对此曾经做过经典的论述："宗教的苦难既是现实苦难的表现，又是对这种现实苦难的抗议。"[①] 莫尔的近代社会主义乌托邦产生的背后，是英国资本主义初期资本积累阶段社会矛盾的反映。

中国也这样，"中国古代'大同'思想的产生和发展，往往同阶级矛盾、民族矛盾激化的社会动乱时期相联系"。[②] 儒家和道家的乌托邦正是春秋战国时期连年战争与政治苦难的反映。而中国近代乌托邦精神高扬的背后，是全球化的语境下中华民族竞争失败的历史境遇。苦难深重的时期，

---

① ［德］马克思：《黑格尔法哲学批判导言》，《马克思恩格斯全集》（第 1 卷），人民出版社 1956 年版，第 453 页。

② 陈正炎、林其锬：《中国大同思想研究》，上海人民出版社 1986 年版，第 8 页。

也是乌托邦冲动最为集中的时期，"在压迫最惨烈的时候，就是乌托邦冲动最为激烈的时刻；在黑暗最沉重的地方，就是乌托邦冲动注定要前往扫荡的场所"。[①]

人是一个具有主动性的生物，人本能地要肯定自身，开辟自我的生存之路。人的本能倾向之一就是当他面对缺失的境遇，必然地会形成一种基本的心理意向——否定。当社会现实不能为人提供需要的满足，当人与外物的冲突达到一定紧张度的时刻，否定的意念就产生了。否定意识构成乌托邦所持有的文化立场，它追求独立、自由，不依从附属于任何外在事物。它保持了对外在事物的警惕和批判，它所具有的否定性使它与任何现存的事物都具有了距离，它以完美的世界为标准，对不完美的现实提出批评，表现在文学中就是批判现实主义精神。新时期的政治乌托邦书写就是建立在"文化大革命"后对社会主义历史实践的反思的基础之上，它真诚地面对历史，从政治、文化、人性等角度审视生存苦难，提出令人警醒的现实问题，显示了乌托邦的否定精神。

二

乌托邦具有理想性。我们前面说过，乌托邦的否定性构成与现实的尖锐对立，现实成为与人相冲突的存在，这一点形成了人类超越现实、向更完美的理想世界提升的冲动。

理想性从根本上说是一种信念，它建立在一种基本的假设上，即人和社会存在着高级的、完美的形态，而社会存在着由低级向高级、由不完美向完美转化的可能。因而理想性可以称为"希望的精神"，哈贝马斯曾经说过："乌托邦则蕴含着希望，体现了对一个与现实完全不同的未来的向往，为开辟未来提供了精神动力。"乌托邦有批判，但仅仅批判并非构成完整的乌托邦。乌托邦既包含着否定，亦包含着希望的信念，"乌托邦的核心精神是批判，批判经验现实中不合理、反理性的东西，并提出一种可供选择的方案。它意味着，现实虽然充满缺陷，但应相信现实同时也包含

---

① 姚建斌：《乌托邦小说：作为研究存在的艺术》，《北京师范大学学报》（社会科学版）2003 年第 2 期。

了克服这些缺陷的内在倾向"①，"乌托邦思想家都站在未来的土地上，向人类展示摆在他们面前的美好生活"②。希望是对人的价值与意义的正面认同，它坚信人所立足的大地是存有希望的处所，人所拥有的生命是美好的过程，它有缺陷、不足甚至灾难，但这些都是非本质的，可克服的，而乌托邦就是激发起人们的热情与能量，把不完美的人和社会向完美的境界转化。乌托邦思想家具有现实主义和乐观主义的双重特质。现实主义是指他们能够正视社会的苦难，他们从不理所当然地接受历史所赋予他们的一切存在，他们警惕地、独立地站在现实之外，总能在缓慢而僵化的现实生活中发现弊端；同时他们又是乐观主义者，"都有同样的伟大灵感和高度热情，对所抱的理想深信不疑，并对推动世界的改进抱有强烈的愿望"③。他们真诚地相信完美世界的存在，相信凭借人自身的力量可以找到实现梦想的道路。

　　理想精神的建立是渐进的，它存在着双重的认同：一是善的必然性。"善"是好、完美、正义，它指涉世界的终极归宿，是决定世界运行的内在动因。二是善的可实现性。乌托邦的一个先在条件是对善的信仰，相信善的本体性，相信宇宙、历史、社会都存在完美的形态，都有向完美善境转化的可能，这是乌托邦的理论基点。善的必然性信念贯穿乌托邦历史，而中西方的哲学与科学的发展为它提供了基础。乌托邦之善本体在不同阶段具有不同的特点。西方哲学在伦理精神上一直向两个方向发展，以柏拉图的善和基督教的恶为源头。这两种文化来源都存在善的信仰。基督教虽然在某种程度上认识到人的恶，但从根本上也不否认善本体的存在。或者说它在一定程度上仍然承认人的某些价值，它并非完全否定人，否则也不会为人安排救赎之路。只不过拯救的力量来自于神，而对人自身的主体性表示了怀疑。但实际上承认宇宙的善本体，只是善的力量来源于上帝，上帝之善最终救赎人性之恶而达到善之天堂，宇宙归结于永恒善。柏拉图建立的是一个世俗理想国。他所信仰的善体现在人性和社会形态之中。柏拉

---

① 章国锋：《哈贝马斯访谈录》，《外国文学评论》2000 年第 1 期。
② ［美］乔·奥·茨勒：《乌托邦思想史》，张兆麟等译，商务印书馆 1990 年版，第 251 页。
③ 同上。

图曾云，"善的型是人们要学习的最伟大的东西，与之相关的是正义的事物以及其他所有有用的和有益的事物"、"每个灵魂都在追求善，把善作为自己全部行动的目标"①。他把人的心灵分为三个部分——理智、激情和欲望，三个部分在生命中各司其职，构成完全的人性。他一方面承认人性之中欲望与感情的力量，但又认同理性的主导作用，它最终导向人性正义和国家正义，因而善就成为宇宙的本原。而现代乌托邦继承的是柏拉图的善的本体论理念。近代莫尔的社会主义乌托邦继承了善本体理念，在他的乌托邦理想国中，德性为调节人与社会关系的根本原则，"他们非常看重道德的作用"、"德行的作用在于引导我们趋向于快乐和善良。这些快乐和善良本来是我们的自然本性，只是因为在生活中不小心被我们丢失了"、"一个人在追求什么和避免什么的问题上如果服从理性的吩咐，那就是遵循自然的指导。那就会了解快乐的真正内涵，并会获得真正的快乐"②。人的幸福在于快乐，而快乐的获得在于理性的引领。因而在古典和近代乌托邦中核心价值就是道德理想主义。道德既是目的，也是手段。善作为本性从个体向社会扩展，由低级的个人正义向高级的政治正义最终达到善之归宿。这样，古典和近代的乌托邦把善归因于人之本性，认为善是人性内在的潜力。社会之恶的原因就在于人之天性的失落，被后天环境所遮蔽、掩盖，人性之中欲望、情感的部分恶性膨胀，冲破了理性的约束，造成了社会秩序的混乱。因此，西方古典乌托邦主义者在解决社会的混乱问题上特别强调教育的作用，他们认为通过教育可以维护人性中天然的部分，这种道德教化论扩展到政治领域和文化领域，形成古代以德治国的政治伦理和文学艺术的功利思想。

中国古代乌托邦思想的哲学基础也在于人性善理念。儒家的"恻隐之心"成为善的起点，其思维模式与柏拉图异曲同工；而道家的自然人性论其内容虽与儒家的道德理性不同，但在承认善的本体上是相同的。所以说中西乌托邦的哲学基础都在于一元性的善本体观念。它把善作为人生和社

---

① ［古希腊］柏拉图：《国家篇》，《柏拉图全集》（第 2 卷），王晓朝译，人民出版社 2003 年版，第 500—501 页。

② ［英］莫尔：《乌托邦》，胡凤飞编译，北京出版社 2007 年版，第 137—138 页。

会的决定力量，都肯定人性和社会向善转化的倾向。只是在善的内涵、具体的实施途径上和理想的实现程度的信念上具有差异。

西方乌托邦发展到现代出现了某些变化，早期的乌托邦只是停留于思想领域，作为一种衡量标杆凸显现实之恶，而未找到实现的可能而形之于行动，此正为其"空想"之由来。而现代乌托邦发现了理性，理性作为人的力量取代了上帝的位置，人可以凭借智慧为自然、社会立法，而人自身的命运、历史的命运就此把握在人的手中。马克思的科学社会主义延续了对人的主体性的信仰。马克思的历史唯物主义和阶级论为现代乌托邦提供了社会理想的方向和历史主体力量，早期乌托邦渺茫梦想从空间进入时间，作为不远的蓝图熠熠闪光，理想寻找到与现实沟通的路径。

它有两个特点：首先是唯物主义的发现。现代社会主义乌托邦接受善本体观念，但在解释恶的问题上与古代乌托邦产生了分歧。科学社会主义是资本主义发展到一定阶段的产物，是资本主义内在矛盾冲突的体现。如何解决这些问题，科学社会主义提出了新的思路。在他们的研究视野中，唯物主义成为他们观察社会人生的知识范式，他们认为社会生产方式和分配方式在根本上决定了社会形态。私有制度的产生形成了两个基本的阶级，即统治阶级和被统治阶级，构成了压迫与被压迫、剥削与被剥削的不义的社会结构。私有制的经济结构和形成于其上的意识形态就造成了人的普遍的异化。至此，古典乌托邦的善本体在承认宇宙终极善的基点上转向了另外的一个方向，恶从人性之中转移到社会之中，社会成为压抑人性善的外在力量。在这样的思路下，社会改革的方向从道德教化转向社会改造，思想道德领域的更新转变为革命的热情。其次是阶级论的发现。西方社会主义乌托邦更加具有实践性，也就是说古代的具有空想色彩的乌托邦发展到现代转向了社会运动，其中的重要因素在于新的历史力量的认定。在古代的乌托邦中，社会更新的实践主体往往是贵族和知识分子，他们往往和贵族政治存在着不解之缘。而现代的社会主义乌托邦运动则把理想社会的希望寄托在被压迫阶级身上。科学社会主义具有极强的平民色彩，具有现代的人民性特点，它以人民为革命主体，以人民的利益为旨归，以人民为现代政治的核心，形成现代民粹主义的思潮。

近代以后中国受西方乌托邦的影响，参照西方现代哲学和科学精神，先后提出了不同的社会构想，像无政府共产主义、三民主义，最终接受了科学社会主义，掀起了社会革命的热潮。它抛弃了传统乌托邦的道德教化而采取了革命的暴力手段，它用一种理想的蓝图鼓舞了现代中国人的革命实践，实现了改天换地的历史进程。

人是一种能动的存在，人的能动性表现在人的活动是有目的、有意识的，它遵循着内在的需要，依照理性的指引决定自身的行为，试图创造出一个符合自己想象的完美世界。正像某论者所言："乌托邦无疑是人们的一种思维定式，这种思维定式所诉求的规范性与普遍有效性是人类理性使然。道德哲学发展的历史脉络表明，人们为统一的理想生活一直在做着真诚的努力，尽管所用的方法迥然相异，甚至截然对立，但无论如何，这个问题始终存在。"[①] 而乌托邦正是作为一种理想的航标指导着人类的社会实践，并极大地影响了社会历史的进程。

三

乌托邦具有非现实性，"乌托邦的原始含义及其本真性即'不在场'（non - presence），这表明，它既不存在于空间里的某一点，也不存在于时间内的某一瞬间"[②]。曼海姆在区分意识形态和乌托邦的不同时也认为："一定的秩序的代表，会把从他们观点来看在原则上永不能实现的概念叫作乌托邦。"[③] 理想本身就是未实现之物，与实存"现实"相对立，它涉及人类的本质需要，包含着现实所未能提供的内容，它往往是人类意识的产物，存在于语言、符号、想象所构成的蓝图之中。

按照德国学者蒂里希的看法，乌托邦存在着两个基本的方向，一是向前看的乌托邦，一是向后看的乌托邦。"理想结构，它们具有一个显著的特征，即它们并不单单是向未来的投射，而同样也可以在过去中发现。考

① 王振林：《"乌托邦"思维与普遍伦理》，《吉林大学社会科学学报》2005 年第 45 卷第 2 期。
② 张彭松：《"永不在场"的乌托邦——历史与价值之间的张力》，《北方论丛》2004 年第 6 期。
③ ［德］卡尔·曼海姆：《意识形态与乌托邦》，黎鸣、李书崇译，商务印书馆 2005 年版，第 200 页。

察乌托邦的本质，其中一个最重要的发现就是，每一种乌托邦都在过去之中为自己创造了一个基础——既有向前看的乌托邦，同样也有向后看的乌托邦。换言之，被想象为未来理想的事物同时也被投射为过去的'往昔时光'——或者被当成人们从中而来并企图复归到其中去的事物。"① 在这里，向后看的乌托邦指的是在时间纬度上的回溯式的视角。它基于一种先验的判断，认为人类的早期阶段曾经存在过一个近乎完美的"黄金时代"，而整个人类的进程就是不断疏离、背叛此阶段的下坠过程，而乌托邦的内在机制恰恰就在于对此黄金时代的恢复的冲动中。较为典型的就是基督教的"失乐园"和"复乐园"的想象。人由于自身的过错而失去了原本的天堂，须由基督的牺牲而救赎罪恶，最终回到"天国"之中。中国传统的儒家的"大同"思想和道家的"小国寡民"构想也属于向后看的乌托邦。儒家认为"大道之行"的"大同"社会的确存在过，并坚信通过仁道实践人类能够重现黄金时代。其后陶渊明的"桃花源"、南宋康与之的"西京隐乡"无不延续了向后看的思维路线。一般而言，向后看的乌托邦在文化立场上较为保守，常常把理想的生活寄托于往昔的文化形态中。

向前看的乌托邦是近代以来逐渐形成的。向前看的乌托邦在这里指的是时间维度上的"前瞻"式的视角，它仍然基于一种先验的判断，只是与向后看的乌托邦恰恰相反，它否认在人类过去阶段曾经存在过完美的"黄金时代"，而是把完美世界的希望放在未来的图景中，认为人类经过努力，可以克服现实世界中的种种缺陷而达到较为完善甚至至善的境界。现代乌托邦"首先预设了一个绝对的至善理念或理性本体，然后以为社会历史不过是它们的展开、实现和回归的历程；从它们出发，人类历史不断从低级向高级，从简单到复杂，从野蛮到文明，从自在到自为，最终达到至善至美的终极境界"②。理想世界不再仅存于过去的时间之中，而是存在于未来的连续的时间的河流中。时间在这里具有运动的意义，它不再是静止的、恒定的、循环往复的向本质回归的运动，而是流动的、变化的，它时时呈

---

① ［德］蒂里希：《乌托邦的政治意义》，《政治期望》，徐钧尧译，四川人民出版社 1989 年版，第 171—172 页。

② 贺来：《现实生活世界：乌托邦精神的真实根基》，吉林教育出版社 1998 年版，第 42 页。

现新的内容。换言之，现代乌托邦在时间意识上认同于进化、进步的观念，认为新的要比旧的好，因而它倾向于彻底改变传统的政治和经济体制，具有更为激进的革命意识。

无论是向前看还是向后看，乌托邦都显示出与"现实"存在的距离，它代表了理想与现实、已然与应然、实存与梦想之间的难以弥合的歧异，因而显示出一定程度的空幻性。在向后看的乌托邦文本中，距离以各种形式存在着。莫尔笔下的"乌托邦岛"，也就是作者所想象出来的完美的社会处在一个远离英国本土、几乎与世隔绝的海洋之中："乌托邦岛像一叶小舟，静静地停泊在无边的海洋上。远远看去，就像一座海市蜃楼，虚无飘渺中透出神秘的气息。"① 这样的描述反映出作者本人对他所想象出来的世界的双重态度。一方面，莫尔对他钟爱的这个世界中的凡是涉及的人的生活的方方面面，诸如城市、乡村、工作、婚姻家庭等作了详尽的社会性描述，其中渗透了一个社会学家的周密思考；另一方面，对于"乌托邦"终究能否实现，莫尔又是模棱两可、含糊其辞的。陶渊明的"桃花源"同样把理想家园置于远离人烟、人迹难达的僻远之地，其中隐含了作家内心对乌托邦空幻性的认知。

对理想与现实的距离，现代的向前看的乌托邦表现得极为乐观，赫茨勒认为："现代乌托邦和我们已经讨论过的乌托邦不同，差别在于前者能给予人以即将取得成功的感觉。他们实事求是地对待人们，并采用人所熟悉的方法。完满地实现他们的理想似乎指日可待。……人们在这些乌托邦中看不到任何可以认为是不着边际的东西、异想天开的东西。"② 现代乌托邦极大地缩小了现实与梦想之间的差距，乐观地预言完美世界的到来，然而历史实践告诉人们，激进的革命并没有给人带来梦想中的完美世界，反而带来了新的灾难。主要的一点是其一元性的理性中心主义忽视了人性的感性本质，因而超越性的追求反而造成了对人性的压抑，形成了人异化的另一个根源。如果说近代资本主义的科学主义的工具理性造成人的物化，那么乌托邦的道德理想主义同样构成了人的异化。一元理性中心极容易形

---

① ［英］莫尔：《乌托邦》，胡凤飞编译，北京出版社2007年版，第45页。
② ［美］乔·奥·赫茨勒：《乌托邦思想史》，张兆麟等译，商务印书馆1990年版，第219页。

成政治上的专政和道德暴力，它从善出发却走向了恶，这是现代乌托邦实践中引人深思的地方。现代乌托邦的曲折历程揭示了乌托邦的内在危机，暴露了乌托邦一定程度的空幻性。乌托邦是人类想象的产物，是现实所不能提供的因素的集合，当人类把梦想世界付诸实践层面时，往往会暴露乌托邦一定程度的虚幻性，乌托邦精神是人类一种重要的力量，否定性使乌托邦保持了与实存世界的紧张，促使人们不断反省已有的文明形态，而理想性促使人类超越现实，向更完美的世界运动。尽管历史实践表明乌托邦往往存在内在的缺陷，它所设想的终极形态注定不能完全现实化，甚至只能以梦想的形式存在于意识的范围内，但这也许恰恰是乌托邦的力量的源泉之一。因为"乌托邦永远不会'在场化'，也正因为无法彻底实现，乌托邦才具有无穷的生命力和永恒的魅力"①。在梦想与现实、已然与应然之间，乌托邦以二元对照的形式维护了人类的本质，它把光明、温暖、统一、和谐的世界贡献给人类，烛照了此岸的不义，彰显彼岸的圆满，激发了人类绵延不绝的凝思。

---

① 张彭松：《"永不在场"的乌托邦——历史与价值之间的张力》，《北方论丛》2004 年第 6 期。

第一章

政治乌托邦

乌托邦的问题实际上就是信仰的问题，"信仰是生存结构中的基本要素之一，无论信仰者所信的对象是什么（上帝、命运、金钱或作为哲学观念的虚无），信仰作为生存行为，具有生存本体论的结构"①。人是一种能动的生物，其能动性就体现在人的实践活动不是盲目顺从于自然的规定，而是在意识的指导下有目的地活动，而信仰就是指导人类活动的意识形态之一。现代乌托邦言说与传统乌托邦言说的历史语境发生了巨变。中国传统乌托邦以儒家的道德理想主义信仰话语为主导，并辅以佛道信仰体系，借助统一的政治权力向全社会传播，最终形成根深蒂固的民族集体意识。20世纪是古典信仰话语向现代信仰转变的时期。现代化成为历史实践的核心话语，而中国信仰的现代化也成为现代实践的前提，制约着中国现代化的走向和趋势。现代乌托邦想象是在中西、古今的多重文化空间中进行的，不同政治文化立场和知识分子不同的主体意志构成了现代乌托邦极为复杂多样的形态，包括近代的社会乌托邦、科幻乌托邦、现代的乡土乌托邦，而最终成为主潮的则是社会主义政治乌托邦。政治乌托邦指的是一种倾向，它相信合乎人性的、高级社会制度的存在，认为完美社会关键在于政治制度的建设，倾向于通过政治斗争进行一场彻底的革命，打造崭新的

① 刘小枫：《现代性语境与知识分子的信仰形式》，《这一代人的怕和爱》，生活·读书·新知三联书店1996年版，第178页。

现代的国家，最终完成理想社会的建构。现代政治乌托邦思潮不仅影响了中国的历史实践，而且与审美文化相遇，产生了现代政治乌托邦文学，其余脉延续至新时期，使新时期一部分文学创作也显示出政治乌托邦倾向。

第一节 20世纪向前看的政治乌托邦

20世纪以后，乌托邦发生巨大转变。乌托邦的转变在于中国近代以来的社会和文化转型，转变的历史语境在于西方现代思想的引进，传统的向后看的乌托邦主潮转向现代的向前看的政治乌托邦。

20世纪对中国人来说是一个动荡的时代，它形成了乌托邦的土壤。20世纪是旧世界崩溃、新世界产生的过渡时代。或者说，20世纪这个时代是破坏信仰与寻找信仰的时代，是摸索、确立、相信与行动的时代。当现代中国人自以为找到了理解世界的真正的意义话语的时候，现代乌托邦就产生了。张灏在论说"五四"时曾说过："就思想而言，'五四'实在是一个矛盾的时代：表面上它是一个强调科学、推崇理性的时代，而实际上它却是一个热血沸腾、情绪激荡的时代，表面上'五四'是以西方启蒙运动主知主义为楷模，而骨子里它却带有强烈的浪漫主义色彩。一方面'五四'知识分子诅咒宗教，反对偶像，另一方面，他们却极需偶像和信仰来满足他们内心的饥渴；一方面，他们主张面对现实，'研究问题'，同时他们又急于找到一种主义，可以给他们一个简单而'一网打尽'的答案，逃避时代问题的复杂性。"[①] 实际上，这种断言也适用于整个20世纪。20世纪乌托邦精神的高扬是现代迫在眉睫的民族危机的历史处境造成的。中国近现代的历史是中华民族在全球化的军事、经济竞争中失败后民族自强的历史，也是中国人实现社会现代化以求民族国家独立富强的历史。而这个除旧布新、更新换代的过渡时期成为现代乌托邦产生的土壤。一方面，现代中国人从传统的华夏中心的幻象中觉醒，开始反思传统社会，包括其物质与文化之弊端所在，知识分子的否定批判精神加强，大批谴责小说的出现

① 张灏：《幽暗意识与民主传统》，新星出版社2006年版，第201页。

即是症候；另一方面，中国人对未来社会形态的构想是在中西文化交融的背景下展开，或者说是世界性的现代乌托邦的延伸。西方自文艺复兴以来就建立了一个由"理性""科学""进步"为核心的现代乌托邦梦想，现代性"这一乌托邦是推动近二百年来西方历史乃至人类历史变革的精神源泉"①，因而现代人的乌托邦想象与中国现代化的政治进程纠结在一起，形成了极为复杂的演进形态。

一

向前看的政治乌托邦具有多层面的意蕴，包括现代的时间哲学、历史内涵与价值重构。

首先是进步的社会历史观念。19 世纪以后的中国进入了全球化的历史语境中，从一种华夏民族的东方文化中心的封闭性空间进入一个全球化的多民族竞争的多元空间中。中西社会成为相互对立、相互参照的标的物进入现代知识分子的视野，开启了现代国人关于中西文化孰优孰劣的思考。此后，西方大量的现代思想被翻译介绍到中国，对中国的社会发展、文学转型产生了极大的作用。其中占主流地位的一种思潮便是进步的社会历史观念。

向前看的政治乌托邦认同社会历史进步的观念。如果向后看的乌托邦所设想的是一个坠落的社会历史，它需要恢复往日的辉煌，那么向前看的乌托邦则乐观地认为人类的历史是一个不断进步的上升的过程。赫茨勒认为："进步的思想是现代的而不是古代的观念。"② 进步的思想是西方文艺复兴以来人文精神和启蒙思想的产物，是人的主体意识日渐膨胀的结果。在启蒙的话语模式中，人借助于理性取代了上帝的地位，而成为新的神祇，人类确信通过理性可以控制自然与社会的进程，从而抵达完美的世界。培根所言说的"知识就是力量"恰切地反映出人类乐观的信念。这种乐观的信念反映在时间上就是直线型的、向前的历史形态的想象："历史

---

①　汪行福：《走出时代的困境：哈贝马斯对现代性的思考》，上海科学院出版社 2000 年版，第 3 页。

②　[美] 乔·奥·赫茨勒：《乌托邦思想史》，张兆麟等译，商务印书馆 1990 年版，第 101 页。

性的时间是向前运动——不可避免、不可逆转、不可重复——的时间，它的运动方向就是新的事物。"① 历史被想象成一个不断演进、变化、运动的过程，而且这种运动过程是向上的、日趋完美的过程。未来的新事物被假定为完美的、全然体现着人的本质的存在。新的事物也就是理想的事物，这里的"理想"包含着两个方面：一是社会形态的理想，包括政治、经济、文化等制度、组织、结构、运行诸方面的理想的创造；一是理想的人，意味着具有人文价值和主体性的大写新人的诞生。西方近代以来存在两种社会乌托邦发展模式：西方现代的资本主义乌托邦和社会主义乌托邦，尽管它们存在着经济制度和社会组织方面的诸多差异，并因此而形成尖锐的冲突，在 20 世纪中影响了不同的国家，但在它们种种差异的背后存在共同的思想基础，即确信历史的进步哲学和人的理性主体力量。

西方的两种现代乌托邦都影响了中国现代化进程。进步的社会历史观在"五四"之前主要表现在对进化论的介绍和接受中。达尔文的进化论是阐释生物进化发展的一种理论，后来被运用到社会学领域，成为阐释社会发展、进化的理论。"社会进化论在当时承担的一个主要功能是对未来社会提供某种理论支持，或者说，它被当作将来的社会主义与共产主义社会（有不少人称之为'大同'社会）的哲学依据。"② 它坚信社会人类是直线发展的，并且越发展越好，今天比昨天好，明天会比今天好，从而形成了一种低级/高级、落后/先进、古典/现代、新/旧的二元对立的思维模式。"未来"以前所未有的价值进入现代人的视野，这种新的观念也渗透进乌托邦文学中，形成了向前看的政治乌托邦文学话语。

"五四"之后，进化论的影响逐渐衰微，马克思主义思想和俄国社会革命的成功极大鼓舞了在泥泞中寻找真理的中国人，其所宣扬的社会主义政治体制和新型的无产阶级文化吸引了中国人，而其所许诺的克服等级、愚昧、压迫，实现阶级解放和人类解放的乌托邦远景构成了新的激励系

---

① ［德］蒂里希：《乌托邦的政治意义》，《政治期望》，徐钧尧译，四川人民出版社 1989 年版，第 189 页。

② 单继刚：《社会进化论：马克思主义哲学在中国的第一个理论形态》，《哲学研究》2008 年第 8 期。

统，重新激发了现代中国人的实践热情。我们注意到，向前看的乌托邦核心的话语在于其所信仰的"进步"的意识形态。就是说他们具有共同的思想基础，但对进步的过程、途径和理想的社会形态、结构则有不同的认识。近代乌托邦思想家所依据的思想资源主要是传统和西方的资源，譬如康有为的《大同书》既吸收了两汉儒家的"公羊三世"（指衰乱、升平、太平三种演变进化的时期）的社会进化观念，他的学生在《大同书》序中说："《大同书》者，先师康南海先生本不忍之心，究天人之际，原《春秋》三世之说，演《礼运》'天下为公'之义，为众生除苦恼，为万世开太平致极乐之作也。"① 也融合了西方现代的平等、科学等观念和宪政制度。张灏说："在康氏的历史世界观构架中阐明的理想是一种未来主义的乌托邦思想，这种乌托邦思想构想了道德社会进步与技术经济发展相结合的远景，一种被证明是将激荡 20 世纪中国思想和心灵的卓有影响的思想混合的远景。"② 而无产阶级革命则以阶级斗争为手段，以阶级、民族、人类的解放为目标，以资本主义、社会主义和共产主义作为社会历史发展的必经道路。而贯穿于其中的是进步的社会历史观念。这种进步的社会历史观念后来延伸至文艺领域，郭沫若就曾说过："昨日的文艺是不自觉地得占生活优先权的贵族们的消闲圣品。……今日的文艺是我们现在走到革命途上的文艺，是我们被压迫者的呼号，是生命穷促的喊叫，是斗志的咒文，是革命预期的欢喜。……明日的文艺：要在社会主义实现后才能实现。在社会主义实现后的那时，文艺上的伟大的天才们得遂其自由全面的发展，那时的社会一切阶级都没有，一切生活的烦闷除去自然的生理的之外都没有了，那时的人才能还其本来，文艺才能以纯真的人性为其对象，这才有真正的纯文艺出现。"③ 这里郭沫若谈论的是文学的未来，无疑，其中的思维就是首先要有完美的社会，然后才能产生纯粹的文艺，这乃是进步的观念在文艺上的扩展。其中包含着现代人才拥有的关于时间的新认识，对未来的赞美、渴望和告别过去的激进思维。

---

① 钱定安：《大同书·序》，康有为：《大同书》，内蒙古人民出版社 2006 年版，第 1 页。
② 张灏：《危机中的中国知识分子》，新星出版社 2006 年版，第 74 页。
③ 郭沫若：《创造十年续篇》，黄淳浩编：《郭沫若自叙》，团结出版社 1996 年版，第 160 页。

二

其次，20 世纪向前看的政治乌托邦涉及知识分子对现代民族国家的想象，其中包含着知识分子在民族危难的历史关头对民族前途的考虑，反映了对理想社会和人格的新的智慧，特别是其中包含的政治理想主义理念。

1940 年，毛泽东发表《新民主主义论》，奠定了新中国的政治、经济、文化等三方面的建国理念，并详细解说了三者之间的关系："我们共产党人，多年以来，不但为中国的政治革命和经济革命而奋斗，而且为中国的文化革命而奋斗；一切这些的目的，在于建设一个中华民族的新社会和新国家。在这个新社会和新国家中，不但有新政治、新经济，而且有新文化。""一定的文化（当作观念形态的文化）是一定社会的政治和经济的反映，又给予伟大影响和作用于一定社会的政治和经济；而经济是基础，政治则是经济的集中的表现。这是我们对于文化和政治、经济的关系及政治和经济的关系的基本观点。那末，一定形态的政治和经济是首先决定那一定形态的文化的；然后，那一定形态的文化又才给予影响和作用于一定形态的政治和经济。"① 新民主主义论明确提出了新中国的建国目标——新民主主义共和国，界定了新中国的政体——民主集中制，国体——各革命阶级联合专政，并提出了实现途径：通过暴力革命夺取政权，实施经济制度的变革，最终实现社会的现代转型。这其中，包含了与传统乌托邦不同的思路。

传统的向后看的乌托邦往往把道德作为整顿社会秩序的先决条件，正像研究者指出的："它认定政治主体的道德对于一切外在的秩序，尤其是政治秩序和社会秩序，具有绝对优先的地位，一切政治的、社会的问题，最终都可以约化为政治主体道德的问题，因而解决了主体道德的问题，其他政治的、社会的问题也就自然而然随之得以解决。"② 也就是说，传统的乌托邦相信意识对物的作用，强调人的精神力量，因而把社会的问题简

① 毛泽东：《新民主主义论》，人民出版社 1952 年版，第 2—3 页。
② 刘泽华主编：《中国传统政治哲学与社会整合》，中国社会科学出版社 2000 年版，第 106 页。

约为道德的问题，表现为道德理想主义的倾向。而科学社会主义则发展了另外的一条思路，即对"物"的决定作用的强调。这里的"物"指的是社会生产力和生产关系所组成的社会经济结构。生产力和生产关系是具有张力的系统，两者的矛盾必然地引发革命，"按照我们的观点，一切历史冲突都根源于生产力和交往形式之间的矛盾"、"生产力和交往形式之间的这种矛盾，每一次都不免要爆发为革命，同时也采取各种附带形式"①。而政治即为保证经济结构革命的核心要素。在向前看的乌托邦中，道德退居幕后，而政治成为焦点，成为化解民族危机的关键之处，因为"社会底进步不单是空发高论可以收效的，必须有一部分人真能指出现社会制度底弊病，用力量把旧制度推翻，同时用力量把新制度建设起来，社会才有进步"②。可以说，在先驱者那里，现代化的道路存在着一个核心问题：政治的问题，只要解决了政治的问题，其他的问题也就迎刃而解。

按照德国思想家马克斯·韦伯的说法，"政治就是追求权力分配或对权力分配施加影响，不管是国家之间的分配还是国家内部各种人类群体之间的分配"③。韦伯把政治理解为国家之间和国家内各政治团体之间为权力的分配而实施的各项活动。在这里，韦伯指出了政治中的两个基本要素：政治的实施主体和政治活动的范围和主旨。政治的实施主体表现为国家和国家内的各政治团体。而"国家是在某一特定的疆域内——这里的'疆域'属于国家特征——自为的（卓有成效的）占有合法的物质暴力垄断权的人类共同体"，"一切其他只能在国家许可的程度上拥有使用物质暴力的权力，国家是使用暴力'权力'的唯一来源"④。国家的根本性质就是拥有合法的暴力使用权，而政治活动就是争夺合法权的斗争过程。这种争夺合

①　[德] 马克思、恩格斯：《马克思恩格斯选集》（第 1 卷），人民出版社 1972 年版，第 81—82 页。

②　陈独秀：《革命与制度》，戴逸主编：《二十世纪中华学案》（哲学卷 1），北京图书馆出版社 1999 年版，第 137 页。

③　[德] 马克斯·韦伯：《以政治为业》，《学术生涯与政治生涯——对大学生的两篇讲演》，国际文化出版公司 1988 年版，第 50 页。

④　同上。

法权的斗争既可以在世界范围之内发生，也可以在国家内部代表不同阶级、群体利益各团体之间发生。对中国而言，近现代的政治形势发生了巨大的改变，首先是中国被纳入了世界性的资本主义殖民统治范围之内，因而中国近现代的政治进程表现在民族主义与世界主义的斗争过程中；其次就是中国近代的对外战争的失败促成了国家内部的政治势力的重组和调整，资产阶级和无产阶级先后登上了历史舞台。而政治理想主义的理念促使现代人竭力实施政治势力的纯化运动。在社会主义的政治文化中，资产阶级、小资产阶级甚至农民被视为"他者"而被新的意识形态改造，现代社会的转型被狭隘的限制在阶级斗争和政治清洗的运动中，而经济等领域的更新则隐没在波澜壮阔的政治洪流中。

向前看的政治乌托邦的这两个特点互相纠结，对中国现代化影响是多面的。向前看的政治乌托邦在时间纬度上呈现的是展望的、眺望的姿态。"进步"的观念显示出新的时间意识。在传统的历史观念中，过去与现在是不可分割地融合在一起的。"中世纪的基督教教义并没有历史是一条无尽的因果锁链这样的观念，也没有过去与现在断然二分的想法。"① 西方是这样，中国传统的主流意识也是这样。一方面社会历史的运动乃天道的体现，天人合一决定着社会历史的终极归宿，而天人不一的坠落运动必然地会受到天道的纠正而回归于一，因而"合久必分，分久必合"成为社会历史循环往复的规律。而现代的政治乌托邦进步思维则割裂了过去与现在乃至将来的关系。在现代的乌托邦话语中，"现代社会是由一个巨大的'时间摆动'构成的，也形成未来对过去的优势"②。这其中，包含着对过去、现在、未来等区间的价值赋予，未来在时间的洪流中被认定为优越的存在。在向后看的乌托邦中，过去优于现在，而在向前看的乌托邦中，未来优于现在而闪闪发亮。它和政治理想主义精神结合在一起，形成现代中国政治激进主义的思潮。激进主义是"一种态度"、"一种倾向，或者是一种

---

① ［美］安德森：《想象的共同体：民族主义的起源与散布》，吴叡人译，上海人民出版社2003年版，第24页。

② ［法］吉尔·利波维茨基、［加］塞巴斯蒂·夏尔：《超级现代时间》，谢强译，中国人民大学出版社2005年版，第59页。

orientation，这种态度是常常发生的，特别在一个时代、一个社会有重大变化的时期"①。在一个社会转型的时期，新旧力量往往发生激烈的碰撞，旧的权威试图维持已有的权力，而新的历史力量则试图建立自身的合法性。这个时候，社会思想极易产生激进的态度。这种激烈的态度其背后的哲学根源仍然是一元专制的大一统思想，它独断地确定自身的合法性，而把一切非己的成分异己化、虚无化。现代人由于受到现代性所允诺的乌托邦完美的社会前景的怂恿而日趋激进，它把乌托邦所允诺的遥远的前景不断拉向现在，相信只要通过一场彻底的"一揽子"式政治革命，完美的社会就会实现。"大跃进""跑步进入共产主义""宁要社会主义的草，不要资本主义的苗"等口号无不显示激进主义的思维模式。在激进主义的视野中，现在与过去已成为决然分裂的两个世界，过去已经全然成为现在的包袱而必须加以清除，而现在和未来则负载着现代人的幸福和梦想，甚至进一步，只有在未来中，才能找到完美的生存。

对文学实践而言，向前看的乌托邦文学热烈地讴歌明天，描画美好光明的前景，鼓舞着现代人打破传统的枷锁，努力吸取现代知识，迎接一个崭新的现代国家的到来，显示出英雄主义和浪漫主义的审美精神，给 20 世纪文学带来阳刚雄健之美。在价值意识上，其所弘扬的政治理想主义、道德乌托邦理念、集体主义、民粹主义等赋予文学崭新的题材、人物和叙事结构，更新了 20 世纪文学的面貌。

从积极方面看，向前看的政治乌托邦有助于现代人打破传统思想的禁锢而革故推新，有效接受现代文明，特别是对未来的信仰导致行动的激情。与传统乌托邦消极避世的虚弱性相比，向前看的乌托邦蕴含了行动、创造的能量。它宣扬人的主体性价值，在人与自然、人与社会的关系中强调人的掌握自然和改造自然的力量，并且坚信完美社会的必然性。因而显示出英雄主义和理想主义的色彩。

现代政治乌托邦其消极方面也非常明显。首先是激进主义所宣扬的机

---

① 余英时：《中国近代思想史上的激进与保守——香港中文大学 25 周年纪念讲座第四讲（1988 年 9 月）》，李世涛编：《知识分子立场：激进与保守之间的动荡》，时代文艺出版社 2000 年版，第 2 页。

械、僵化的一元专制思维模式构成对传统和世界文化的割裂。20 世纪后半叶的历史实践是在一个极为贫乏的空间中进行，这一点，学者多有论及。其次是激进的政治理想主义使中国现代化的发展极不平衡。激进的思维不仅反映在传统/现代、西方/本土等文化方面，也反映在社会生活的各层面之间。现代性决不能是某一生活层面的单兵突进而实现的，社会转型需要政治、经济、文化等全方面的融合与变革，在人的发展上需要人的生存需要的全面的满足与提高。新中国成立以后，在激进主义的单一思维中，政治涵盖了一切，社会的进步在于政治的进步，人的存在被简化为政治存在。政治向道德、经济、审美、哲学包括日常生活领域极端渗透，成为决定性力量。当人的极为丰富的生命的体验，包括感性、理性、精神方面的需求被泛化的政治所制衡时，政治就异化为异己的力量。它一方面带来政治身份和经济地位等方面的平等，解除了压迫的一部分根源，另一方面又带来了新的压迫，造成人的物质生存和精神生活的困乏和单一。新时期社会生活由政治向经济中心转移，但激进思维模式仍然潜在地发生影响，这就是对人的感性生存的过度肯定而忽视了人的精神生活建设。特别是 20 世纪 90 年代以后市场经济高速发展，物质主义、金钱崇拜迅速地成为"进步"的新的指征，而传统的道德理想、"五四"启蒙时期的民主、科学以及新中国成立以后政治理想则被新的"经济乌托邦"所遮盖，造成新的社会问题。正像学者所论述的："在这个过程中，共产党人提出了一系列新的思想观点，但没有遇到过非科学社会主义在理论上的挑战。这又使人们对社会主义的认识不可避免地出现了不准确之处，特别是来自农民的平均主义、儒家传统大同思想、权力决定社会的传统政治文化的影响，都作为一种潜意识制约着中国社会主义的发展。自由、平等、人权等的现实要求则常常以马克思对资本主义的批判性语录为根据受到否定。社会主义的意义和原则不能从'应然'与'实然'的关系上得到正确阐释，因而常常导致在强调政治作用时，忽视客观经济规律；在强调经济的作用时，忽视文化在社会发展中的作用；在强调社会总体变革时，忽视人在其中的意义。"[1] 这一点无疑应该警惕的。

---

① 董四代：《科学社会主义中国化的历史前提和实践路径》，《河南大学学报》（社会科学版）2009 年第 49 卷第 1 期。

第二节　政治苦难中的希望

　　新时期是中国历史上的一个转折时期，是政治、经济、文化大转变的时期，也是现代乌托邦的转折时期，是一个信仰断裂、转换和再生的时期。借助于十年梦魇，新中国成立以后的社会主义政治乌托邦热情消退，知识分子开始了全面的反思，由意识形态所构造的完美政治社会显露内在的裂隙，知识分子的理性复苏，乌托邦的否定精神恢复，被掩盖的历史真实发出声音，社会主义时期的苦难经验开始浮凸于文学话语符号中。知识分子批判"文化大革命"，描摹极左政策给国家人民带来的深重灾难，大胆揭露了现实世界的黑暗与不义，在美学风格上呈现了悲剧的色调。与此同时，社会主义政治乌托邦思维仍潜在地影响着新时期的作家，它部分地颠覆了新中国成立以后社会主义政治乌托邦的某些精神，又有意无意地延续了其中的一些因素，特别是其中的政治理想主义。在控诉极左政治思想的同时，仍然寻找另一种美好的政治力量，在控诉政治苦难的同时，仍然保留着对党、国家、人民的信赖，保留着对历史正义的信心和对美好未来的憧憬，显示出政治乌托邦的倾向。

一

　　应该说，苦难是 20 世纪文学话语的一个重要能指符号。苦难是人类心灵所体会到的负面经验，是作为主体的人与自然、社会、自我等外在、内在力量冲突、斗争后的意识反应。人类，作为最高等的动物，正如莎士比亚所说，是"宇宙的精华，万物的灵长"。与其他随万物消长，浑然不知生为何物、始于何时、终于何地的生物相比，人被赋予智慧，他划过漫长历史的天空，开启了改造自然同时也改造自身的艰难长途。正是从这个意义上说，人是能动的、自由的，他总是按照自己的目的、理想去改造世界，使之适应于人类生活的需要。马克思说过："实际创造一个对象世界，改造无机的自然界'之中'人才实际上确证自己是类的存在物。"[1] 人类不

---

　　① 马克思：《1844 年经济学—哲学手稿》，刘丕坤译，人民出版社 1979 年版，第 50 页。

断地向自己的极限挑战，力图最大限度地实现自我的本质力量。另外，人尽管是能动的、有创造力的，但他仍然作为万物的一分子，受客观自然界的制约。外部自然界、社会乃至内部精神世界以它客观的必然性运动着，显现出不以人的意志为转移的规律性与自为性。尽管人类以巨大的创造力不断地接近客观，试图掌握自然万物的"必然"，但人的局限性注定了人的自由愿望不能随心所欲、无所妨碍地得以实现。人的理想与现实、自由与必然之间存在着巨大的距离。如果把历史看成运动着的、一次性的、永不重复的发展过程，那么这种距离就具有永恒的不可弥补性。无论多么高深的人类智慧，多么强大的人类力量，都会与客观世界相冲突，只要理想超过现实，自由大于必然，人类就会遭到客观的束缚、制约，陷入困境的深渊。苦难是人类的宿命。苦难既是一种经验，也是一种认知，是客观与主观的结合。在不同的认知主体话语中，苦难形态、根源以及苦难的解决往往呈现不同的面貌。

20 世纪是一个发现苦难、解释苦难、解决苦难的时代。在"五四"启蒙知识分子的视野中，苦难的根源是封建专制伦理，其"吃人"的本质制造了乡村农民和小知识分子的苦难。苦难的内容实质上是社会悲剧，因而知识分子激烈地抨击封建礼教；30 年代以后，随着社会主义政治乌托邦的兴起，新国家政体的美好前景展现在中国人面前，而无产阶级的暴力革命成为实现这个梦境的必要手段。与此相关，苦难书写的视域逐渐缩小，因为"解放区的天是明朗的天"。在革命的话语形态中，"解放"意味着光明对黑暗的驱逐，也即意味着苦难的结束；新中国成立以后这种趋势更为强烈，在文学上表现为苦难的消解。这里的原因有两个：一是苦难意识作为一种生存的精神反映，其逻辑前提在于价值的确立，尤其是个人价值的确立。个人意识的觉醒促发"五四"时期的现代启蒙的勃兴。"五四"时期首先浮现在思想层面的有价值的事物即为"人"，个体的人，苦难形态表现为有价值的个体被毁灭的反思。此一点为现代思想的核心部分。30 年代以后的民族解放运动和阶级解放运动从某种程度上延缓了人的个体身份认同，现代人从"五四"时期家族的叛逆的"儿女"起始，最终融入了阶级/国家社会伦理结构中。至此，现代人经过短暂的身份失序而重新构建了自我的群体性精神家园。阶级、集体、国家代替了"我","我们"代替了"我",而起源于个人价值的启蒙苦难被置换为阶级性群体的苦难而成为被搁置的能指。二是新中国成立后文学的发展受着意识形态的约束。表现在苦难的意识上,简单地把苦难与政治相联系,把人的多样的需求简化为单一的政治诉求,苦难成为与旧政治体制和经济体制相联系的存在。新社会/旧社会、苦难/甜蜜之间建立了等同关系,认为社会主义时期已经失去了苦难的土壤,"似乎从一九四九年十月一日起,昔日的伤痕一下子结了痂,永远不会有伤痛和眼泪了"①。因而着重表现苦难的悲剧就失去了存在的空间。悲剧的消失并不意味着冲突的完全消失,但新中国成立以后文学中的冲突表现得较为单一。在创作中,就是冲突主要有两种:一种是敌我之间的矛盾冲突。新中国成立以后的抗战文学、解放战争文学和农村生活的作品被纳入非善即恶、非黑即白的二元对立式的简单的情节构建中,而正面人物的牺牲、个体生命的消失被赋予崇高的为信仰而献身的价值色彩,就是说英雄的牺牲并非仅仅是个人的损失,而是个人价值的体现,个体的价值因为与集体结合而获得了永恒。另外一种是革命内部的冲突,通常也要以当时所认定的"进步"的、"正确"的观念和行为的胜利为结局。因而新中国成立以后的文学创作总体上消解了苦难,呈现一种浪漫主义的、理想主义、英雄主义的色彩。

新时期的文化反思首先表现在否定精神的恢复,伤痕文学、反思文学思潮中出现了大量的苦难书写。杜雨这样论述伤痕文学的苦难主题:"以《班主任》、《神圣的使命》、《伤痕》等为代表的最初一批短篇小说,主要是以揭露林彪、'四人帮'的十年横行给我们党和国家、民族造成的严重创伤为特色的,所以被有些人称作'伤痕文学'。"② 新时期苦难书写的特点是从政治与人的生存关系入手,以人道主义的立场思考"文化大革命"十年乃至新中国成立以后的社会主义实践的偏差与错误,控诉极"左"的政治路线给党和人民造成的巨大灾难。这种灾难可称为经典的"悲剧"。

---

① 孙健忠:《关于〈甜甜的刺莓〉》,周克芹等:《新时期获奖小说创作经验谈》,湖南人民出版社 1985 年版,第 78 页。

② 转引自张业松《打开"伤痕文学"的理解空间》,《当代作家评论》2008 年第 3 期。

亚里士多德说过，悲剧应模仿"能引发恐惧和怜悯的事件"、"它应该表现人物从顺达之境转入败逆之境"①，新时期苦难书写描写的即亚里士多德所说的由顺境跌入逆境的命运的突转。苦难命运的主体涉及社会各个层面，其中包括卢新华、孔捷生的知青苦难书写（《伤痕》、《在小河那边》），戴厚英、王蒙、宗璞的知识分子的苦难书写（《人啊，人!》、《杂色》、《我是谁》），张贤亮、丛维熙的劳改苦难书写（《男人的一半是女人》、《绿化树》、《灵与肉》、《大墙下的红玉兰》、《远去的白帆》），鲁彦周、苏叔阳、陈世旭、莫应丰、李国文的遭受迫害的革命者苦难书写（《天云山传奇》、《丹心谱》、《小镇上的将军》、《将军吟》、《月食》），周克芹、古华、张一弓、张弦的农民苦难书写（《许茂和他的女儿们》、《芙蓉镇》、《张铁匠的罗曼史》、《被爱情遗忘的角落》）等。

新时期文学苦难书写内涵是多方面的。有的作家长期在农村生活，深深懂得农民生活的艰难，他们关注的主要是政治路线给农民带来的物质生存苦难。像周克芹在他的《许茂和他的女儿们》中借许琴的口所说的："在她周围的社会里，人们不是相互猜疑，就是互相斗争；姐姐们出嫁以后，丢开了一切书籍和关于理想、未来的讨论，整年累月为自己和孩子们的衣食忙碌，甚至吵架恸哭，书上读到过的关于美好生活的描写，在他们生活的葫芦坝上全然不是那么一回事。"新中国成立以后推行的以"阶级斗争"为纲的政治路线和反对资本主义的经济政策给农民造成了很大的灾难。许多作家怀着深切的同情描写农村物质生活的贫穷和在过程中人所遭遇的生存劫难。《犯人李铜钟的故事》大胆地把笔触指向1960年大灾荒时期。公社"带头书记"杨文秀宣称十里铺公社两年进入共产主义。为了政绩他向上级虚报产量，造成李家寨大大小小四百九十多口绝粮多日，只靠萝卜度日。不得已许多人挎起讨饭篮，走上逃荒之路。这是社会主义制度下一场触目惊心的悲剧。张弦《被爱情遗忘的角落》同样涉及人的物质生存苦难。土改时候的菱花大胆冲破封建罗网，自由恋爱嫁给了长工沈山旺。没想到30年后，就为了16套衣服、500块现钱而把女儿许配给她不

---

① 〔古希腊〕亚里士多德：《诗学》，陈中梅译，商务印书馆1996年版，第97—98页。

认识的青年。而所有的这一切，就是因为一个"穷"字。"二十多年了，日子还那么穷！自家的蔬菜不许卖；自家的鸡蛋不许卖；叫他们卖什么呢？"① 作者通过几代妇女命运对照，提出了一个令人深思的问题：人的权利和尊严必须建立在基本的生存保障基础之上的，在肚子都没有吃饱的情况下，枉谈人的权利。

在新时期作家笔下，物质不再成为社会主义信仰的对立面。新中国成立初期，新的国家意识开始改造经济体制，社会主义公有制度成为消除剥削、压迫，实现经济平等的救世良方，而社会主义和资本主义路线斗争成为斗争焦点。与此相关，物质利益的追求受到贬抑，"宁要社会主义的草，不要资本主义的苗"，这样的口号表征了新中国偏激的价值系统。而新时期的作家反思了这种激进的思想，物质作为人类幸福追求的内涵之一获得了历史的接纳，它成为新时期初期作家审视生存的视点之一。

有的作家关注的是政治带给人的命运苦难。他们的创作涉及命运突转后的肉体苦难和情感苦难，包括尊严的被践踏、正常的人性愿望被压抑、损害以及人伦情感的磨难和创伤。古华的《芙蓉镇》有两位主人公——胡玉音和秦书田。胡玉音，芙蓉镇上勤劳漂亮的"芙蓉仙子"，在"四清"运动中划分成富农，随后卷入长达十几年政治磨难中，失去了丈夫，每天清扫大街，每次运动的时候都被揪出来戴高帽、批斗，遭受来自社会的歧视、迫害和冷眼；秦书田，一个小知识分子，当过州立学校的老师、县歌剧团的编导，被打成右派、坏分子。为了生存，他含污忍辱，表面上装疯卖傻，人不像人，鬼不像鬼，而内心深处埋藏着难以排解的痛楚，甚至多次想到自杀。这两个卑微的生命，抱着"活下去，像牲口一样活下去"的想法在乱世中浮沉；《张铁匠的罗曼史》中的张铁匠，原本是一个健壮、聪敏、有技术、对生活充满热情的小伙子，但他在十几年的运动中屡遭厄运，妻离子散，一度沦落到麻木不仁、酗酒度日的惨境；张贤亮的《男人的一半是女人》中的章永璘，因为长期劳改生活而造成了性无能，肉体的残缺实际上隐喻着畸形社会的罪恶；《伤痕》中的晓华，由于受到极左思

---

① 张弦：《惨淡经营——谈我的两个短篇创作》，彭华生、钱光培编：《新时期作家谈创作》，人民出版社 1983 年版，第 100 页。

想的毒化，毅然与"叛徒"妈妈决裂。等到她觉醒过来的时候，妈妈已经病入膏肓，溘然长逝，晓华还是遭受无可挽回的终身遗憾。可以说，新时期初期的苦难书写突破了社会主义意识形态对文学的约束，以极大的勇气正视社会主义制度下的生存苦难，触及国家政治权力给普通人造成的肉体和精神创伤，恢复了现实主义文学的面貌。

二

　　新时期文学的苦难描摹，在美学风格上呈现了悲剧的色调。在一部分伤痕、反思文学的苦难书写中，一个被隐蔽与遮盖的悲剧性的生活层面突破种种限制，成为创作者难以遏止的激情的来源，"伤痕""痛苦""悲酸""愤怒"等悲剧色彩浓重的修辞符号触目惊心地浮凸于话语的表层，成为20世纪70年代末80年代初期历史天空中沉重的云翳。但另一方面，在新时期种种苦难情绪的背后，还有一种压抑不住的、不可忽视的话语信息。在人们压抑10年乃至20年的情感创伤的深层，我们还能感受到一种与苦难同样强劲的力量，在控诉政治苦难的同时，作家仍然保留着对政治理想的忠诚，保留着对党、国家、人民的信任，保留着对历史正义的信心和对美好未来的憧憬。我们可以把它称为"希望的原则"（何言宏语），它伴随在灵与肉累累伤痕的控诉中，执拗而固执地发出它激越或是深情的言说，甚至在某种程度上拨转了苦难书写的悲剧感，使苦难书写呈现正剧的色调。它在不同的文本、场合、话语中反复地回响，形成新时期苦难书写中明亮光辉的鸣奏，下面是几位作家的创作经验谈，鲜明地显示出对希望的体会和认识：

　　　　纵眼望去，葫芦坝是满目疮痍；然而置身于其中，却又使人感到葫芦坝生机勃勃。葫芦坝真是小得不能再小，但她是中国农村的一角，从这一小小的角落，看看我们伟大祖国在那个特定历史时期中的面貌。①

---

　　① 周克芹：《〈许茂和他的女儿们〉创作之初》，周克芹等著，杨同生、毛巧玲编：《新时期获奖小说创作经验谈》，湖南人民出版社1985年版，第8页。

　　二十多年，七万余天的磨练，使我悟出这样一个道理：春天，在人民心里；党，也在人民心里。无论我们的事业受到这样或那样的挫折，我们的同志受到这样或那样的磨难，坚信一条，只要人民在，党在，挺直的脊梁就不会佝偻，那么，前途必然是充满希望和光明的。①

　　这是一个悲壮而富有浪漫主义色彩的结尾。我们知道，文学有个强大的内涵，那就是——美……都为了追求作品中内在的美和真正的浪漫主义（不是被"四人帮"扭曲玷污了的浪漫主义）而呕心沥血，我喜爱这些作家和作品的艺术气质，因而我在这部中篇小说的收尾上，力图摆脱平庸，而用了白玉兰花染成红玉兰，以完成悲剧的庄严使命。②

　　具体到文本中，希望的原则形态多样，它往往渗透在文本的情节走向、意象的构建和死亡书写策略中，使新时期的苦难书写呈现类型化的特征。

　　希望的原则在情节走向上呈现正向运动，即由残缺向完满、不幸向幸福、绝望向希望、悲剧向反悲剧的转化。何言宏曾经把伤痕文学、反思文学的叙事模式分为几种，如"大团圆"式、"翻身解放"式③，它总的特征是苦难主体命运的转化，即不幸者重新得到失去的幸福，人物命运由逆境向顺境的转化。如张一弓的《张铁匠的罗曼史》，李国文的《月食》，孔捷生的《姻缘》，舒展的《复婚》，鲁彦周的《迟暮》。这种叙事模式设置了一组人物谱系，如张铁匠和满月、伊汝和妞妞、柴逢春和温大姐、阿珍和伍国梁、彭方和她。叙述者把主人公动荡的命运遭际和爱情的悲欢离合两条线索结合在一起。他们在人妖颠倒的岁月里身不由己，无奈地分离，而在新的形势下又苦尽甘来、枯木逢春，被破坏的爱情关系重新得到恢复。张一弓的《犯人李铜钟的故事》、丛维熙的《远去的白帆》、祝兴义的《抱

────────────────

　　①　李国文：《我的歌——谈〈冬天里的春天〉的写作》，彭华生、钱光培编：《新时期作家谈创作》，人民出版社1983年版，第216页。

　　②　丛维熙：《关于〈大墙下的红玉兰〉答读者》，《文学的梦》，江西人民出版社1985年版，第125页。

　　③　何言宏：《中国书写：当代知识分子写作与现代性问题》，中国编译出版社2002年版，第206—222页。

玉岩》、王亚平的《神圣的使命》、陈世旭的《小镇上的将军》则注重政治权利的恢复。这种叙事模式的主人公往往是一个英雄，像李铜钟、寇安、沈岩、王公伯等，主人公的身份往往是一个久经考验的老革命或遭受迫害的革命知识分子，他们是真正的革命者，坚持真理、热爱人民，即便在坎坷的遭际中也保持着共产主义者的信仰，并最终在历史中达到了应有的承认。我们可称之为失乐园——复乐园的模式，人物命运呈现圆满—失衡—回归圆满的轨迹。也就是说是苦难被理解为一种原有的幸福或均衡的状态被外在的力量打破、干扰，而苦难的解除即意味着原有状态的恢复，或表现为爱情的回归（这是普通人在意识形态话语中的权利所在），或表现为历史合法地位的重新获得（这是具有革命背景的创作主体的诉求中心），历史的错误得到了纠正，颠倒的关系又颠倒过来，历史正义得到了实现。王一川把此类话语称为"惊羡体验型文本"，认为它是一种"指向未来维度的文本，常常在'伤痕'袒露中敢于想象令人乐观的生活图景或远景，或多或少地流露出一种乐观主义或浪漫主义情怀"[①]。它属于一种封闭的结构，它的背后包含着政治乌托邦的历史进步哲学，它由乌托邦的哲学基点所支撑，即由人的主体力量而建立的对历史正义的信仰。在现代乌托邦的历史构想中，过去、现在、未来是连续的、进步的、由低级向高级、缺陷向完美演进的历程。苦难被认定为暂时的、脱离本质的非正常的存在，只要消除了苦难的根源，人类社会就能达到和谐的境界，而历史也呈现出善的本质。

朦胧诗也显示出苦难与希望的合奏，顾城的"黑夜给了我黑色的眼睛，我却用它寻找光明"极其精练地表现了一代人的心声。他们从"文化大革命"的泥沼中成长起来，在漫漫长夜中跋涉、探索，信仰已经坍塌，世界已堕入黑夜之中，前路还迷蒙渺茫，但诗人们的内心还存有对希望的信赖。在北岛那里，希望是"未来"、"黎明"，"新的转机和闪闪星斗，/正在缀满没有遮拦的天空。/那是五千年的象形文字，/那是未来人们凝视的眼睛"（北岛《回答》）。"从星星的弹孔里/将流出血红的黎

[①]　王一川：《"伤痕文学"的三种体验类型》，《文艺研究》2005 年第 1 期。

明。"（北岛《宣告》）在顾城那里，希望是"炉火"、"歌"，"呵，孤独者，孤独者/你不能涉过春天的河/不会哦，不能哦/冬天使万物麻木/严寒使海洋畏缩/但却熄灭不了炉火/熄灭不了爱/熄灭不了那热尘中的歌"。（顾城《北方的孤独者之歌》）在芒克那里，希望是"太阳"、"春天"，"太阳把它的血液/输给了垂危的大地/它使大地的躯体里/开始流动阳光"。（芒克《春天》）在舒婷那里，希望是"灯"、"胚芽"、"笑涡"、"雪白的起跑线"，"灯亮着——/在晦重的夜色里，/它像一点漂流的渔火"。（舒婷《当你从我的窗下走过》）"我是你雪被下古莲的胚芽；/我是你挂着眼泪的笑涡；/我是新刷出的雪白的起跑线；/是绯红的黎明。"（《祖国呵，我亲爱的祖国》）在朦胧诗的意象构建中，苦难与希望常常以二元对立的意象并置，在苦难的呻吟中，诗人总能让"希望"的光芒穿透沉沉夜幕，照亮黑暗的现实。

希望的原则还体现在死亡书写中。苦难是人类的自由愿望与外界环境相冲突的反映，这种冲突在艺术形式上通常表现为悲剧。鲁迅说过："悲剧是将人生有价值的东西毁灭给人看。"[1] 这种毁灭的极致就是生命的毁灭，包括肉体生命和精神生命的毁灭。我们可以看到，新时期苦难书写中，死亡常常被忽略掉，如果有涉及，也往往要服从于更高的主旨。一种是知青作家的书写策略，像郑义的《枫》、卢新华的《伤痕》。《枫》描写的事件发生于1967年"文化大革命"发动初期，文中的主人公卢丹枫和李红钢原本是一对恋人，在"文化大革命"激发的革命狂热中卷入地区武装派性斗争中。丹枫坚持自己的信仰，在武斗中像烈士一样跳楼身亡。两年后李红钢被判处死刑。"文化大革命"中的武斗是非常敏感的题材，武斗中死亡的青年工人、学生其性质至今也未有定论。大多数的作家谨慎地绕过了这个领域。而郑义大胆地涉及此类敏感素材，但由于历史的局限，其涉的层面也极为有限。小说的结尾是这样的："那天，刑车从人群中驶过。我没有去看，我只是在一条僻静的路上漫步沉思。路的两边，枫树又红了，象一丛丛烧得旺旺的火。那火红的树冠，红得简直象刚刚从伤口喷

---

① 鲁迅：《再论雷峰塔的倒掉》，《坟：鲁迅杂文精读》，东方出版社 2007 年版，第 145 页。

射出来的血，浓艳欲滴。"作家虽然写到死亡，但显然并未充分注意到其中包含的基本的生命伦理——生命是属于个体的，是宝贵的，是仅存一次的。作者的用意超越了死亡本身的生命含义，而导向造成死亡的根源的理性层面。《伤痕》也触及晓华母亲的死亡，"她的瘦削、青紫的脸裹在花白的头发里，额上深深的皱纹中隐映着一条条伤疤，而眼睛却还一动不动地安然半睁着，仿佛在等待着什么……"这里的死亡描写也触及苦难的痕迹，"瘦削""青紫""伤疤"，它触目惊心，包含着许多值得询问、质疑的内容，但作者的关注中心显然不在这里，他很快扭转了死亡带来的沉重气息而转向了主人公晓华。母亲的死亡其目的是衬托晓华的精神创伤，因而母亲死亡本身的意义没有得到充分展示。梁晓声的死亡意识带有政治乌托邦的色彩，具有英雄主义的精神。《今夜有暴风雪》《这是一片神奇的土地》多处写到死亡，兵团战士裴晓云、摩尔人王志刚、小妹、指导员李晓燕因多种缘故死亡，但梁晓声的审美体验显然承袭苏联文学，他所传递的经验不是悲剧而是悲壮、崇高。北大荒兵团的开拓历史是中国历史上一段神奇的创业史，因而知青战士的死亡是英勇的牺牲行为，是为崇高的革命理想献身的伟大精神的反映。在这种关照下，死亡消失了原有的惨烈而上升为宗教般的殉难与正剧的悲壮。这种经验是特殊政治时代遗留给作家的印记。第二种是右派作家的书写策略。这一批作家多年经受党的教育，他们的死亡观受唯物主义的影响，往往把个人的生命和祖国、党、人民等社群结合在一起。在他们的观念里，自然生理意义的个体生命是没有价值的，真实的生命是形而上的精神。与此相关，个体生命的愉快、痛苦、存在和延续并不取决于自身感官的体验，而是决定于更高的原则。所以在鲁彦周的《天云山传奇》中，身染重症的冯晴岚在给宋薇的信中这样写道：

> 由于林彪、"四人帮"的进一步迫害，我的身体被彻底摧残垮了，我现在随时有死亡的可能，这件事当然是我极不希望的，曙光已经出现，航向已经拨转，大是大非正在澄清，四个现代化正在开始，罗群的问题最多也不会拖到明年，这是大势所趋，人心所向，前进的历史车轮谁也不能让它逆转。在这个我和罗群盼望多

年的时刻，谈到死，当然是极不愉快的。

但是我们毕竟是信仰唯物论的。客观存在的东西，谁也否认不了它。我的病是在林彪、"四人帮"又给罗群加了顶反革命帽子，又把他关到所谓群众专政指挥部而得的。我为了救他的书和著作，在老乡的协助下，冒着暴风雨，把他的东西，运到一个洞里；又为了保存它们，忍受最难忍受的侮辱和鞭打，最后，把我和罗群绑在一起，跪在烂泥里几天几夜。从那时起我就得了病，这种病又因"四人帮"统治的时间太长，使我得不到医治，现在已难以医治了。

在这里不存在感伤的喟叹和对死亡的恐惧，她坦然地讨论自己的结局，并对这种结局安之若素。同样，文中区委书记凌曙为了抢救人民财产牺牲，"原来这里正在哀悼凌曙同志。没有哀乐，没有灵堂，有的只是低低的啜泣的声音！我心里一酸，止不住想哭，我忽然听见我最熟悉的声音在讲话。我抬头看过去，罗群站在凌曙同志的新坟旁边。他说：他是属于人民的，他是不应该死的"。这里，显示了一种极为相似的死亡伦理：个体的生命属于人民、国家、党，把生命奉献于人民（如凌曙）、奉献于真正的党（如罗群），或者奉献于罗群（党的代表）——如冯晴岚是死得其所，是光荣的。与此相似的有丛维熙的《大墙下的红玉兰》中的葛翎、张一弓的《犯人李铜钟的故事》中的李铜钟，他们坚持正义、为民请命、为反映人民的呼声、维护人民的利益而牺牲了自己，这种牺牲是历史进步、革命胜利的必需的代价，就像《犯人李铜钟的故事》结尾中所说的："战胜敌人需要付出血的代价，战胜自己的谬误也往往需要付出血的代价。活的人们啊，争取用较少的代价，换取较多的智慧吧！"正因为这样，个体的生命历程被整合进入历史和社群的宏大合唱，死亡——个体肉身消失所负载的体验被当作历史进步的必要代价，死亡悲凉被历史正义的实现遮盖，苦难转换升华为希望的原则。

新时期文学政治苦难书写中的"希望的原则"体现出的正是现代乌托邦精神的内核，它于"恶"的现实中流露出对未来的信赖。哈贝马斯曾经说过："乌托邦则蕴含着希望，体现了对一个与现实完全不同的未来的向往，为开辟未来提供了精神动力。乌托邦的核心精神是批判，批判经验现实中不合理、反理性的东西，并提出一种可供选择的方案。它意味着，现实虽然充满缺陷，但应相信现实同时也包含了克服这些缺陷的内在倾向。"① 新时期政治乌托邦书写一方面否定现实，否定了林彪、"四人帮"所代表的"恶"的势力，但另一方面并未对未来丧失信念。相反，它把希望放在正确的政治势力中，坚信党和人民可以拨乱反正，纠正已有的偏差，建设一个完美理想的社会。新时期苦难书写正是借助于这种政治理想主义精神而超越了苦难的残忍，获得了乐观的色调。与余华《活着》中令人战栗、畏惧的生存苦难相比，新时期苦难具有更为明亮的色调，在一部分创作中，苦难甚至不再是负面意义上的经验，而是一种考验，是英雄必需的经历，人经苦难而完成了人格升华过程。"作家们将苦难化为传奇，创造了一个 50 年代知识分子受难圣徒的神话。"② 而新时期苦难与希望的双重交响构成了一个时代特殊的印记。

第三节　觉醒的自我

文学是社会现实的个体化反映。作为一种文学思潮，新时期政治乌托邦书写既受社会、文化、时代等多种外在因素影响，也与创作主体的内在机制有关，它呼应着创作主体内在的要求，是外部驱动与内在驱动的统一。新时期政治乌托邦的否定意识一部分原因在于知识分子自我意识的觉醒，是新时期文化反思的产物。

一

进入新时期以后，随着思想界的拨乱反正，知识分子自我意识开始苏醒。1976 年，北岛在《回答》中用决绝的反抗精神宣告新时期具有强烈自我意识的"人"的诞生："我不相信天是蓝的；/我不相信雷的回声；/我不相信梦是假的；/我不相信死无报应。"在朦胧诗人那儿，自我是以创作主体的

---

① 章国锋：《哈贝马斯访谈录》，《外国文学评论》2000 年第 1 期。

② 靳新来：《新时期文学的苦难叙述》，《学术交流》2006 年第 7 期。

"我"的面目出现的。朦胧诗人多次谈到"我"的出现及其在创作中的作用。顾城认为:"一些新诗的出现,引起了许多惊奇和争议。……我觉得,这种新诗之所以新,是因为它出现了'自我',出现了具有现代青年特点的'自我'。"① "自我"的觉醒必然带来诗歌话语世界的转变,诗的世界不再附属于外在的原则和规范,它向内在的真实敞开了通道。北岛宣称:"诗人应该通过作品建立一个自己的世界,这是一个真诚而独特的世界。"② 杨炼则云:"我的诗是生活在我心中的变形。是我按照思维的秩序、想象的逻辑重新安排的世界。那里,形象是我的思想在客观世界的对应物,它们的存在、运动和消失完全是由于我的主观调动的结果。"③ 在这里,"我"与"我们"不再是统一的整体,"自我"不再是社会群体意志的代表,不再是国家、民族、阶级的简单对应物,而是有着自身独特内涵和自我精神的独立个体。"自我"已经具有了独立的思想、意志、判断和认识。在小说家那里,自我也从重重的遮蔽中凸显出来,个性、气质等久违的概念重新出现在话语组织中,作家开始重申这些因素的地位。"作者自己的生活经历、由这些经历所形成的思想、感情、个性、气质等,一定会在他的作品中流露出来。"④ 而随着自我意识的觉醒,作家对文学的性质、功能等认识也发生了深刻转变,新中国成立以后所形成的文艺为政治服务、为工农兵服务的文学观念遭到质疑、颠覆,作家们开始大胆地袒露自己的认识:"我对文学本身也有了新的认识,我再也不会把非文学的东西强加到文学头上……我在规定自己任务的时候,首先考虑的是我的创作应当还文学本体,而内容则要按自己的认识和感受去写。"⑤ 相应地,在创作过程中,"自我"开始向创作过程的中心位移,文学不再被理解为对现存政治路线的简单阐释,而是要尊重自己内心的感受、经验和认识。

---

① 顾城:《请听听我们的声音》,《顾城文选·卷一·别有天地》,北方文艺出版社 2005 年版,第 240 页。

② 洪子诚、程光炜编:《朦胧诗新编》,长江文艺出版社 2004 年版,第 19 页。

③ 杨炼:《我的宣言》,《福建文学》1981 年第 1 期。

④ 周克芹:《〈许茂和他的女儿们〉创作之初》,周克芹等:《新时期获奖小说创作经验谈》,湖南人民出版社 1985 年版,第 1 页。

⑤ 鲁彦周:《鲁彦周文集·第 6 卷》,安徽文艺出版社 2002 年版,第 374 页。

二

新时期自我意识的觉醒构成了"文化大革命"后新启蒙思潮的重要内容。而这种觉醒既有外部环境的原因（譬如自上而下的国家政治路线的转移），也是知识分子面对民族灾难后的理性反思的结果。这种觉醒的现实基础是"文化大革命"时期荒诞梦魇的历史事实，是国家政治、经济、文化生活的灾难和人民的巨大不幸。

新时期初期文坛上主要有三类作家：第一类是"归来"作家，论者又称为"五七作家"，如王蒙、张一弓、高晓声、鲁彦周、李国文、丛维熙、张贤亮等。他们大多出生于 20 世纪三四十年代，青少年时期即投身革命，经历了 50 年代初期热情激昂的社会主义体制的变革，50 年代中期开始发表作品，在 1958 年的反右运动中被打入另册，"文化大革命"中又横遭厄运，直到 70 年代中期才重返文坛。第二类是农裔出身的党的基层知识分子，像古华、周克芹等。第三类作家是知青一代，有论者称之为"四五"一代（刘小枫语），像孔捷生、史铁生、梁晓声、北岛、舒婷等，他们大多出生于五六十年代，与新中国一同成长，领受的是革命文化的教育，在"文化大革命"中经历了红卫兵时期的革命狂热和上山下乡运动的锻炼。可以说，这三类作家是新中国成立以后文学创作群体的主干成分，他们的经历、思想、情感、品性代表了新中国成立以后知识分子的精神向度。

与"五四"时期的启蒙知识分子相比，新中国成立后的知识分子具有更浓厚的平民气质，他们特殊的人生经历也使他们和下层人民有着更为深刻的联系。"五四"时期的启蒙者大多出身于官僚、地主和新兴的资产阶级家庭，良好的教育和相对优裕的经济环境带给他们一定的优越地位，因而在他们忧国忧民的使命感中，往往搀杂着居高临下的精英意识。而新中国成立以后的三类知识分子，大多出身于工农家庭或知识分子家庭，他们先后参加革命，具有红色政治经历，1958 年反右运动和"文化大革命"时又都有或长或短的基层生活经历。特别是"五七"作家，他们是以右派或劳教分子的边缘身份到基层接受监督改造。像王蒙，1934 年出生，14 岁入党，1957 年被错划为右派，随后下放北京郊区劳动，"文化大革命"时又流放新疆；李国文，1930 年出生，1949 年参加革命事业，1957 年打成右派，下放铁路工地劳动改造；高晓声，1928 年出生，1957 年因为小说《不幸》被划成右派，下放江苏武进劳动改造，"文化大革命"时又回到农村；鲁彦周，1928 年出生，1948 年参加革命，1966 年下放干校劳动；张贤亮，1936 年出生，1957 年因《大风歌》获罪，有长达十余年的底层劳改生涯。这一批作家的人生经历是相似的，就是经历了一场规模较大的文化思想改造运动。这样的大规模的干部和知识分子的思想改造运动是现代历史上独特的现象。从个人意义上看它的确是一种灾难，但从革命者和农民、知识分子和底层民众的关系来看，它又是一种契机。因为在现代历史上，革命者、知识分子和下层人民的关系一直是个问题。如果说战争年代由于革命者的在野身份，两者之间建立了鱼水交融的联系（这种关系在革命历史的文本中反复地出现），那么新中国成立以后政权的变化则改变了这种相互依存的关系。在野者上升为合法的国家管理者，他们离开了农村老区，走进了城市，远离了当初亲如家人的父老乡亲。知识分子也同样经历着这种阶层流动和社会结构转化。

　　而 1958 年开始的反右运动从国家意志上看其初衷也包含重建两者关系的考量。而正是借助于这种强大的历史力量，一大批革命知识分子从城市来到乡村。而与基层民众朝夕相处也改变了他们的思想和情感。之前他们是在意识形态的宣传话语中认识新中国成立以后的农民和乡村生活的，而只有真正地与农民一起生活，他们才真正地了解到六七十年代中国广大的乡土大地的真实处境。许多作家在回忆他们流放、劳动生涯时诉说过这种深切的体验。张弦说过："十年浩劫中，我先后在农场和农村'监督改造'。渐渐地老乡们了解了我，把我当作自己人了。从写信、打借条以至入党申请书都来找我。我同他们一起经受着物质和精神的贫困，承受着个人迷信、家长式统治和极左政策的折磨。"[①] 高晓声说："我二十多年来与农民生活在一起……三年困难时期，我与农民一样，连续几个月靠一天四两的'健康粉'（麸皮、清糠的混合物）和红花草维持生命，深感饿肚皮

---

　　① 张弦：《惨淡经营——谈我的两个短篇的创作》，彭华生、钱光培编：《新时期作家谈创作》，人民出版社 1983 年版，第 100 页。

的滋味实在不好受。"① 可以说，他们与底层民众一样，经历着极左政治路线的恶果和经济生活的困窘。从某种意义上讲，现代的革命者知识分子再一次经历了社会身份的转换，这一次在力度上、规模和心灵触及的深度上都是无与伦比的。他们从领导者、启蒙者、教育者变成农民、劳动者、被改造者。他们和底层的民众休戚相关，他们经受了炼狱式的折磨，经历了极大的精神危机，但另一方面，这种灾难的经历也使一部分作家同劳动人民产生了深切的关系，促使他们从底层的角度关照历史和现实，重新组构精神结构。

三

出身农裔的作家则有特殊的体验。古华、周克芹等作家和第一类作家相比，有幸运之处，他们出身良好，所以在历次的政治运动中没有受到很大冲击。古华长期生活在湖南家乡嘉禾县，他在自述中说："我生长在湘南农村，参加工作后又在五岭山区的一个小镇子旁一住就是一十四年，劳动，求知，求食，并身不由己地被卷进各种各样的运动洪流中，经历着时代的风云变幻，大地的寒暑沧桑。"② 周克芹，在成都农业技术学校毕业以后回到家乡，先是当农民，后是农村基层干部，担任过生产队队长、会计等职务。他们长期生活于下层，在自我身份意识上，他们既是党员，也是农民，而这两种身份在混乱的年代常常带给他们内心难以解脱的困惑与迷乱："党的培养，人民的哺育，人生的磨炼，我从青年进入中年，我既是一个必须贯彻上级方针政策的农村基层干部，又是一个必须从事劳作以供家养口的农民，有时候我自己就是矛盾的，曾经有过彷徨、痛苦，尤其是当我感到是我自己在伤害着包括我在内的农民群众的时候，我真是百思不得其解。"③ 古华也说："'文化大革命'前和'文化大革命'中，我都曾深

---

① 高晓声：《创作思想随谈》，彭华生、钱光培编：《新时期作家谈创作》，人民文学出版社1983年版，第257页。

② 古华：《闲话〈芙蓉镇〉——兼答读者问》，彭华生、钱光培编：《新时期作家谈创作》，人民文学出版社1983年版，第219—220页。

③ 周克芹：《〈许茂和他的女儿们〉创作之初》，周克芹等：《新时期获奖小说创作经验谈》，湖南人民出版社1985年版，第5页。

深陷入在一种苦闷的泥淖中，也可以说是交织着感性和理性的矛盾。"① 这种原因现在当然已经不言而喻。知青作家也同样经历着理想与现实的冲突，意识形态所宣扬的五色缤纷的幻境与真实的现实构成了尖锐的矛盾。叶蔚林曾说："'文化大革命'期间，我在潇水两岸整整生活了十年，这里的山川无比富饶、美丽，而这里的人民的生活却十分贫困、压抑。"② 革命乌托邦所允诺的幸福并没有如期而来，对他们来说，生活的苦难并不仅仅是物质上的贫穷匮乏，还有阶级斗争哲学泛滥后的人际苦难。诗人顾城所经验的就是混乱、暴力带给人的恐惧感："随时可能把你家门'梆'一踹，你就整个完了，你就没有一个立锥之地，没有一个地方能觉得安全。"③ 从50 年代后期，一系列的政治运动已经开始破坏正常的人际关系，"文化大革命"十年更是草木皆兵，人与人之间相互揭发、相互批判，知青作家体会到的正是历史上的非理性、非正常的生存经验。

正是在真切的、不容回避的现实面前，知识分子开始了理性的反思，而这种反省由于时代的高压政策不能显露于明处，但却如澎湃的暗潮涌动于思想的深处。"我从一九七二年开始，就对亲身经历过的那场运动从正面、反面和侧面进行回忆与思考。"④ 周克芹也说："生活不允许一个人永远处于彷徨之中。我不断地读书、学习、思考。"⑤ "我真正写作较为成熟，是在'文化大革命'结束之后。'文化大革命'，对我来说，是一场噩梦，但也是一场使我警悟人生，认识社会的开始。"⑥ 应该说，正是在血与泪的现实面前，知识分子被乌托邦热情所蒙蔽的自我理性苏醒过来，他们开始

---

① 古华：《闲话〈芙蓉镇〉——兼答读者问》，彭华生、钱光培编：《新时期作家谈创作》人民文学出版社 1983 年版，第 219—220 页。

② 叶蔚林：《题外的话——关于〈在没有航标的河流上〉》，彭华生、钱光培编：《新时期作家谈创作》，人民文学出版社 1983 年版，第 139 页。

③ 顾城：《"人可生如蚁而美如神"——德国之声亚语部采访》，《顾城文选·卷一·别有天地》，北方文艺出版社 2005 年版，第 84 页。

④ 莫应丰：《关于〈将军吟〉的创作》，彭华生、钱光培编：《新时期作家谈创作》，人民文学出版社 1983 年版，第 207 页。

⑤ 周克芹：《〈许茂和他的女儿们〉创作之初》，周克芹等：《新时期获奖小说创作经验谈》，湖南人民出版社 1985 年版，第 5 页。

⑥ 鲁彦周：《鲁彦周文集·第 6 卷》，安徽文艺出版社 2002 年版，第 374 页。

挣脱虚假的教条，试着用自己的感官、自己的头脑去思索、分析、判断。朦胧诗人岳重有这样的诗行："喂，你牢记我现在说的。/我的眼睛复明了/以后，也只有我的眼睛/还是活着的。/我将努力做到比镜子/更单纯，更肤浅，更诚实/也更专断/镜子只能是眼睛。"① 在这里，"眼睛"象征的是正在苏醒的自我，而这个自我不再盲从于既定的说教，而是张开了自己的眼睛，遵从于内心的真正感受，确立了自我的价值基点。他们开始撕开意识形态所构筑的完美社会的面纱，发现隐藏在政治话语背后的裂隙，而苦难经验正是在这个视野中获得了合法性，进入新时期的话语符号中，汇成一股言说的热潮的。

第四节　有限的自我

苦难书写中的乌托邦精神，或者说希望的原则在新时期创作中不是个例，而是一种普遍的倾向，这其中的缘由值得深思。我们通常把新时期看作社会文化的转折时期，这里的转折既是政治路线、经济体制的转变，也是文化的转变，或者说文化的断裂时期。"五四"时期、30年代、"文化大革命"都是现代文化的转折时期。转折意味着背离，背离原有的轨迹，而文化的转折则意味着新旧文化体系的嬗变更迭。但实际的情况是，文化在断裂的形态中还可以看到延续、承继的成分。新时期苦难书写对"苦难"的正视的确是突破了"十七年"时期、"文化大革命"时期的意识形态的约束，在某种程度上打破了新中国成立后伪现实主义的束缚，以"写真实"的原则回归文学本体，但"希望的原则"又使我们感受到新时期文学与新中国成立以后文学的精神上的联系，其中所蕴含历史正义信念、乐观主义等极为熟悉的色调。这种现象反映的是新时期作家复杂的现实处境和文化语境，是过渡时期的知识分子多种文化心态的产物。它是知识分子脱离主流意识形态，建构自我价值的努力过程，它既有突破，也存在创作主体内在的悖论和冲突。

---

① 岳重：《致生活》，洪子诚、程光炜编选：《朦胧诗新编》，长江文艺出版社2004年版，第94页。

一

　　希望的强调首要的一个原因要归之于体制。新中国成立以后中国社会进入一个高度体制化的阶段，"转型前的中国社会结构和体制是在吸收了我国历史和文化传统并部分地照搬了苏联模式的基础上建立起来的，缺乏一定程度的社会自主和自制性，属于政治国家形态的总体性社会。在这种曾经高度政治化的社会形态中，国家不仅在政治、意识形态领域，而且在社会经济、文化等领域都成为唯一的主导力量和具体操作的力量"[①]。在高度政治化的社会形态中，一个日渐强大的国家权力机器统率了社会各活动，文学逐渐丧失了独立的地位，成为国家机器的一个重要部分，或者说，成为体制内的一个组成部分。总起来说，新中国成立以后国家权力通过一系列的运动，如对电影《武训传》、俞平伯的《红楼梦研究》、胡适的文艺思想、胡风的文艺思想的批判和1958年开始的反右派运动，肃清了文艺领域内的非无产阶级和反无产阶级思想，逐步确立了统一规范的社会主义文学体系，它确定了文学的合法机制。这种合法的文学机制，体现在文学的领导机制、作家群体选择、创作机制、传播机制、评价机制中。作家被整合进入国家的机构——如文联、作协，它由懂得文艺规律的国家公职人员领导，承担宣传国家法律政策的职能。而来源不同的作家群体经过不断的清洗，那些被权力意志认为是纯粹的、清洁的成员被保留下来，成为新中国的文艺工作人员。在创作模式上，作家独立撰写的模式被改变，集体创作逐渐成为主流，特别是在"文化大革命"时期。这样的创作模式有助于保持思想的正确，防止个体创作的疏漏。文学的传播媒介由国家控制，杂志社、报社、出版社等形成严格的工作程序，由一系列从上到下的审稿、改稿的制度保证文学作品符合国家意志。这种体制对文学的控制在"文化大革命"时期达到巅峰，因而造成了文学的极度萎缩，"八亿人民只有八个样板戏"正是文化沙漠的写照。

　　新时期初期文学语境发生了重大变化，党的文艺政策开始拨乱反正，实现了调整和转移。它反对"文化大革命"时期建立的极端的文化控制政

---

　　① 邴波：《"撕裂"与"重建"——迟莉创作转型原因探究》，《昌吉师专学报》2000年第4期。

策，而调整和转移在某种程度上又是回归。"事实上，在'文化大革命'结束后的相当长的时间内，中国作家最激烈的历史冲动，并不是要回到后来被阐释为历史起点的资本主义的'五四'，而是要回归'好的社会主义'的'十七年'。"① 借用小说里的话，就是："眼下什么全都拧了个儿，好的成坏的，坏的成了好的。"（张洁《森林里的孩子》）在作家眼里，"文化大革命"的恶在于它颠倒了黑白，混淆了是非，是人变成妖、妖变成人的魑魅世界，而新时期就是重整乾坤、把颠倒的秩序再颠倒过来。新时期文学体制化的回归影响了新时期初期的文学创作（初期指 1977—1985 年，1985 年后文学的创作环境更为宽松，创作主体的自由度更大），使新时期初期文学呈现阶段性特点。

在文艺政策上，1977 年，华国锋为《人民文学》题词："坚持毛主席的革命文艺路线，贯彻执行百花齐放、百家争鸣的方针，为繁荣社会主义文艺创作而奋斗。"就此拉开了新时期文艺政策调整序幕；1984 年，胡启立代表党中央在作协第四次会议上发表讲话，提出了创作个人性、创作自由的问题："文学创作是一种精神劳动，这种劳动的成果，具有显著的作家个人的特色，必须极大地发挥个人的创造力、洞察力和想象力，必须有对生活的深刻理解和独到见解，必须有独特的艺术技巧。因此创作必须是自由的。"② 但是，要注意，这里的创作个性、创作自由不是无限度的。对于如何理解自由，他是这样说的："对于创作自由来说，党和国家要提供必要的条件，创设必要的环境和气氛。同时，作家自己的思想感情和整个创作活动，要同党和国家所提供的这种自由环境相合拍。"③ 而合拍，即意味着作家同党、时代、人民利益的一致，"文艺是时代精神的表现，是推动时代前进的力量。我们作家的心是与党和人民相通的。社会主义的根本任务，党和人民的根本任务，理所当然也就是我们文学战线的根本任务"④。所

---

① 李杨：《重返"新时期文学"的意义》，《文艺研究》2005 年第 1 期。

② 胡启立：《在中国作家协会第四次会员代表大会上的祝词》，中国作家协会编：《中国作家协会第四次会员代表大会文集》，作家出版社 1985 年版，第 6 页。

③ 同上。

④ 同上书，第 5 页。

以说，新时期文艺政策的调整，在没有新的思想资源的情况下，它所指向的依然是 50 年代和 60 年代就存在的方针政策。它虽然也提到作家的个性、作家独到的见解诸问题，但实际上个性更多是创造风格的独特性，并不是指作家个人理性的建立。而在这个过程中，文学与体制的根本从属关系没有被动摇，要辨别的只是哪些是体制内合理的成分，哪些是体制内不合理的成分或者过时的成分。所谓颠倒过来的关系，实际上就是十七年时期的文学与政治的关系，"事实上，如果'一体化'指的是社会政治制度对文学的干预、制约、控制和影响，文学生产的社会化机构的建立以及对作家、艺术家的社会组织方式等等，那么，用这一概念来描述'新时期文学'显然是同样有效的"①。

　　新时期初期的文学创作是在一个强大国家体制的"文学场域"中进行的。国家权力以各种形式传播主流的文艺政策，特别是文学的评价机制、引导机制。其形式多样，有文学批评机制、创作研讨制度和评奖制度。在批评领域，许多文学作品引起了激烈的论争，有的评论沿袭旧有的作风，还给创作造成一些负面效应。夏衍就说过："近年来，没有搞过运动，也没有打过棍子，但是，念紧箍咒，'鸣鞭'吓人，制造山雨欲来的紧张空气，乃至攻其一点不及其余的现象，还是屡见不鲜的。"② 许多作品发表后遭遇到严厉的批判，像《伤痕》、《天云山传奇》、《重逢》、《枫》等。这说明新时期初期的文学评论转轨的时候遇到了困难，它在短时期内还没能改正过去的惯性思维；新时期初期文学体制化的表征还有各种形式的研讨会、座谈会，作协、杂志社牵头举办作品研讨会、座谈会等，把创作者、评论家组织起来，学习政策、讨论作品。中国作协第四次代表大会上冯牧曾经总结道："五年来，我们先后以作协（包括与兄弟单位联合举办）、作协各个委员会以及作协主办的《文艺报》、《人民文学》、《诗刊》、《民族文学》、《小说选刊》、《新观察》等编辑部的名义，召开了剧本创作座谈会，农村题材、军事题材、工业题材、报告文学、诗歌、长中短篇小说、散

---

① 李杨：《重返"新时期文学"的意义》，《文艺研究》2005 年第 1 期。

② 夏衍：《在中国作家协会第四次会员代表大会上的祝词》，中国作家协会编：《中国作家协会第四次会员代表大会文集》，作家出版社 1985 年版，第 87 页。

文、杂文、儿童文学等创作座谈会、期刊编辑会和多种形式的组稿会、改稿会、读书会、笔会等上百次活动。"① 这说明各种形式的研讨会、座谈会、笔会已经成为文学的组织制度之一。它成为国家意志的传输渠道，把意识形态的要求通过特殊的形式宣传下去，引导作家的创作；新时期初期文学体制化的特征还有评奖制度。1978 年设立国家评奖制度，每年对优秀文学作品加以嘉奖。"五年中各种体裁的文学评奖相继开展起来。到目前为止，短篇小说已评奖六次，获奖作品 140 篇，作者 116 人；中篇小说已评奖两次，获奖作品 35 部，作者 27 人；报告文学已评奖两次，获奖作品 55 篇，作者 63 人；诗歌评奖已进行两次，获奖诗作 35 首、诗集 10 部，作者 42 人；长篇小说评奖（即茅盾文学奖，以茅盾同志临终捐款为奖励基金）已进行一次，获奖作品 6 部，作者 6 人。"② 国家评奖制度能够形成意识形态的引导机制，"当时的中奖作品，无不在客观上体现着文化领导权的基本意志。而那些在思想倾向和艺术表现方法上未能合乎文化领导权的'希望与期待'的作品，自然是不被欢迎的了"③。它有意识地过滤、筛选作品，扶植符合意识形态要求的作品，引导现有作家的创作。

可以说，新时期的文学评论、各种形式的讨论会、评奖制度已经成为新时期文学体制化的组织形式，它总的原则是保证文学事业与国家时代精神保持一致。而在这种一致的要求中，就包含了文学的原则性问题，即文学的精神、倾向、色调是消极的还是积极的、是乐观的还是悲观的，它决定了新时期初期文学的总的"希望"精神。"所有被评选出来的作品都是为了光明并且歌颂了光明。在批判极'左'思潮之时，就是在宣传正确路线；在揭发反面事物之时，就是在伸张党的优良传统和人民的正气。"④ 张光年在评论伤痕文学时曾经说："所谓'伤痕文学'，依我看，就是在新时期文学发展进程中，率先以勇敢的、不妥协的姿态彻底地否定'文化大革

----

① 冯牧：《中国作家协会五年来会务工作报告》，中国作家协会编：《中国作家协会第四次会员代表大会文集》，作家出版社 1985 年版，第 53 页。

② 同上书，第 59 页。

③ 何言宏：《中国书写——当代知识分子写作与现代性研究》，中央编译出版社 2002 年版，第 36 页。

④ 秦兆阳：《断丝碎缕录》，《秦兆阳》，人民文学出版社 1992 年版，第 94 页。

命'的文学；是遵奉党和人民之命，积极地投身思想解放运动，实现拨乱反正的时代任务的文学。当时也出现了一些自然主义地展览伤痕，流露消极的、萎靡的、虚无主义的思想和情绪的作品，但那决不是主流，而且评论界和广大读者也对这样的作品提出了原则性的批评。"① 这里直接涉及伤痕文学的苦难表现的限度。显然，正视苦难、表现苦难具有一定的合法性，它传达了人民的心声，反映了党和人民的真正利益，但是苦难表现不是无限制的。作者不能停留在感性的发牢骚、出怨气的层面上，真正的艺术必须着眼于真、善、美的境界，要展现光明的色调，"作品的这种反思性必须具备广而又深的生活基础。这有时不光是或不应该是用悲哀和眼泪所能显示的不幸、不好、不正常"，"作品的低沉的情调有时与其思想的深沉性（或沉重性）是一致的，例如许多悲剧性的作品，尤其在悲剧结尾的时候是如此。但有时深重的思想却不一定要用明显的低调或悲调来表现"②。显然，悲剧在新时期体制话语权力中依然受到限制，悲剧感较重的《枫》、白桦的《苦恋》都曾受到严厉的批判。而这一点极大地影响了新时期初期的文学创作总的精神。

在文学创作机制上，新时期的文学创作既是独立的，也具有一定的集体性。集体创作是作为文学创作的良好作风延续下来的。这种集体性不再是"文化大革命"期间的集体创作，而是国家意志可以通过各种渠道影响文本的形态。其方式多样，比如杂志社从主编到编辑的审稿、改稿权力。编辑的权力是国家赋予的，往往代表国家意志。在这个过程中，不符合意识形态的因素就被剔除出去。《伤痕》的成稿、发表过程就说明了这一点。《伤痕》的结尾发表前和发表后有很大变化。作者卢新华当时是复旦大学的学生，《伤痕》是他的第一篇作品。原本设计的结尾是："除夕的夜里，车窗外墨一般的漆黑。"这种结尾符合创作者的初衷，显示了真正的悲剧气质。但由于它的悲剧性，导致发表过程一波三折。卢新华把它拿给老师看，结果老师认

---

① 张光年：《新时期社会主义文学在阔步前进——在中国作家协会第四次会员代表大会上的报告》，中国作家协会编：《中国作家协会第四次会员代表大会文集》，作家出版社 1985 年版，第 13 页。

② 秦兆阳：《漫谈"深化"——一九八一年在文学讲习所讲课的记录摘要》，《秦兆阳》，人民文学出版社 1992 年版，第 141 页。

为："这篇小说与当时所提倡的小说理论相悖，而且，根据她曾在报社与编辑们打交道的经验，她认为，这篇文章是难以发表的。"沮丧的作者把它交给了中文系墙报的主编，发表后引起轰动。"同学们看后认为，小说表现手法大胆，文笔清新，摆脱了当时小说创作中还存有余威的'假'、'大'、'空'；他们尤其推崇的是，小说深刻揭露了极左政治思想运动给普通家庭所造成的伤害。"① 随后，稿子被送到《文汇报》，报社提出了 16 条修改意见，其中就包括结尾。《伤痕》的结尾就成为现在通行的版本。我们可以看到，《伤痕》是国家、民间和作者三方意志博弈的结果。这是新时期初期的历史情境决定的。新时期许多文本经历了如许的过程。周克芹的《许茂和他的女儿们》1979 年出版的时候就有两个版本，一个是原稿，一个是经过编辑吴承蔚修改后的版本，而作者本人"对没有修改过的初稿更是情有独钟，心着爱意：'它像初生的婴儿一样带着血痕（缺点）问世吧！一个刚刚落地的婴儿，并不美，却有几分动人处。'他对加工过的《许茂和他的女儿们》，却认为'不少地方是编辑代劳，一些富有生活情趣的描写被"精炼"下去了，一些属于作者的习惯语言被换成了编辑习惯用语'"②。显然，周克芹对此颇为遗憾。

可以说，新时期初期的文学精神受体制化的制约，主流意识形态中的进步历史观念、政党、人民的先进性认同促使新时期初期的苦难书写渗透着希望的色调。

二

新时期初期文学苦难与希望的变奏原因是多方面的，既是外在体制的要求，也受创作主体的内在影响，是外部驱动与内在驱动的统一，因为"创作者是艺术形式里的一个结构因素"③。因此，新时期创作主体自觉美学意识的萌发和外化构成了文学精神演进变化的内在驱动机制。

新时期创作主体意识的重要内容是作家自我意识的觉醒，它带来新时期文学内容和形式的突破。对于新时期初期的作家来讲，他们所体现的

---

① 汪建强：《"伤痕文学"第一人卢新华》，《档案春秋》2008 年第 6 期。
② 刘铁柯：《〈许茂和他的女儿们〉编辑出版补遗》，《中国编辑》2008 年第 5 期。
③ ［俄］巴赫金：《巴赫金集》，张杰编选，上海远东出版社 1998 年版，第 117 页。

"自我"意识正是中国本土社会诸种问题和矛盾尖锐化的产物，是 80 年代以来中国整体的社会文化转型的一部分表征，是经历政治乌托邦幻灭后的中国人对"文化大革命"极"左"路线的反叛。但也要看到，新时期作家的"自我"反映着时代的特点，仍然带有时代的痕迹。尽管新时期作家重新发现了"我"的存在，使"我"从"我们"的集群合唱中疏离开去，然而我们还是看到，新时期的"自我"存在着内在的裂隙，它所反对、颠覆的是时代的内容，它所延续的也是时代的内容。因为人类的意识是历史性的，它建立在具体、真实的现实生活基础之上，它不是抽象地存在于主体的心灵之中，而是主体与现实交相碰撞、激发后的文化建构。自我意识也不例外，或者说，新时期文学的苦难经验，突破了意识形态对创作主体"自我"的钳制，而希望的变奏则凸显了新时期作家与十七年文学的某种精神关联。这种内在的关联某种程度上削弱了自我意识的独立意志，使新时期的自我显出浓重的时代局限。这一点，往往被论者所忽视。

新时期初期活跃在文坛上的几类作家，特别是第一、二类作家大多出生于 20 世纪三四十年代，虽然出身不同，但他们成长的时期正是社会主义革命蓬勃发展、取得决定性胜利的时期。他们大多投身革命，是作为革命的参加者、奠基者进入一个新的历史纪元的。在他们身上，镌刻着深深的红色革命的历史烙印。第三类作家大多出生于五六十年代，他们伴随着新中国成长，经历了 50 年代初期的热情激昂的社会主义体制的变革，领受的是革命文化的教育，充满的是拯救人民、建设新中国、解放全世界劳苦大众的雄心大志。在他们身上，既有时代所赋予的财富，也有难以避免的精神局限。不可否认的是，那个时代的革命乌托邦精神已经深深地融入了他们的血液，塑造了他们的理想主义精神。这里的理想，不是指人所设立的具体的社会性目标，而是一种精神、一种气质、一种生活态度、价值目标，"建国以后开始创作的作家一直到'文化大革命'后兴起的知青作家都是在理想的熏陶下成长起来的作家，理想精神浸入到他们的骨子里，他们的创作以及风格的流变，往往与他们对理想的认识和态度有内在的关系"①。在这三类作家的

---

①　贺绍俊：《把李国文理想化的一次冒险》，《当代作家评论》1998 年第 5 期。

精神品性中，可以看到某种共同性的属于那个革命时代的理想主义精神特征：譬如历史进步的信仰（表现在对共产主义完美社会的认知和憧憬）；对人主体能动性的大力肯定和弘扬（表现在先进政党、人民等创造历史、改造历史的英雄主义精神）；对理想、事业、集体主义原则等形而上的道德追求。这种理想主义精神后来发生了变化，经历了"文化大革命"梦魇的挫败，早期的狂热和激情转变为怀疑和否定，但这种怀疑和否定并没有完全动摇理想主义的根基。它只是"以否定的形式来肯定生活，作者在激愤或悲痛之情中，爱憎是异常分明的，它们憎恶、鞭挞、否定理应为历史所摒弃的假、恶、丑，肯定、向往、呼唤那理应为历史所肯定的真、善、美，尽管在内容深度上、情感分寸上还有某些可以商榷和研讨之处，但绝然有别于单纯的悲观主义或虚无主义的作品，在悲剧的形式中，汹涌着的却是反映历史要求的潜在威力"①。阿城敏锐地体察到新时期文学与十七年文学的内在关联："'伤痕文学'与'工农兵文学'的文化构成是一致的，伤是自己身上的伤，好了还是原来那个身，再伤仍旧是原来那个身上的伤，如此循环往复。"② 如果说新时期初期的苦难书写涉及了"恶"的问题的话，那么"恶"并不是后现代主义作家视野中的本体存在，而是可以被清除的异己势力。而历史，仍然是完善的历史、可修复的历史；人，仍然是主体的人，有力量的人。其中贯穿的仍然是执着的理想主义精神。

　　新时期作家的理想主义精神影响到自我意识上，使新时期作家标榜的"自我"显示出内在的分裂。新时期作家的自我既是个别的我，也是群体的我，是个体与群体的结合。一般而言，自我是针对个体与群体的关系而言的，群体在不同时期表现为不同的历史力量，如家、国、党、民等。新时期初期的自我，与90年代以后先锋文学和一部分女性文学中的与世隔绝、充满叛逆和孤独感的个体相比，仍然具有相当的亲和性。这种亲和指的是作家并不否认"我"与群体的或多或少的关联，"我"的经历、体验、

---

　　① 唐达成主编：《中国新文艺大系（1976—1982）·短篇小说集（上）》（导言），中国文联出版公司1986年版，第4页。

　　② 阿城：《闲话闲说——中国世俗与中国小说》，《阿城精选集》，北京燕山出版社2006年版，第217页。

情绪并不是独一无二，仅属于自我的，而是属于这个民族的、大家的、时代的。"我深信这种喜悦不仅仅是我个人的，而是我和我们这乡场上的父老乡亲们共有的，是今天的现实生活给大家带来的。"① "我的祖国，我的人民，是我心中惟一的圣明。"② "必须写自己的所爱，写自己被真正感动的人物，而这种爱与感动，同人民的情感是相通的。"③ 新时期的作家们屡屡这么说，这也是他们真实的情感，真诚的信仰。这是一个热爱祖国、热爱人民，相信党和人民创造了历史的革命时代留给他们的精神财富。在新时期作家那里，"我"不是孤独的，"我"是和祖国、人民的感情息息相通的，"我"的痛苦是祖国、人民的痛苦，"我"的欢乐，也是祖国、人民的欢乐。

在朦胧诗人那里，"自我"也是和祖国、人民联系在一起。舒婷的《祖国呵，我亲爱的祖国》传递的是传统的赤子情怀，诗歌反映的是母亲/祖国、女儿/自我的亲和关系的写照。她为祖国的苦难忧虑，呼唤民族、祖国的新生。她诗中的爱情，也并非仅仅是私人的情爱。"你有你的铜枝铁干，/像刀，像剑，/也像戟，我有我红硕的花朵，/像沉重的叹息，/又像英勇的火炬，/我们分担寒潮、风雷、霹雳；/我们共享雾霭、流岚、虹霓，/仿佛永远分离，/却又终身相依，/这才是伟大的爱情，/坚贞就在这里：/爱，不仅爱你伟岸的身躯，/也爱你坚持的位置，足下的土地。"爱情的内容，不仅是和两性的感官认识、独立精神品质相关联，也和两性所生长的土地、所从事的伟大的事业相联系。在杨炼那里，"我"也是群体性的，"在中国/古老的都城/我像一个人那样站立着/粗壮的肩膀，昂起的头颅/面对无边无际的金黄色土地/我被固定在这里/山峰似的一动不动/墓碑似的一动不动/记录下民族的痛苦和生命"（杨炼《大雁塔》）。杨炼诗中的"我"，是一个觉醒的巨人，他昂起了头颅，像雕像一样伫立着，他被

---

① 何士光：《同父老乡亲们共呼吸——写〈乡场上〉的一点体会》，彭华生、钱光培编：《新时期作家谈创作》，人民文学出版社1983年版，第64页。

② 苏叔阳：《我的人生笔记：燃烧是美丽的》，时代文艺出版社2007年版，第162页。

③ 陈世旭：《写人民之所爱——〈小镇上的将军〉创作的一点感想》，周克芹等：《新时期获奖小说创作经验谈》，湖南人民出版社1985年版，第181页。

民族的苦难所震惊而陷入深深的思索。北岛所谓的"我"是这样的："诗人应该通过作品建立一个自己的世界，这是一个真诚而独特的世界，正直的世界，正义和人性的世界。"① 这个"自己的世界"不仅要忠实于自我，还要尊重正义和人性，也就是说要尊重真理，尊重客观的标杆。正因为这样，北岛，这个朦胧诗人中叛逆气质最为浓烈的诗人写下这样的诗行："别问我们的年龄/我们沉睡得像冷藏库里的鱼/假牙置于杯中/影子脱离了我们/被重新剪裁/从袖口长出的枯枝/绽开了一朵朵/血红的嘴唇。"（北岛《别问我们的年龄》）诗人用冷峻的笔触记录"我们"——共和国一代人相近的遭遇：思想被麻痹，真实的感受被压制，血红的嘴唇几乎是伤痕的颜色，它喻示了一代人心灵的创伤。而顾城，这位执着歌咏个人情怀的童话诗人，在他温情的目光中，"我"与"我们"也在默默凝视："我们在明亮的烟火中走动/我们手中的果子又变成了花朵/我们相互微笑，为死亡感到惊异/许多年后还在困倦地回想。"（顾城《静静的落马者》）"烟火""花朵"倏忽逝去，而死亡却迫在眼前，诗人的心态则略显迷惘，对此茫然不解，多年以后还在苦苦思索。这个未解的谜团并非个人的疑惑，而是"我们"所共同走过的旅程。作家在挖掘自我的经验的时候，有意无意地有为人民代言的身份意识。正像顾城所说的："我和我渺小的诗，并不属于雾和遥远的群星，它属于你，属于人民，属于我们民族漫长而沉重的夜晚，属于人类的共同需要——明天。"②

如果说朦胧诗人的自我身份更多地归属于祖国、人民，那么在"五七"作家那里，自我的身份认同则指向了政党。对"五七"作家来讲，他们早年的革命生涯赋予了他们坚贞的信念，革命历程中的艰辛与困苦磨炼了他们的意志。与知青作家相比，他们具有更为成熟的或者说已经定型的价值系统，挫折并不能打击他们的革命信心，反右派乃至文化大革命的遭遇并没有消磨掉他们内心的革命热情。这种革命热情在新时期初期表现为对国家、党清除邪恶势力、扭转历史进程的真诚喜悦。伤痕、反思文学中出现的程式化的"希望"结尾，当时在评论家和读者中都引起了争论，争

---

① 洪子诚、程光炜编：《朦胧诗新编》，长江文艺出版社 2004 年版，第 19 页。
② 顾城：《剪接的自传》，《顾城文选·卷一·别有天地》，北方文艺出版社 2005 年版，第 9 页。

论的焦点在于这种"希望"是真实的还是硬加上去的。对此作家们也作出了回答，高晓声就说："有人认为小说的最后一段，是作者有意写了一个光明的尾巴。这个说法是不对的，因为粉碎'四人帮'以后，我们的景况确实是好转了。"① 谌容的《人到中年》也引起了争论，有热心读者为之设计了陆文婷死亡的结局，但作者认为"还是不要更改现在的结尾好些。这不是'光明的尾巴'，而是生活给我提供的感受"②。希望对他们而言，绝不是水中月、镜中花，的确是现实给予他们的真切的感受。新时期初期国家拨乱反正，开始纠正以前的错误，积极地落实知识分子的政策。可以说，光明的确真真切切地存在，而归来的作家，对自身命运的改变感同身受，对苦难结束、春天到来有无限欣喜。"一九五七年，我刚张开嘴唱，很快给贴上了封条。……这样，直到一九七六年十月以后，在和煦的春风吹拂下，终于能够衷情地唱出自己的心声。这便是呈现在读者面前的这部长篇小说《冬天里的春天》。仅凭这一点，我衷心地赞美今天。"③ 他们的伤口还未愈合，但却不愿发出怨艾之声，而是迫不及待地开始了真诚的歌颂，这种情感是真诚的。

可以说，大部分"五七"作家的身份，既是知识分子，也是坚定的共产党员。甚至在某种程度上，共产党员的身份认同掩盖了知识分子的身份认同。作为知识分子，他们在情感上接纳了悲剧性的底层经验，但一旦上升到理性层面，对这场灾难加以思考的时候，他们就很容易地以一个共产党员的身份自居，或者说他们很容易地就接受了意识形态反思的结果。大多数的时候，他们是以一个高瞻远瞩的、具有深邃历史意识的巨人目光看待这场灾难，阐释灾难的根源，并以乐观主义的历史进步论预示灾难之后光明的到来。

汪晖在讨论 20 世纪中国马克思主义现代性思想时，认为新中国成立以

① 高晓声：《〈李顺大造屋〉始末》，彭华生、钱光培编：《新时期作家谈创作》，人民文学出版社 1983 年版，第 46 页。

② 谌容：《写给〈人到中年〉的读者》，周克芹等：《新时期获奖小说创作经验谈》，湖南人民出版社 1985 年版，第 69 页。

③ 李国文：《我的歌——谈〈冬天里的春天〉的写作》，彭华生、钱光培编：《新时期作家谈创作》，人民文学出版社 1983 年版，第 210 页。

后至少存在三种形态的马克思主义：一种是新中国成立以后的毛泽东式的社会主义思想形态；一种是"文化大革命"后的社会主义思想；第三种是"文化大革命"后在中国共产党内部产生的人道主义马克思主义思想形态。而"像毛泽东这样的马克思主义者相信历史的不可逆转的进步，并力图用革命的或'大跃进'的方式促进中国社会向现代化的目标迈进"①。新时期作家对灾难的反思具有时代的特点，具体来说就是保持了对社会主义历史进步论的忠诚。张一弓在《犯人李铜钟的故事》中说："历史是滔滔东去的黄河，而黄河是浑浊的，它夹带着大量的泥沙，需要时间来澄清。"周克芹在《许茂和他的女儿们》中借金东水的口诉说了对历史正义的坚定信仰："历史像奔腾不息的长江大河一样，有时会不可避免地出现一个旋涡，生活的流水在这里回旋一阵以后，又要浩荡东流的。"在新时期作家笔下，历史进程虽然有曲折、有反复、有倒退，但历史仍然是公正的历史、正义的历史。而历史正义的保障力量正是来源于政党和人民。党和人民不仅仅是苦难的共同承受者，还是苦难书写中力量的来源。如果说苦难向希望的转化存在拯救机制，乐观主义精神需要保证力量的话，那么，你可以看到，这种力量来源于历史进步的真正力量——政党内部的正义势力和善良的人民。《天云山传奇》中罗群被打成反革命后对冯晴岚说："对党对社会主义的信念，是不能有任何动摇的……我们的遭遇，是暂时的现象，总有一天，党会纠正这些问题的。"这种对党的信仰体现在文本中，就是一批英雄人物的出现，如《犯人李铜钟的故事》中的田振山，《张铁匠的罗曼史》中的牛书记，王蒙《鹰之谷》中的"哑嗓子"，《许茂和他的女儿们》中的颜少春、《芙蓉镇》中的谷燕山、《大墙下的红玉兰》中的路威、《远去的白帆》中的寇安。从叙事的意义上考察，新时期苦难书写存在着三类人物谱系：一类是受难者，一类是施虐者，第三类就是拯救者或帮助者。上面的英雄人物就属于第三类人物。他们在正与邪的斗争中往往站在受难者一方。他们的身份往往被设计成老革命，像路威，工人出身，参加过志愿军；像"哑嗓子"，以前是新四军，担任林场党委书记。他们本身也是

①　汪晖：《当代中国的思想状况与现代性问题》，许纪霖编：《二十世纪中国思想史论》（上卷），东方出版中心 2000 年版，第 620 页。

极"左"路线的受害者，在斗争中曾被剥夺了工作权利，而一旦重新获得权力，他们就成为受难者的保护神。在是非颠倒、阴霾沉沉的历史时刻，他们是正义和公理的象征，他们代表基层政党的正确倾向与中央的力量遥相呼应，构成了重整乾坤的历史基础。而人民，则构成了苦难中希望的另外一种温暖的力量。鲁彦周的《天云山传奇》有这样的描写，罗群和凌曙在反右倾运动时候被拉到台上接受批判，作者以冯晴岚的视角描写他们："这两个人外貌完全不同你是知道的，一个魁梧奇伟，一个文弱矮小，但奇怪的，这两个人的神情却完全相同。他们镇定自若，有时用一种蔑视的眼光看看会议的主持人，有时又用忧虑的眼睛，望着乌云沉沉的天空，有时却又含笑望着土台下的群众们。"这段文字清晰地表明了作者对涉及的三种历史力量的态度：一种是对党内的投机分子无言的蔑视；一种是对自身所代表的历史正义的信心；还有对人民群众的深切的信赖。知识分子在遭受苦难的时刻，是正义善良的人民给予他们历史的信心。在《天云山传奇》中，虽然没有具体的形象，但人民在关键时刻总是显示出沉默的力量。当罗群被打成右派时，"当地的老乡也从来没有把他当作坏蛋来看"，当凌曙为抢救人民财产牺牲之后，"山坡上，站着黑压压的人群，那么多人，却没有什么声音，只有那漫山的松涛声"。因为人民心中自有正义，他们拥有衡量事物的标杆，他们是用朴素的良心判断是非正误的。鲁彦周赋予他笔下的人民以理性的能力。而高晓声、古华、李国文等则看到了人民的善良、坚韧的品质。《芙蓉镇》中的胡玉音每次挨批斗的时候，"会场上的气氛往往不激烈，群众的斗志不高昂，火药味不浓。有的人还会红了眼眶，低下头去不忍心看。还有的人会找了各种借口，中途离开会场，尽管门口有民兵把守"。高晓声曾说："我对陈奂生们的感情，绝不是什么同情，而是一种敬仰，一种感激。这倒并非受过他们特殊的恩惠，也不是出于过分的钟情，而是我确确实实认识到，我能够正常地度过那么艰难困苦的二十多年岁月，主要是从他们身上得到的力量。正是他们在艰难中表现出来的坚韧性和积极性成了我的精神支柱。"① 可以说，人民构成了历史正义的另外一种宝贵的来源。

---

① 高晓声：《且说陈奂生》，彭华生、钱光培编：《新时期作家谈创作》，人民文学出版社1983年版，第49页。

总起来讲，新时期初期作家的自我因为与国家、党、人民的联系而获得了力量的源泉。苦难不再是个人的独有的经历，当个人的不幸命运与整个人民的遭遇融合在一起时，偶然就变成了必然，苦难本身的尖锐与痛楚就削减了它的力度。就历史而言，个人的苦难因为融入了民族的宏大的叙事而获得了合法的救赎；就现实而言，"文化大革命"后的拨乱反正的运动证实了历史正义的最终实现，苦难向希望的转化得到了历史与现实的双重保障。新时期作家的自我因为与群体的融合而获得了历史的纵深感，作家借助于历史的高度、广度而扩大了视野，一定程度上避免了沉溺于个人恩怨的狭隘与琐碎。

新时期作家的自我与政党、人民的潜在关联也存在局限性。如果说作家借助于群体融合而获得了超越苦难的力量，使新时期的苦难书写呈现乐观主义的色调。那么这种融合在一定程度上减弱了自我的理性独立性。新时期的作家一直在强调自我的重要，宣称要用"我"的眼光去观照现实，摆脱虚假意识形态的约束。但从创作实践上看，新时期作家在潜意识深处还远远没有脱离意识形态的制约。这种制约表现在思想层面——比如对历史、政治、苦难等问题的认识。新时期作家的思考大多没有超出当时意识形态的框架。新时期社会文化转型是中央领导的从上到下的一股思潮，1976 年 10 月粉碎了"四人帮"，1978 年 5 月《光明日报》等发表了《实践是检验真理的标准》，1978 年 12 月 12—18 日中央召开十一届三中全会，提出停止以阶级斗争为纲的路线，要把发展经济作为社会主义建设的中心内容，1981 年发表《关于建国以来党的若干历史问题的决议》，重新认识新中国成立以来的社会主义实践，全面肃清了思想界的混乱情况。而新时期作家的理性认识大多数来源于意识形态的认识。张弦在创作《被爱情遗忘的角落》时候就面临思维的困境，面对现实问题感到没有出路："就在这时，三中全会的公报发表了。'要让农民尽快地富裕起来！'太对了！吃不饱肚子什么都是空的呵！我心里豁然开朗，找到了这个'角落''被爱情遗忘'的根源。"[①] 可以说，新时期作家自我的认识有意无意

① 张弦：《惨淡经营——谈我的两个短篇的创作》，彭华生、钱光培编：《新时期作家谈创作》，人民文学出版社 1983 年版，第 101—102 页。

地与意识形态话语保持了同步。"作家们主体意识并没有真正觉醒，他们仍然更多依赖于外在社会命题所规范的价值判断，而内心还没有足够力量在反观历史、复述苦难时达到对历史应有的追问，更没有产生对历史总体性的怀疑和颠覆。"①

20 世纪 80 年代中期以后，中国的文化语境发生了巨大的变化，中国汇入全球化的浪潮中，新时期初期作家所表现出的政治乌托邦热情遭遇到现实的挑战。从作家心态来看，新时期初期社会上普遍存在着喜悦乐观的情绪，"在'复苏'期，包括作家在内的所有人，差不多都对即将来临的社会变革抱有一种近乎天真的、浪漫的幻想，认为一切都会依照美好的设想如愿以偿，所以最初的改革文学充满着理想色彩和英雄主义"②。但 80 年代中期以后的社会变革大大超出了人们的预料，经济、政治、文化都面临着危机与挑战，政治意识形态已经不再作为唯一的权威统治文学话语。刘小枫就说过："近十五年来汉语世界的重要变化之一是，拥有社会法权的政党伦理在现代化经济——政治转型的过程中逐步式微。"③ 意识形态约束的弱化使作家获得了更多的自由和独立思考的能力，而西方文化的引进和翻译开阔了知识分子的视野，现代主义、新历史主义、后现代主义思潮冲击了知识分子原有的价值观念，作家的自我意识获得了更为广阔的空间，而作家对文学的认识发生了巨大转变。特别是五七作家们，当他们用一种新的文化系统审视自己新时期初期的创作，对自身的局限性也有了更为充分的认识。鲁彦周就说："五十年代为革命而写，70 年代为使命感而写，那时就是那么想的，这两种回答，其实是有一条线贯穿的，即文以载道的老套子。"④ "我确实感到我的有些作品是超负荷的，这是我的弱点，我身上的习惯势力，使我感到束缚，感到难以摆脱。"⑤ 对于那个时代的人

---

① 靳新来：《新时期文学的苦难叙述》，《学术交流》2006 年第 7 期。

② 汤学智：《生命的环链——新时期文学流程透视（1978—1999 年）》，郑州大学出版社 2003 年版，第 61 页。

③ 刘小枫：《中国国家伦理资源的亏空》，刘小枫：《这一代人的怕和爱》，生活·读书·新知三联书店 1996 年版，第 208 页。

④ 鲁彦周：《鲁彦周·自序》，人民文学出版社 1992 年版，第 2 页。

⑤ 同上书，第 3 页。

来讲，时代给予他们的印记是刻骨铭心的，难以抹去的，他们已经认识到自己思想上因袭的弱点。"在中国文化土壤上成长的知识分子，难免有其先天的不足，和依附于强力阶层的软弱。"① 他们没能全面建立起知识分子的独立的价值评判基础，自觉不自觉地依附于权力意识。

也正是出于这种反思，80 年代中期以后反映政治苦难的创作出现了变化，早期的乌托邦式的希望色调逐渐减弱，作家开始正视历史苦难，超越早期的政治思维而挖掘其悲剧内涵。鲁彦周发表于 1985 年的《苦竹林、苦竹溪》已经不再停留于历史被纠正的乐观情绪中。《苦竹林、苦竹溪》中的老乡长老殷、老红军尚文芬，这些党的忠诚战士几乎是一类悲剧性的角色，他们崇拜党、相信党，紧跟着政策、路线走，为了信仰甚至牺牲了自己的爱情。如果单纯从道德上判断，他们似乎极其符合那个时代的人格典范，但他们的悲剧恰恰就在这里。因为他们所衷心信赖的原则、标准被历史证明是荒谬的。他们是真诚的，而他们的真诚也恰恰造就了他们的悲剧。鲁彦周对此作出了深入的思考，拓展了苦难书写的文化意蕴。丛维熙的创作也发生了转变，创作于 1988 年的《阴阳界》系列题材上仍然属于大墙系列，但在精神上已经脱离了早期的浪漫情怀。小说的结尾是这样的："天，灰蒙蒙的。山，灰蒙蒙的。盘肠山道弯弯曲曲地像一条蜷卧的蛇。去哪方？不知道，去找谁？不知道。走。反正要走。走很远很远的路，直到无尽的尽头。"早期那种建立在历史进步论之上的幻想动摇了，他们已经认识到："所谓社会发展有历史规律可循的话语受到挑战。某个时代是某种知识类型的产物，是人为的、而非历史必然的。"② 生活已经向他展示了复杂混沌的图景，而作者也真实地袒露了内心的迷茫与困惑。

如果说新时期初期的政治乌托邦精神曾经赋予作家以希望的色调，并导致某些创作的盲点，那么 80 年代中期后的乌托邦的幻灭其实是一个契机，它促使作家摆脱意识形态的制约而获得更大的思维空间。因为对

---

① 李国文：《斯威夫特的箴言》，《自由谈文学》，文化艺术出版社 2001 年版，第 229 页。
② 刘小枫：《"四五"一代的知识社会学思考札记》，《这一代人的怕和爱》，生活·读书·新知三联书店 1996 年版，第 123 页。

于这场巨大的灾难，新时期作家的反思还远远不够："十年浩劫绝不是黄粱一梦。这个大灾难同全世界人民都有很大的关系，我们要是不搞得一清二楚，作一个能说服人的总结，如何向别国人民交代！"① 巴金的《随想录》提醒人们：苦难的思考还远未结束，它仍然存在一个更为广阔的阐释空间。

---

① 巴金：《随想录》(1—5 集)，人民文学出版社 2000 年版，第 241—242 页。

第二章

乡土乌托邦

乌托邦是中西方思想史和文学史上的一种普遍现象。乌托邦的产生是历史性的，在不同历史时期，各民族在不同文化、政治、经济基础之上产生不同的乌托邦想象。作为对理想社会和理想人性的想象，乌托邦存在着两个基本的方向，一是向前看的乌托邦，一是向后看的乌托邦。20世纪以来，向前看的政治乌托邦成为主导潮流，它面向未来，以反传统文化、建立新型的社会制度为目标，引发了重大的社会变革。同时，向后看的乌托邦也并未绝迹。向后看的乌托邦指的是一种倾向，在传统与现代的二元结构中，它认为完美的现代社会并不与传统完全割裂，传统文化中存在着富有生命力的因素。在一部分秉持民族文化立场的知识分子的认识中，传统文化并未完全丧失价值，他们在中国现代性转型中仍然为传统保持着一定的地位。林语堂的文化乌托邦、沈从文的乡土乌托邦都显示出向后看的倾向。新中国成立以后大陆向前看的政治乌托邦取代了向后看的乌托邦，后者陷入沉寂。新时期思想解放带来了乌托邦精神的变化，政治乌托邦激情逐渐消退，而在寻根文学思潮中出现了一些作家，他们缅怀过去、向传统文化回归，在民间乡土大地上发现了理想家园，构建了一个个乡土乌托邦梦幻世界。在那里，人和自然、人和人互相依存、相亲相爱，充满了温情脉脉的色彩。

第一节 乡土自然文化精神

新时期乡土乌托邦文学是改革开放以后急剧变动的现代化过程的产

物，是对主流意识形态和新兴的工业文明的双重反拨。改革开放以后，知识分子面临双重的文化困境：第一是既往的向前看的政治理想主义激情衰落，而血脉中积淀的理想主义精神又促使他们不断寻找新的理想载体；第二是国家以经济建设为中心的现代化政策引发新的精神危机。现代化借助于科技文明重塑社会生活，它所带来的标志之一就是城市的出现。"所谓'现代化'一词的通常含义至少包括以下几点：经济增长（或称为工业化）、都市化，以及西方化。"① 而新的社会聚居地——现代城市与传统的乡土大地自然构成相对照的生存样态，引起了一部分知识分子的不同思考，特别是一部分出身农裔的知识分子。他们在乡村成长，成年后又在城市谋生，个人生存的艰难和两种文化的歧异带来剧烈的心理冲击。物质的困窘、情感的孤独、文化的震荡放大了城市的丑陋，而遥远的故乡则逐渐浮现在他们的视野中，它已褪去了贫穷、愚昧的启蒙认定，而成为一部分知识分子的文化家园。

乡土的发现是 20 世纪文学的一个重要内容。乡土进入现代知识分子的视野是从"五四"时期开始的，它伴随着中国现代性追求的进程。乡土所包含的土地问题、农民问题、生产方式问题以及乡土所指征的传统文化是中国现代化进程必须面对的问题，并且在不同的历史时期给予了不同的价值认定，因而产生了相异的乡土文学话语类型。大致来讲，在中国现代文学史上，伴随着时代精神的转变，至少存在着三种乡土话语：第一种是"五四"时期产生的启蒙语境下的乡土文学话语。知识分子以科学、民主等现代西方文化观照传统的乡土世界，呈现在话语模式中的是愚昧的农民和封建吃人的礼教文化，是"上流社会的堕落和下层社会的不幸"②。在他们的笔下，乡村世界往往是灰色、暗淡、萧条的，充满着令人窒息的苦闷、压抑气氛。代表作家有鲁迅、蹇先艾、台静农、彭家煌等。第二种就是 20 世纪 30 年代京派文学中的乡土乌托邦话语。他们"以自己的乡村经

---

① ［美］约翰·弗里德尔：《社会与文化的变迁》，李彬译，中国社会科学院民族研究所编：《民族学译文集》（3），中国社会科学出版社 1991 年版，第 35 页。

② 鲁迅：《英译本〈短篇小说选集〉自序》，《鲁迅全集》（第 7 卷），人民文学出版社 1981 年版，第 389 页。

验积存为依托，以民间风土为灵地，在风景画、风俗画、风情画的浪漫绘制中，构筑抵御现代工业文明进击的梦中桃源"①。在沈从文、废名等笔下，传统的乡土保留了其内在的生机，自然状态的人和朴素平淡的日常生活成为讴歌赞美的对象。对京派作家而言，乡土社会不仅是地理环境意义上的"物"的生存，还是哲学、人的生存等根本意义上的存在，是人理想的生存形式和完美人格的象征，是现代人所苦苦追寻的精神家园和归宿，它寄托了一部分现代知识分子对民族传统文化的皈依和认同。第三种就是社会主义革命语境下的乡土文学话语。它把现代性的价值主体放在农民身上，赋予农民以革命意识和阶级情感，他们作为建设新中国的新的历史力量取代了资产阶级，以改天换地的英雄气概成为乡土文学话语的中心角色。而革命语境下的乡土世界，一方面有别于启蒙话语中的萧条灰暗，而呈现光明与希望的色调，它隐喻性地表达了传统乡土的消逝和新型革命乡土世界的诞生；另一方面也一改京派的田园牧歌气息，京派乡土的平民关怀和日常生活价值退居幕后，而乡土社会中激烈尖锐的阶级冲突与经济变革浮出话语表层，显示了时代精神的新的诉求，并成为新中国成立后主导性话语类型。

乡土文学的三种话语类型及其演变轨迹很早就引起研究者的注意，多数研究者注意到乡土文学的历史性转换，并界之以"乡土"与"农村"之分野。"'乡土'和'农村'的共同所指可以说都是中国乡村，但其不同的称谓，却意指着不同的社会、历史和文化的内涵；至于'乡土文学'和'农村题材小说'则更可以视为包含着不同的价值取向和历史形态的文学史范畴。"② 乡土文学与农村题材文学的内涵与外延既存在相互交叠，又存在着审美、价值的不同取向。农村题材文学与乡土文学尽管都指向于地理区域含义上的与城市相互对应的所在，但其中显然蕴含了相异的价值取向。如果说现代史上的农村文学所选择的是社会学意义上的乡土内容而强调其政治内涵，那么乡土文学则更多地注意到民俗、民情等文化内容。按照丁帆的概括，"乡土文学"指的是一种具有特殊审美品格的文学类型，

---

① 丁帆等：《中国乡土小说史》，北京大学出版社 2007 年版，第 72 页。

② 王又平：《从"乡土"到"农村"——关于中国当代文学主导题材形成的一个发生学考察》，《华中师范大学学报》（人文社会科学版）2003 年第 42 卷第 4 期。

"整个 19 世纪到 20 世纪，乡土小说作为世界性'乡土文学'的一支，已经用'地方色彩'和'风俗画'奠定了各国乡土小说创作的基本风格以及其最基本的要求"①。它具有特殊的审美区域与价值赋予，并因此而形成现代乡土文学的独特意蕴。

颇有意味的是，新时期的乡土文学话语似乎完成了历史的一个向后的循环，即"农村题材"文学到"乡土文学"的转移。新时期最早出现的是伤痕文学中的乡土话语，它表现为对"五四"启蒙精神的回归与认同。人道主义、人的尊严、政治权利的诉求成为新时期初期的主旋律，强烈的怀疑、否定意识成为新时期文学初期的普遍经验。它一方面继承了"五四"时期的批判精神，另一方面又具有新的历史特点。如果说"五四"时期的乡土批判主要是从文化切入，它所面对的是当时还具有权威力量的封建文化的话，那么新时期的乡土文学则主要是从政治入手，它同样借助于科学、民主等西方现代文化，但它批判的目标却转向了现代的主流政治文化。特别是伤痕、反思文学中的乡土叙事，呈现出与"五四"启蒙文学相似的精神品格，以乡村的物质生存苦难和精神苦难控诉极左政治路线。80 年代中后期，思想进一步解放，乡土文学的意蕴不断拓展、加深。乡土文学的言说路线遵循从意识形态向文化层面转移的路径，作家逐渐摆脱了意识形态潜在思维的影响，在一部分寻根文学中，乡土言说呈现出一种乌托邦精神的渗透。在他们的文本中，乡土的自然伦理与庸常生活具有诗意的色彩，乡土世界负载了作家对理想社会和理想人格的想象，他们在民间大地上构筑了一个理想的家园，乡土具有了精神家园的永恒意义。相关的作家有汪曾祺、阿城、贾平凹、迟子建、阎连科、张炜、李佩甫等。

新时期乡土乌托邦的发轫之作是老作家汪曾祺的《受戒》，作于 1980 年，发表于《北京文学》，发表后引起很大轰动，标志着 30 年代京派乡土精神的回归。篇后注曰"一九八〇年八月十二日，写四十三年前的一个梦"。后来根据其朋友何震邦所记，此篇为作者纪念少年时代的初恋而作。

---

①　丁帆等：《中国乡土小说史》，北京大学出版社 2007 年版，第 9 页。

但作品的含义并不仅仅如此，它的确包含了作家少年时代的个人情怀，但同时又寄托着创作者对理想的人的生存形式的思考。《关于〈受戒〉》一文中，作家曾经这样解释他的创作动机："我要写！我一定要把它写得很美，很健康，很有诗意。""我写的是美，是健康的人性。"①

由是，《受戒》以及其后的《大淖记事》等文本具有了形而上的象征意义，它以江苏高邮这一具体、真实的江南小镇向上提升、转化，而构建了一个优美和谐的乡土乌托邦世界。其后，寻根文学中的李杭育的"葛川江系列"、阿城的"遍地风流"、郑万隆、迟子建的"黑土地"、陕西贾平凹的"商州"、河南阎连科的"耙耧山乡"、李佩甫的"画匠王"等创作承续了其精神，不约而同地开始乡土乌托邦书写。

> 商州一直是我的根据地，或许我已经神化了它。②

> 在这里所写到的商州，它已经不是地图上所标志的那一块行政区域划分的商州了，它是我虚构的商州，是我作为一个载体的商州，是我心中的商州。③

> （80年代、90年代初期）那时小说中充满了一种浪漫的、理想的东西。④

> 现实主义，与生活无关，与社会无关，与它的灵魂——"真实"，也无多大关系，它只与作家的内心和灵魂有关。真实不存在于生活，只存在于写作者的内心。现实主义，不会来源于生活，只会来源于一些人的内心。⑤

---

① 汪曾祺：《汪曾祺文集·文论卷》，江苏文艺出版社1993年版，第228页。
② 贾平凹、穆涛：《平凹之路》，青海人民出版社1994年版，第22页。
③ 贾平凹：《〈浮躁〉序言之一》，贾平凹、穆涛：《平凹之路》，青海人民出版社1994年版，第168页。
④ 罗雪挥、阎连科：《我希望我的创作充满疼痛》，《中国新闻周刊》2006年第5期。
⑤ 王尧：《为信仰写作——阎连科的年月日》，《当代作家评论》2007年第2期。

　　我小说中的世界，只是我理想世界和经验世界的投影。我不是企图再现我曾经经验过的对象或事件，因为很多我都没有也不可能经验过，而且现实主义并不等同再现。①

　　以上作家的言论显示出他们已经逐渐脱离现实主义所规定的对社会生活外在真实的模拟追踪，而开始主动地把内心的理想贯注于话语的世界中。在他们文学世界中，现实和想象、外在和内在、主观和客观已经很难分出清晰的界限，而是水乳交融地结合在一起，呈现出乌托邦的色调。

　　乡土乌托邦所描绘的是一种建筑于乡土大地之上的理想的生活形态。乡土是地理概念、社会组织和文化形态的统一。乡土首先是地域性的，是与现代城市相对应的生活区域；其次乡土又是社会学概念，指的是在特定地域之上的较为传统的农业社会组织、结构和形态；最后，乡土还具文化内容。这三方面的内容构成了乡土乌托邦的核心内容。我们把它概括为自然文化精神和民间文化精神，它是建立在民间乡土生活之上的乡土物质文化和意识、心理等观念文化的集中与体现，它体现了现代人对传统与现代、城市与乡村、欲望与道德等多重冲突中的价值认同和情感归依，流露出现代人建立在民族、民间文化立场上的对传统的回归，是现代人对科学、理性等现代启蒙文化的反思。

一

　　乡土乌托邦所流露出的一个重要内容就是对人与自然关系的再发现，体现出一种符合人性的自然文化精神。乡土首先是一个地域概念。人是自然的产物，人总是生存于一个特定的自然地域环境之中。地域包含着一系列地域性的地理风貌，而这些特异的自然面貌构成了乡土文学中的风景、风物等内容。丁帆在谈论乡土小说的题材范围时候曾经说过："典型意义上的现代乡土小说，其题材大致应在如下范围内：其一是以乡村、乡镇为题材，书写农耕文明和游牧文明生活；其二是以流寓者（主要是从乡村流

---

　　① 郑万隆：《我的根》，孔范今等主编：《中国新时期文学思潮研究资料》（上），山东文艺出版社 2006 年版，第 212 页。

向城市的'打工者'，也包括乡村之间和城市之间双向流动的流寓者）的流寓生活为题材，书写工业文明进击下的传统文明逐渐淡出历史走向边缘的过程；其三是以'生态'为题材，书写现代文明中人与自然的关系。"①而在乡土乌托邦书写中，风景、风物等"物"的要素并不仅仅指人的外在生存环境，而是决定着人的生存形式和精神风貌的有机的存在，它是有生命的、充满灵性的、与人的生存相互依赖的存在。

人与自然的关系既是文学的问题，也是哲学的问题、人性的问题。中国传统哲学的主流注重社会政治伦理，反映在文学上，就是自然附属于社会生活。文学中的自然只是人物、事件的背景，其审美功能大多局限于介绍环境、烘托气氛等次要功能。直到魏晋时期，自然才逐渐脱离附属地位，成为独立的审美对象。特别是在具有隐逸意识的作家那里，譬如陶渊明的笔下，自然具有了与社会政治生活相抗的力量。自然不仅是人的衣食父母，而且逐渐具有了精神上的象征意义。与灰暗暴虐的政治生活相比，宁静、优美、自由、生机勃勃的大自然成为人类真正的精神家园。自然启迪了人类的思维，促使他们在文明化的过程中不断向后看，他们发现人类在文明中逐渐失去的财富，因而萌发出非文明的自然文化精神。"自然文化就是将自然作为社会人生的价值准则的文化。'自然'是最高的准则，合于自然的社会就是最理想的社会，顺乎自然的人生就是最高境界的人生。"②这种自然文化从老子、庄子、陶渊明、王维一直延续到现代的京派作家，成为知识分子寻求精神自由的一条重要途径。

乡土文学中人与自然的关系更为密切。对于 20 世纪的乡土文学来讲，自然在不同时期的乡土文学中处于不同的地位，折射出不同社会历史阶段时代精神的要求，寄寓了创作主体特殊的审美意识。20 世纪的乡土文学就主流来看，自然和人的关系并非是文学家关注的焦点问题，20 世纪激烈的社会转型决定了人与人之间的政治、经济关系和人与自我之间的伦理关系成为现代人实施社会变革、更新社会和人性的切入点，而人与自然的关系

---

① 丁帆等：《中国乡土小说史》，北京大学出版社 2007 年版，第 19 页。

② 王学谦：《还乡文学：20 世纪中国乡土文学的自然文化追求》，《东北师大学报》（哲学社会科学版）2001 年第 4 期。

被遮蔽于动荡激烈的政治社会变革中。在文学中，自然往往成为政治和文化的隐喻符号，担负着政治启蒙和文化启蒙的批判功能。我们可以看看以下材料，它鲜明地体现出"自然"在主流作家视野中的隐喻色彩：

> 我冒了严寒，回到相隔二千余里，别了二十余年的故乡去。时候既然是深冬；渐近故乡时，天气又阴晦了，冷风吹进船舱中，呜呜的响，从蓬隙向外一望，苍黄的天底下，远近横着几个萧索的荒村，没有一些活气。我的心禁不住悲凉起来了。阿！这不是我二十年来时时记得的故乡？

——鲁迅《故乡》

> 当大地刚从薄明的晨曦中苏醒过来的时候，在肃穆的、清凉的果树园子里，便飘起了清朗的笑声。这些人们的欢乐压过了鸟雀的喧噪。一些爱在晨风中飞来飞去的有甲的小虫，不安的四方乱闯。浓密的树叶在伸展开去的枝条上微微的摆动，怎么也藏不住那一累累的稳重的果子。

——丁玲《太阳照在桑干河上》

在这里，"深冬""天气""苍黄的天底""萧索的荒村"以及"大地""晨曦""果树园""小虫"与其说是自然天象、乡村外观景象和乡村风物的如实描摹，不如说是乡土风景、风物等客观景象与主体情绪相互结合的产物。前者是鲁迅以启蒙者的眼光观察到的日渐崩溃的封建文化的写照；后者则是萌动着生机的新的政治生活形态的投影。因而，乡土文学的风景、风物描写，"是进入乡土小说叙事空间的风景，它在被撷取被描绘中融入了创作主体烙着地域文化印痕的主观情愫"①。在主流作家的视野中，乡村风景、风物消失了独立的审美地位而成为现实政治生存和文化生存的象征符号。而由于 20 世纪是人与社会尖锐冲突、斗争的阶段，这种人与人、人与社会之间的对立关系附着于人与自然的关系之中，人与自然也往

---

① 丁帆等：《中国乡土小说史》，北京大学出版社 2007 年版，第 21 页。

往带有对立冲突的色彩，带有浓厚的斗争气息。新中国成立以后人与自然的关系更为紧张，社会层面的阶级斗争的哲学扩张至自然领域，改造自然、利用自然、与天斗、与地斗、人定胜天的意识形态文化决定了人与自然的对立关系。

二

新时期乡土乌托邦在自然与人的关系有明显的变化，在精神品格中显示了向传统回归的趋向，体现了一种自然文化精神。自然不再附属于社会生活，而是本体性的、自足的存在。自然不仅仅是政治的、文化的自然，而是有生命的自然、情感的自然。迟子建这样说过："我一直认为，大自然是这世界上真正不朽的东西，它有呼吸，有灵性，往往会使你与它产生共鸣。"[①] 如果说政治、道德代表了人的理性价值，那么自然文化强调情感的价值。情感是人性内在的需求形式之一，它与理性、欲望一道构成人性错综复杂的内容，决定了人的生存行为模式和思维模式。情感既与理性相区别，也同欲望不同，是人与外界相互沟通、相互融合、相互印证，达到自我认同的需求。在乡土生活中，人与自然直接接触，因而容易形成较为朴素的自然观念。自然不是儒家眼中抽象"天道"伦理秩序，也不是道家视野中无情感无意志的存在，也不是西方现代思想中被征服、被控制的对象，而是与人充满着亲密、交融、信赖、融会贯通的有情有意的存在。在乡土乌托邦的经验中，人与自然往往是相互依赖、相互依存、相互感应、息息相关，就像汪曾祺所言："人和山水的默契，溶合，一番邂逅，一度目成，一回莫逆。"[②] 迟子建在她的小说《采山的人们》中有这样一段描写：

> 山在我眼中就是一个大的果品店。你想啊，春天的时候，你最早能从那吃到碧蓝甘甜的羊奶子果，接着，香气蓬勃的草莓就羞红着脸

---

① 方守金：《自然与朴素孕育文学的精灵——迟子建访谈录》，方守金：《北国的精灵——迟子建论》，黑龙江人民出版社 2002 年版，第 141 页。

② 汪曾祺：《相看两不厌》，《汪曾祺文集·文论卷》，江苏文艺出版社 1993 年版，第 168 页。

在林间草地上等着你摘取了。草莓刚落，阴沟里匍匐着的水葡萄的甜香气就飘了出来，你当然要奔着这股气息去了。等这股气息随风而逝，你也不必惆怅，因为都柿、山丁子和稠李子络绎不绝地登场了，你就尽情享受野果的味道吧。

自然——这里首先指的是外在的自然——是有情感、有意志的存在，它不是冰冷的与人的生存毫无关系的物理或化学的存在。自然是有灵性的、有生命的，自然像母亲一样亲切、温情、慈悲，它用温暖的胸怀为自然的儿女提供丰厚的礼物，它把甜美的果实馈赠给它的儿女。它能应和人的生存需要，充满着生存活力、生机和创造性，它是生命的源泉，是人类生命的保护神。

在乡土乌托邦书写中，自然又是宁静的、闲适的。乡土生活形态中的自然往往具有恒定、稳定的秩序感。永恒的山、水、大地、天空，春夏秋冬四季的轮回，白昼黑夜无休止的循环，大地上植物周而复始的萌芽、生长、衰落，动物们生存、繁衍的种种活动与人的生存构成奇妙的对应。乡土中的人遵循着万物生长的规律日出而作、日落而息，它固然在某方面是重复的、单调的、缺乏新鲜内容的，就像李佩甫在《绿嘴儿牡丹》中所感受到的："那天总也阴晦着，久久磨不出笑脸，村街就越发地单调沉闷。日子呢，像过了一世那么久，而又慢慢地重复，寡味得叫人愁。"[①] 然而其中也包含着宁静生活所带来的淡泊悠远的心灵享受。它提供给人的是永恒的自然所赋予的安全、稳定，它满足了人类内心深处的对于秩序化人生形态的需求。在乡土生活中，一切事物都似乎在掌握之中，你知道黑夜过后必然是黎明，你知道冬天之后必然是春天的回归。四季的循环中并不意味着生命的寂灭，而恰恰是生命的再次的萌生。多数的乡土乌托邦作家都怀着沉醉之情描摹乡土生活中的安静阴柔之美。贾平凹用他的绚烂简约的文笔涂抹着商州的绮丽安谧的风景画卷，充满诗情画意的韵味：

---

① 李佩甫：《李佩甫》，人民文学出版社1996年版，第34页。

　　洛南和丹凤相接的地方，横亘着无尽的山岭，蜿蜒蜒蜓，成几百里地，有戴土而出的，有负石而来的，负石的林木瘦耸，戴土的林木肥茂；既是一座山的，木在山上土厚之处，便有千尺之松，在水边土薄之处，则数尺之蘖而已。大凡群山有势，众水有脉，四面八方的客山便一起向莽岭奔趋了。回抱处就见水流，走二十里，三十里，水边是有了一户两户人家。人家门前屋后，绿树细而高长，向着头顶上的天空拥挤，那极白净的炊烟也被拉直成一条细线。而在悬崖险峻处，树皆怪木，枝叶错综，使其沟壑隐而不见，白云又忽聚忽散，幽幽冥冥，如有了神差鬼使。山崖之间常会夹出流水，轰隆隆泻一道瀑布。潭下却寂寂寞寞，水草根泛出的水泡，浮起，破灭，全然无声无息。①

在这里，有山有水，山、水、林、木各安其生、相互依存，瘦木肥林各有所依存又和谐生长；这里人烟稀少，炊烟袅袅，一派安谧祥和之气，俨然陶渊明的"桃花源"的再生。

三

美化的乡土自然固然由于作者的乡土情怀所带来的溢美之词，同时也确实是乡土大地与现代文明相互隔膜之后的现实反映。中国现代化的进程极不平衡，当工业化和科学技术的洪流蔓延现代的乡土大地时，在一部分较为偏僻的边远之地，还保存着传统古老的乡土文明形态。贾平凹就这样描述商州的现实：

　　如今的商州，陕西人去过的甚少，全国人知道的更少。……商州西部、北部有亘绵的秦岭，东是伏牛山，南是大巴山；四面三山，这块不规不则的地面，常常就全然被疏忽了，遗忘了。正是久久的被疏忽了，遗忘了，外面的世界愈是城市兴起，交通发达，工业跃进，市面繁华，旅游一日兴似一日，商州便愈是显得古老，落后，撵不上时

---

① 贾平凹：《贾平凹文集·寻根卷》，中国文联出版公司1995年版，第22页。

代的步伐。但亦正如此，这快地方因此而保持了自己特有的神秘。①

　　而这种古朴的乡土文化在与现代城市文化的对照中显示出新的价值。现代工业文明带来了高度的物质文明，同时它也带来现代人新的生存困境。考察乡土乌托邦作家的身份，我们发现一个有意味的现象，他们大多出生于五六十年代，出身于农村，或者有长期在农村生活的经历。像贾平凹，陕西省丹凤县人，1952 年出生；阎连科，河南嵩县人，1958 年出生；李佩甫，河南许昌人，1953 年出生；张炜，山东栖霞人，1956 年出生，1976 年高中毕业后，回原籍在农村参加劳动；迟子建，黑龙江省漠河县人；阿城，北京人，"文化大革命"时下乡，先后在山西、内蒙古、云南等地插队落户。这一批人少年、青年时代在农村生活，成年后先后离开农村，定居于城市。乡土和城市是他们生活过的两个文化区域，而这两种文化系统都给予他们不同的影响，而从乡土向城市的迁移也造成了他们精神上的某种焦虑与不适。可以说，乡土生活给予了他们最初的启蒙，乡土生活中与自然的亲密联系已经融化于他们的灵魂深处。迟子建回忆她的童年生活时曾经这样说："三十年前我在祖国最北端的小村子北极村，……零岁到四岁，我在温暖的土炕上吃喝拉撒睡，认识了星星、月亮、太阳、雪、炉火、江水、蚂蚱、蟋蟀、土豆、麦子、玉米、茄子等等，也认识了姑、舅、姨、妈、爸、外祖父、外祖母，还与一条狗做了好朋友。"② 乡村生活中俯仰即拾的山、水、大地、太阳、星空在他们出生的时刻起就融入了他们的心灵结构中。乡土生活中靠山吃山、靠水吃水的经济生产方式决定了人与自然息息相关的仰赖关系。自然与母爱、亲情一道构成了乡土大地中永恒的温暖。而对在社会生活中遭遇挫败的人，乡土生活的大自然又像慈爱的母亲慰藉着他们孤独的灵魂。贾平凹曾经这样说过他与自然的结缘："社会的反复无常的运动，家庭的反应连锁的遭遇，构成了我是是非非、灾灾难难的童年、少年生活，培养了一颗羞涩的、委屈的甚至孤独的灵魂。慰藉以这颗灵魂安宁的，在其漫长的二十年里，是门前屋后那重重

---

① 贾平凹：《贾平凹文集·寻根卷》，中国文联出版公司 1995 年版，第 4 页。
② 迟子建：《向着白夜旅行·跋》，河北教育出版社 1995 年版，第 341—342 页。

迭迭的山石，和山石之上的圆圆的明月。这是我那时读得有滋有味的两本书。"① 可以说，乡土乌托邦书写者的农裔身份，他们与大自然所建立的深刻的情感联系形成他们成年后进入城市生活后的隐性心理意向。

农裔出身的作家进入城市是中国当代城市化进程的一个普遍的现象。城市化的进程使大量农村居民以各种的方式向城市进发，"向城而生"已经成为当代农村/城市二元社会建构中一种典型的文化心态。而在这个过程中，乡土文化与城市文化的冲突日益鲜明地浮现在文学话语中。当他们在乡土生活中所建立的稳定、温馨的人际关系转变为城市的孤独与竞争经验，当他们所信奉的乡土价值遭遇城市文明的冲击，当城市与乡村两种文化的矛盾冲突达到一定程度时候，他们的眼光会自然而然地转向乡土大地，寻找他曾经失去的安静乐园。正是在现代文明的对照之下，乡土乌托邦中的自然以它富有魔性的魅力重新回到了现代价值系统的中心。"我全身的肌肤都在呼吸真正的风、自由的风。池子周围落满了雪。我朝温泉走去，我下去了，慢慢地让自己成为温泉的一部分，将手撑开，舒展开四肢。坐在温泉中，犹如坐在海底的苔藓上，又滑又温存，只有头露出水面。池中只我一人，多安静啊。天似亮非亮，那天就有些幽蓝，雪花朝我袭来，而温泉里却暖意融融。池子周围有几棵树，树上有灯，因而落在树周围的雪花是灿烂而华美的。"② 这段富有隐喻性的文字标志着现代人重新皈依于自然的过程。大自然以它宁静的力量抚慰了焦虑的心灵，抚平了现代人心中累积的层层褶皱，人重新回到他久违的故乡，他脱去了一层层的伪装，他赤诚地袒露在大自然的怀抱中，他获得了永久的安宁。乡土大地中的自然呈现出生命的本原价值，它一层层祛除了笼罩在乡土大地之上的现代文明的阴霾，而袒露出本真的自然品质，阐释了人与自然的相互依存的生存关系，它为现代人构筑了一个新的精神家园。

---

① 贾平凹：《山石、明月和美中的我——文外谈文之二》，贾平凹、穆涛：《平凹之路》，青海人民出版社 1994 年版，第 212 页。

② 迟子建：《伤怀之美》，《我的世界下雪了》，山东画报出版社 2005 年版，第 135 页。

第二节　乡土民间文化精神

乡土乌托邦的第二个重要内容就是对民间乡土文化的发现。按照陈思和的观点，民间文化"它是在国家权利控制相对薄弱的领域产生的，保存了相对自由活泼的形式，能够比较真实地表达出民间生活的面貌和下层人民的情绪世界"①。在乡土乌托邦中，作家发现了一个被主流意识形态遮蔽的文化空间。这是一个朴素平凡的乡土生活空间，这里生活的是平凡卑微的平民百姓，他们远离政治的喧嚣与混乱，固守着乡土朴素的伦理规范，他们醉心于庸常琐碎的寻常生活，在衣食住行、婚丧嫁娶、一粥一饭的日常生活中寻找诗意的闪光点，他们物质困乏而又不以为苦，他们承受着天灾人祸，却又在苦难面前却显示出精神上的超越，在贫瘠的自然和残酷命运的打击下依然温情脉脉，饱含了对世界的慈爱情怀。这个庸常的乡土世界，既不同于政治意识形态和精英知识分子话语中的乡土世界，也不同于其后市场经济下的世俗化乡土，而是强调日常生活价值的平民世界，带有传统民间文化的特征。总而言之，在乡土乌托邦中显示了一种自由自足的民间文化精神。代表性的作家有阿城、汪曾祺、迟子建、贾平凹、李佩甫等。

一

乡土民间文化精神首先是对凡人庸常生活空间的尊重。20世纪中国文学总体上还是属于英雄文学，这是近代以来疾风暴雨式的政治革命的需求造成的，因为迫在眉睫的民族、国家、民众的危难需要英雄来拯救。这种英雄在不同的历史阶段往往具有不同的形象，比如"五四"时期的启蒙文化英雄；30年代的抗日民族英雄；40年代的阶级革命英雄；新中国成立初期的社会主义建设英雄；80年代初期的工业、农业改革英雄以及各个时期的历史英雄叙事。尽管英雄有时代的种种差异，但也体现出一般的社会文化心理对英雄气质的一般判断：救国救民的高尚的道德人格、不屈不挠

---

① 陈思和：《民间的浮沉——从抗战到文化大革命文学史的一个解释》，《中国当代文学关键词十讲》，复旦大学出版社2002年版，第138页。

的钢铁意志、改天换地的自由力量。而英雄主义的壮美赞歌之下，伴随的往往是对凡人价值的忽略和道德贬低。我们很容易地就能发现启蒙文化英雄的悲凉牺牲之后鲁迅投射给大众的犀利的眼光，它既有怜悯，更有抨击，特别是鲁迅自身经验中难以泯灭的对民众愚昧、落后和麻木的认知；30 年代以后文学的大众化思潮的确给新文学带来的新的英雄形象，即农民、工人出身的现代英雄。"中国现当代文学史上的经典作品所塑造的可效仿的'典型人物'几乎无一不是农民，或者是农民出身的军人。他们纯粹，透明，乐观，充满了理想主义和英雄主义。"[1] 但我们也要注意到意识形态话语对民间英雄话语的扭曲、提升和改变。或者我们可以这样说，权力阶层对民众作出的新的判断，其基础在于工人、农民所蕴含的政治能量。毛泽东所代表的无产阶级文化既已失望于资产阶级和知识阶层，那么政治所能借助的力量只能转向乡土大地。而社会主义文化体系中，民众既是可以依赖的力量，也是必须加以改造的群体。1940 年毛泽东就宣称："无论如何，中国无产阶级、农民、知识分子和其他小资产阶级，乃是决定国家命运的基本势力。这些阶级，或者已经觉悟，或者正在觉悟起来。"[2] 1949 年，毛泽东又发表《论人民民主专政》一文，在社会主义改造的问题上表明意见，认为："严重的问题是教育农民。"[3] "用民主的方法，教育自己和改造自己，使自己脱离内外反动派的影响（这个影响现在还是很大的，并将在长时期内存在着，不能很快地消灭），改造自己从旧社会得来的坏习惯和坏思想，不使自己走入反动派指引的错误路上，向着社会主义社会和共产主义社会前进。"[4] 可见，只有用社会主义的文化启发农民，教育农民，才能实现广大农村的社会主义转化。这里鲜明地体现出权利阶层的思路：民众，并非先天地就具备革命的意识，必须经过思想的改造才能成为国家的主体。改造的道路，实际上就是把凡人向神圣的"英雄"转化的过程。反映在文学话语中，就是中间人物的逐步消失和英雄人

---

① 孟繁华、程光伟：《中国当代文学发展史》，人民文学出版社 2004 年版，第 47 页。
② 毛泽东：《新民主主义论》，人民出版社 1975 年版，第 17 页。
③ 毛泽东：《论人民民主专政》，人民出版社 1975 年版，第 15 页。
④ 同上书，第 13 页。

物的一统天下。60 年代文坛曾经发起关于"中间人物"的讨论，邵荃麟曾经说过："整个说来，（作品）反映中间状态的人物比较少。两头小，中间大；好的、坏的人都比较少、广大的各阶层是中间的，描写他们是很重要的。"[①] 邵荃麟的发言主要是就文坛上的反现实主义的创作流弊而言的，并非为凡人张目，而仅仅这一点，在当时就受到激烈的批判。而写英雄人物，写革命的工农英雄就成为主潮，而凡人形象及其所指证的民间文化就逐渐遮蔽于恢弘的政治革命叙事话语中。

80 年代初期首先张扬民间文化精神的作家一是汪曾祺，一是阿城。汪氏的《受戒》《大淖记事》以及一系列的风俗小说首先在文本上呈现了一幅与主流宏大叙事相迥异的平民生活空间，其间活动的大多数是与政治拉开距离的"边缘人物"，《鸡鸭名家》中的炕房师傅余老五、放鸭能手陆长庚，《受戒》中的小和尚明海和小英子，《大淖记事》中的锡匠、《七里茶坊》的赶牛人、《故里杂记》中的更夫李三、侉奶奶等。无论是记忆中的故乡，还是作者长期或短期生活过的北京、张家口，作者注意到的总是那些平凡普通的人。20 世纪风云变幻的时代大潮在他的笔下只是轻描淡写的背景，只是俗世庸常的生存中呼啸而过的风。《故里杂记》中有这么一段：

> 有一年，杨家香店的作坊接连着了三次火，查不出起火原因。人说这是"狐火"，是狐狸用尾巴蹭出来的。于是在香店作坊的墙外盖了一个三尺高的"狐仙庙"，常常有人来烧香。着火的时候，满天通红，乌鸦乱飞乱叫，火光照着侉奶奶的八棵榆树也是通红的，像是火树一样。
>
> 有一天，不知怎么发现了海潮庵里藏着一窝土匪。地方保安队来捉他们。里面往外打枪，外面往里打枪，乒乒乓乓。最后是有人献计用火攻，——在庵外墙根堆了稻草，放火烧！土匪吃不住劲，只好把枪丢出，举着手出来就擒了。海潮庵就在侉奶奶家前面不远，两边开仗的情形，她看得清清楚楚。她很奇怪，离得这么近，她怎么就不知

---

① 邵荃麟：《在大连"农村题材小说创作座谈会"上的讲话》，《邵荃麟评论选集》（上册），人民文学出版社 1981 年版，第 393 页。

道庵里藏着土匪呢？

　　这些，使侉奶奶留下深刻印象，然而与她的生活无关。……

　　在这里，在主流宏大叙事中被刻意忽略的民间生活空间显示出其独特独立的意志。它是按照自身的轨迹在行走，在它的背后，跟随的是一大批似乎无知无识的底层小人物。他们的生活寡淡至极，"侉奶奶的生活实在是平淡之至。除了看驴打滚，看孩子捉蚂蚱、捉油葫芦，还有什么值得一提的事情呢？"而来自于外界的变动，不管是自然的灾难还是人为的斗争，都仅仅是庸常人生的背景。那些20世纪曾经激动人心的、鼓舞数代人奋斗抗争的理想、前途、正义对他们而言，仅仅是还没有被充分理解的混乱的存在，甚至在一定程度上构成了与凡人庸常生存的某种干扰、破坏，这里的意蕴颇值玩味。

　　民间文化是乡土生活自然形成的一套意识系统，与主流国家意识形态相比，它来源于底层民间，反映着平民百姓的生存需要，具有一定的独立性。"虽然在政治权利面前民间总以弱势的形态出现，但总是在一定限度内接纳国家权力对它的渗透。'任何一个时代的统治思想始终不过是统治阶级的思想'，正是这种状况深刻的说明。但它毕竟是属于'被统治'的范畴，它有着自己的独立历史和传统。"① 在权力意识的侵袭中，它仍然能够保持着自身顽强的声音。这一点在新时期乡土乌托邦话语中得到了清晰的体现。李佩甫的《选举》叙述了一个有趣的故事，队长去上面开会，带回一个指示，"上头叫两人一组，选个坏分子出来，上公社去开会……嗨，上头发话了，爷们看着办吧"。反地富右、破四旧是20世纪后半叶中国历史上的重大的事件，它因为激进的行动给知识分子、农民造成了极大的灾难。李佩甫在处理这个题材时注意的不是伤痕文学中惯常的悲剧展示，而是用近于喜剧的笔法描写了这个乡村一天戏剧性的变化。农民在强势的国家权力面前，在近于荒诞的决定面前没有想到反抗："人们怔怔的。汉子们点烟来吸，互相看了，那捏烟的手竟也抖抖。女人怀里的孩子哭了。有

────────────

　　① 陈思和：《民间的浮沉——从抗战到文化大革命文学史的一个解释》，《中国当代文学关键词十讲》，复旦大学出版社2002年版，第138—139页。

骂声喊出来，又四下看看，忙用奶头塞住娃娃的嘴。一时无话。"他们有怨言、不理解、不满，但并没有生发出抵制的能量，而是像接受天灾一样接受了自己的命运。正像费正清所说的："到了 60 年代，中国人民已经懂得如何与共产党政权共处，就像他们和以前历代专制政权共存一样。"[①] 农民以自己的乡土伦理解决了这个关乎身家性命的问题，他们互相谦让着，"仁义些的汉子"像英雄一样地站出来，落选的汉子背负着耻辱留下了。而小说的结局峰回路转，选上的坏分子在饭时都回来了，因为"队长那驴日的！上头叫一村选一个，他驴耳朵竟听成两人选一个！……"于是，欢声笑语又回响在这个乡村中，文本开初的沉重一转为轻松的嬉笑。这个短小的乡村喜剧透露出国家权力与乡土伦理遭遇时的尴尬。阿城回忆他的知青生涯时也说过：

> 我在云南的时候，上面派下工作组，跑到深山里来划分阶级成分。深山里的老百姓是刀耕火种，结绳记事，收了谷米，盛在麻袋里顶在头上另寻新地方去了，工作组真是追得辛苦。
>
> 更辛苦的是，不拥有土地所有权的老百姓，怎么来划分他们为"地主"、"富农"、"上中农"、"中农"、"下中农"、"贫农"、"雇农"这些阶级呢？所以工作组只好指派"成分"，建立了低层机构，回去交差，留下稀里糊涂的"地主"、"贫农"们继续刀耕火种。[②]

在这里，阿城用调侃的口吻叙述国家权力试图控制和整肃民间乡土文化过程中的无奈，而且，更重要的是，阿城发现了乡土民间文化自身的生命力。新中国成立以后是统一的权力意识逐渐代替知识分子的精英价值和农民的乡土价值的过程，而这个过程非常复杂，存在着渗透与反渗透、决定与反决定的特点。乡土文化在强势的权力文化面前唯唯诺诺的形象背后，乡土自身生存文化仍然起着重要的作用。美国学者哈维兰曾经说过：

---

① ［美］费正清：《中国：传统与变迁》，张沛译，世界知识出版社 2002 年版，第 618 页。

② 阿城：《闲话闲说——中国世俗与中国小说》，《阿城精选集》，北京燕山出版社 2006 年版，第 178 页。

"一种文化最终的成功与否，取决于这一文化在满足人们的基本需要方面所能达到的程度。"① 新中国成立以后日渐极端地对乡土民间生存空间的挤压造成了权力意识与乡土民间文化的日渐加深的隔膜与距离。而对新时期的知识分子来说，所面对的就是 20 世纪知识分子恒常的问题：怎样看待农民，怎样看待乡土民间文化。

阿城的选择是 80 年代初期一部分知识分子共同的选择，其时限还可以上溯至 60 年代。自 60 年代以降，知识分子与普通农民有了更多的联系，特别是在反右后，知识分子的下乡运动加深了他们对底层农民的理解。阿城在一次访谈时说："工、农、兵、商、学、士，士是知识分子，都是既得利益集团的，惟独农不是，他们什么也没有。"② 这种认识是真正接触到农村之后才认识到的。阿城曾经谈到自己在农村听到或见到的令人"目瞪口呆"的事实：一家人冬季只有一条军棉被。梁晓声也曾谈道："在从城市到他们落户的农村、边疆这一巨大半径上，他们曾多次往返。所见疾苦种种，所闻民怨多多，非一般中国人能相比。何况，他们还曾亲身与当地人民在那深重的贫穷落后中长期生存过。"③ 而正是这样的经历，使一部分知识分子坚定地站在农民一边。他们懂得普通农民生活的疾苦，了解他们卑微的愿望，欣赏他们在艰苦的生活中依然保存的德性。对他们而言，与其说承袭了传统文化精神，毋宁说是民间文化精神深深吸引了作家，而这一点导致作家创作立场的根本转变。阿城的"三王"系列鲜明地体现出作家民间文化精神的觉醒与认同。《孩子王》《树王》存在着隐藏的叙事线索，即作为现代文明的"知青"皈依于乡土文明的转变过程。在阿城的有限的几篇知青文学中，大约存在着三种人物类型：代表主流价值的形象，比如《树王》中的李立，父母的红色背景、随身带的一大木箱马列书籍，"常在思索，偶尔会紧张地独自喘息，之后咽一下，眼睛的焦点越过大家，慢慢地吐出一些感想。例如'伟大就是坚定'，'坚定就是纯洁'，'伟大的

---

① ［美］威廉·哈维兰：《文化的性质》，李彬译，中国社会科学院民族研究所编：《民族学译文集》(3)，中国社会科学出版社 1991 年版，第 11 页。

② 查建英主编：《八十年代：访谈录》，生活·读书·新知三联书店 2006 年版，第 30 页。

③ 梁晓声：《站直了不容易》，文化艺术出版社 2004 年版，第 320 页。

事业培养着伟大的人格'"。这样的形象在意识形态话语中通常是作为"典型"人物来描写的，而在阿城的话语中，从来不是叙事的中心。或者说，此类典型性人物虽然也令人敬佩，然而总让阿城敬而远之，因为他所标志的超越性追求往往与平庸截然对立，它总是要以它神圣的光辉照耀出凡人生活的黯淡委琐，超蹈的"大我"也显示出"小我"的狭隘渺小。"大家这时都不太好意思看着他，又觉得应该严肃，便沉默着。""不太好意思"的心态特别值得玩味，它表明了在一场席卷全国的政治、文化的变革中一部分普通人的经验，或者说民间精神与权力宣扬的价值之间的深刻的隔膜（它不是对立、不是冲突）。这种隔膜体现在文本中，就是第二类形象的出现，带着作家自身影子的"边缘人形象"。《棋王》中的王一生、《树王》《孩子王》中的知青"我"。其边缘性不仅在作者的政治身份，"父母生前颇有些污点，运动一开始即被打翻死去"。更多地在于边缘人所最终指向的乡土文化精神。在文本中它是由肖疙瘩、王福等乡土世界中的平凡百姓担当的。"砍树""保树"的实质是权力意识与乡土精神的冲突，是裹胁着巨大能量的权力意识形态与朴素的乡土文明的交锋。知青，作为新中国成立以后新一代的知识分子，既是学习者，又是启蒙者、教育者，担负着宣传革命意识的任务，就像李立所说的："重要的问题是教育农民。旧的东西，是要具体去破的。树王砍不砍，说到底，没什么。可是，树王一倒，一种观念就被破除了，迷信还在其次，重要的是，人在如何建设的问题上将会思想为之一新，得到净化。"而在这个过程中，知识分子却在发生着改变，在两个相互疏离的生存形态面前，创作者隐隐然指向了自身真正的精神归宿。《孩子王》真切地描写了作家的心路历程。"我"初来乡村，准备把现代文明的种子播撒在贫瘠的土地上。当王福交上作文，我才有了新的发现："我呆了很久，将王福的这张纸放在桌上，向王福望去。王福低着头在写什么，大约是别科的功课，有些黄的头发，当中一个旋对着我。我慢慢看外面，地面热得有些颤动。我忽然觉得眼睛干涩，便挤一挤眼睛，想，我能教那么多的东西么？"在作家眼中，当意识形态所宣扬生活形态显示出荒诞、虚假和残酷性的时候，朴素的乡土文明则呈现出真正的光辉。这些没有书本的、衣衫褴褛、蓬头垢面的乡野村孩的内心中，蕴含的是知识所不能包含的情感和道德的美，而"我"也经历了"启蒙者"到"被启蒙者"的情感的升华。

二

乡土乌托邦的民间文化精神还体现于对日常生活的审美关照。什么是日常生活呢？我们借用这个概念："日常生活是以个人的家庭、天然共同体等直接环境为基本寓所，旨在维持个体生存和再生产的日常消费活动、日常交往活动和日常观念活动的总称，它是一个以重复性思维和重复性实践为基本存在方式，凭借传统、习惯、经验以及血缘和天然情感等文化因素而加以维系的自在的类本质对象化领域。"① 匈牙利的哲学家赫勒在定义"日常生活"时说："我们可以把'日常生活'界定为那些同时使社会再生产成为可能的个体再生产要素的集合。"② 这里的日常生活，其主体是个人，其目的是维持个体的再生产。而个体的再生产从根本上说就是自我的生存和再生产。人必须依靠社会性劳动取得物质资料，维持有机体的延续。与之密切相关的就是人的一些基本生存活动，诸如衣食住行、吃喝拉撒等，它往往琐碎、平淡、重复。中国传统文化往往忽视日常生活价值，倾向于宏大叙事。从题材方面来说，宏大叙事关注国家、民族的命运前途，追踪的是关系国计民生的政治、经济等重大事件；从人物形象来说，宏大叙事反映的是引导时代潮流、推动社会进步的英雄人格。而20世纪的宏大叙事必然带来对凡人庸常生存的贬低和蔑视。在启蒙者的眼里，农民精神的愚昧、麻木、目光短浅和其无聊琐碎的日常生活互为表里，蒙昧的理性使他们沉溺于眼前的个人的生存挣扎中，而琐碎的日常生活也必然地会损害他们的精神，消磨他们的智性与德性。《伤逝》中涓生与子君的分离固然有多种原因，然而"子君的功业，仿佛就完全建立在这吃饭中。吃了筹钱，筹来吃饭，还要喂阿随，饲油鸡；她似乎将先前所知道的全都忘掉了"，这其中不也隐含着日常平庸生活对人的精神的腐蚀的认定；新中

---

① 衣俊卿：《现代化与日常生活批判：人自身现代化的文化透视》，人民出版社2005年版，第31页。

② ［匈牙利］阿格妮丝·赫勒：《日常生活》，衣俊卿译，重庆出版社1990年版，第3页。

国成立以后政治乌托邦激情则加剧了这样的倾向，个人利益、家庭的小群体追求、人际间的情感联系、物质生活的向往、感官的享受都被视作是资产阶级的趣味而加以清除，无论是权力意识还是知识分子话语都显示了对凡人日常生活趣味的压制。而新时期伊始，一部分知识分子依然有意无意地延续着样的取向。张贤亮的《男人的一半是女人》中的章永璘虽然享受着黄香久带给他的家庭温暖，然而在内心深处却总是涌现出某种迷茫与困惑，"生活难道仅仅是吃羊肉吗？"女性在他困难时期所给予的慰藉的确触动了他的男性的心灵，"女人善于用一针一线把你缝在她身上，或是把她缝在你身上。穿着它，你自然会想起她在灯下埋着头，用拇指和食指捏着针，小手指挑着线的那种女性特有的姿势。因为那一针一线就缝上了她的温馨、她的柔情、她的性灵。那不是布和棉花包在你身上，而是她暖烘烘的小手拥抱着你"。可以说，在那个荒诞混乱的时期，女性所带来的家庭温暖如此珍贵，它抚慰了处于性和物质双重困乏中的主人公，然而这种温暖并不能满足男人全部的需要，因为"在视、听、味、触觉的愉快之外，还有一种理智运行的愉快"。而恰恰就是对理性的超越的追求，促使章永璘最终离开了黄香久。

　　新时期的乡土乌托邦则发掘了一个美化的日常世界。汪曾祺、阿城以及随后的迟子建、贾平凹等都显示出对凡人日常生活的浓厚兴趣。在权力意识话语和知识话语中被压抑和贬低的日常生活浮出表层，诸如衣食住行、婚丧嫁娶等与个体生活相关的内容进入文学的话语空间中，并呈现出一定的价值。这种美化表现在几个方面，比如对人的食色等基本生存欲望的赞美，或者对日常生活的展示。在伤痕文学中，作家在展示食物的困乏、饥饿的经验时是从政治角度切入的，目的是揭露极左政治路线带来的灾难。而在乡土乌托邦中，人的欲望被赋予新的意义。这一点在阿城的《棋王》比较明显。作者不惜笔墨描摹王一生吃饭时刻的紧张、迅速，"他常常闭上眼，嘴巴紧紧收着，倒好像有些恶心。拿到饭后，马上就开始吃，吃得很快，喉结一缩一缩的，脸上绷满了筋。常常突然停下来，很小心地将嘴边或下巴上的饭粒儿和汤水油花儿用整个儿食指抹进嘴里"。王一生吃饭的严肃、谨慎一点没有委琐的感觉，反而给人一种庄严神圣的超越感。"他对吃是虔诚的，而且很精细"，因为"人吃饭，不但是肚子的需要。而且是一种精神需要"。"吃"是人类维持自我生存的行为，但在作家这里，"吃"不仅仅是维持生存的手段，而且是生命本身的体现，是人的生命活动和力量的体现。吃带给人的不仅仅是肚腹的满足，还有精神的愉悦，而这两者是相沟通的，交融的。

贾平凹也显示出同样的趣味。在他著名的商州系列中有一篇《黑龙口》，其中饶有趣味地介绍黑龙口的小吃：

> 紧接着的是两家私人面铺，一家卖削面，大油揉和，油光光的闪亮。卖主站在锅前，挽了袖子，在光光的头上顶块白布，啪地将面团盘上去，便操起两把锃亮柳叶刀，在头上哗哗削起来：寒光闪闪，面片纷纷，一起落在滚烫的锅里。然后，碗筷叮当，调料齐备，面片捞上来，喊一声："不吃的不香！"另一家，却扯面，抓起面团，双手扯住，啪啪啪在案板上猛甩，那面着魔似的拉开，忽地又用手一挽，又啪啪直甩，如此几下，哗地一撒手，面条就丝一般，网状地分开在案上。旅人在城里吃惯了挂面，哪里见过这等面食，问时，卖主大声说道："细、薄、光、煎、酸、汪。"

> 细薄光者，说是面条的形，煎酸汪者，说是面条的味，吃者一时围住，供不应求。

在这里，卖主娴熟的揉面、削面、扯面技艺带给读者的是令人眼花缭乱的动态美，而油光光的面团、锃亮的柳叶刀、纷扬的面片、如丝般的面条带给读者的是视觉上色与形的触动，而"细、薄、光、煎、酸、汪"又融合了味觉的经验，所有这一切描写，交汇成一曲关于"吃"的赞歌，流露出的是拥抱日常生活的激情。

三

迟子建也是一位执着地追寻庸常之美的作家。这位在东北黑土地上成长起来的女作家对故土家园一直怀有深厚的感情，家乡的大森林、额尔古纳河、漠北的雪原是她创作情感的源源不绝的来源，还有那些生活在边陲的朴素的乡民，永恒地激动着作家内心柔软的部分。"我是逃荒人的后代，我一直把出生地看做我的故乡。我的周围生活着一群平凡而普通的亲朋好友，他们永远喜欢谈论的话题就是：天气、年景、生育、种植。他们穿着笨重的棉服在白雪覆盖的小屋里吃土豆、喝茶、抽劣质旱烟。当然有时也聚成一团偎在火炉旁讲传奇故事。炉火映红了他们的脸。可惜如此真实朴素的生活场景却很少能有机会被相机拍摄下来，这不能不说是一种巨大的遗憾。"① 乡土庸常生活中蕴含的美深深地打动了作家的心灵，激发了作家的创作灵感。迟子建倾心描摹底层民众的生活，要为平凡的乡民留下生命的印记。在她的话语世界里，乡民的生活，不是刀光剑影、你死我活的阶级斗争，也不是灯红酒绿、喧嚣浮躁的城市浮华场景，而是弥漫着家常气息的，充满着温情色彩的乡土生活。这种生活可能在其他作家看来不值一提，而在作家温暖的眼光中却包含了生命的真谛。在作者看来，生命真正意义并不仅仅存在于追逐波澜壮阔、风起云涌的时代大潮，反而是在那些维持人类自我生存和繁衍的基本活动中，诸如求食、生育、劳动等活动中，才包含了生命真正的价值。正像作家自己所说的那样："我越来越觉得一个优秀作家的最主要特征不是发现人类的个性事物，而是体现那些共性的甚至是循规蹈矩的生活，因为只有这里才包含了人类生活中永恒的魅力和不可避免的局限。"②

正是在这样的关照下，乡土农民的日常生活笼罩上一层神圣的光辉。这个乡土世界的饮食，虽然因为地处苦寒之处而没有江南风味的精致，只是家常的寻常菜肴，"我们食用的，都是晚秋时储藏在地窖里的菜：土豆、萝卜、白菜、胡萝卜、大头菜、倭瓜"③，然而在极为简单的物质资源面前，乡民依然用他们的智慧和热情创造着属于自己的愉悦。春天的烙春饼、端午节的粽子、中秋节的月饼、腊月的腊八粥、春节的馒头、豆包、糖三角、花卷、枣山，这些北方乡土大地极为普通的食物寄托了乡民们朴素的快乐，并

---

① 迟子建：《写在前面》，《迟子建影记》，河北教育出版社 1998 年版。
② 迟子建：《女人的手》，明天出版社 2000 年版，第 141 页。
③ 迟子建：《故乡的吃食》，《我的世界下雪了》，山东画报出版社 2005 年版，第 39 页。

且在朴素中蕴含的对生活、生命的热爱。迟子建从不讳言自己对于日常生活的衷爱，她甚至用调侃的方式说："吃，就是世俗生活中最重要的一个部分啊。我爱吃。有时心情不好，一顿美食就会令我云开日朗。"① 同样，在迟子建的乡土世界中，劳动是浪漫的："我喜欢镰刀，是因为割猪草的活儿在我眼中是非常浪漫的。草甸子上盛开着野花，你割草的时候，也等于采着花了。那些花有可供观赏的，如火红的百合和紫色的马莲花，还有供食用的，如金灿灿的黄花菜。用新鲜的黄花菜炸上一碗酱，再下上一锅面条，那就是最美妙的晚饭了。我打草归来，肩上背的是草，腰间别的是镰刀，左手可能拿的是一束马莲，右手握的就是黄花菜了。"② 在《白银那》中，生活在黑龙江畔的渔民热烈地期盼着鱼汛的到来，因为"人们守着江却没有鱼吃已经不是什么危言耸听的事了，而一条江没有鱼也就没有了神话，守着这样一条寡淡的江就如同守空房一样让人顿生惆怅"。而上游的小村白银那也因为鱼汛的到来而焕发了生机。尽管鱼汛的到来引发用盐的危机，乡长的老婆卡佳甚至为此而丧了性命，然而白银那仍然是一个令人向往的地方，凡是去过的人就忘不掉。总有人打听白银那的消息："白银那离这不远了，每天都有一班长途车路过那里。你去吃那里的开江鱼吧，那里的牙各答酒美极了！"在这里，劳动不是奴役，不是磨难，不是生存的障碍，因为人是劳动的主人，劳动为人类提供了丰美的食物，人类在劳动中创造着物质资料和生产资料，满足了人的生存需要，在劳动中，人才享受着生命的力量和生命的喜悦。

　　乡土乌托邦中的自然文化、民间文化精神构成了新时期一部分作家的精神家园。乡土乌托邦的产生有时代的背景，它代表了"文化大革命"后一部分知识分子脱离主流意识形态的努力。他们试图从传统的民间乡土大地汲取养料，发掘乡土文明中被政治意识所掩盖的本真的生活，他们以自然文化为基础，以庸常的日常生活为内容，以传统文化延续下来的道德理想为原则，勾画了建立在乡土大地上的理想家园。他们脱离空幻的理想，而贴近普通人

---

　　① 舒晋瑜：《我热爱世俗生活——访女作家迟子建》，《人民日报·海外版》2008 年 4 月 18 日第 7 版。

　　② 迟子建：《农具的眼睛》，《我的世界下雪了》，山东画报出版社 2005 年版，第 9—10 页。

的真实生活状态，尊重平民百姓的生存愿望，他们平视甚至仰视乡土大地，表现了新时期的知识分子非常宝贵的平民情怀。它一方面构成了对"文化大革命"泛化的政治理想主义的反拨，反映了知识分子新的思考。另一方面，乡土乌托邦对当代的文化建设也具有启迪意义。20世纪现代精神主要表现为"五四"启蒙文化和社会主义的启蒙文化，而上述两种启蒙文化所包含的理性精神和科学精神所导致的是人与自然的日趋紧张的关系。"近代以来的工业革命彻底的改变了人与自然的关系。人是主体，自然是对象。人与自然的主客体关系甚至表现为主奴关系。人通过技术征服自然，改造自然，甚至控制自然。……自然丧失了自身的本性，只是变成了一个可被技术化的对象。"[①] 人的主体性的过度张扬形成对自然的功利态度，人类蔑视自然、利用自然，把进步、发展视为对自然的超越。前工业时期人与自然的和谐的、互相依存的、有情有义的情感关系被动态的、竞争的关系所取代，"我们已经失去了与我们自己和我们自己的自然存在的接触，并且被一个统治一切的命令所驱使，这个命令把我们投入到一个与我们的本性和我们外部自然的无尽的战斗中"[②]。当人类把运动、斗争、竞争、适者生存的现代性原则从自然引入社会领域时，就会带来现代人际关系的异化。人类实际上已经逐渐远离了自身真正的需要而成为异化的存在。而乡土乌托邦的出现，意味着自然文化的再发现，"在现代文明的映衬下被重新发现的自然，是现代人对人与自然关系的重新感悟和体验"[③]。乡土乌托邦提出了人与自然的和谐关系，如果把这种关系引申延展，就会生发出人与人、人与自我之间的和谐关系。无疑，这种和谐观念对当代的文化建设具有特殊的意义。

第三节　乡土乌托邦的文化生态

从文化视阈考察，应该说，乡土乌托邦的出现，是现代社会由乡村中

---

① 彭富春：《哲学美学导论》，人民出版社2005年版，第125页。

② ［加］查尔斯·泰勒：《现代性之隐忧》，中央编译出版社2001年版，第108页。

③ 李江梅：《论文学中的"精神原乡"对当代生态文学圈建设的意义》，《当代文坛》2009年第5期。

心向城市中心转移过程中的文化现象，它具有多方面的文化内涵，显示出现代化进程中知识分子多种文化态度的交锋和融合。

一

刘小枫在《"四五"一代的知识社会学思考札记》中曾经把现代中国知识分子分为四组代群：第一组为"五四"一代，指19世纪末出生，20世纪20—40年代进入社会政治文化生活的知识分子；第二组为解放一代，即30—40年代出生，50—60年代进入社会文化生活的部分知识分子；第三组为"四五"一代，即40年代末、50年代初成长，70—80年代进入社会政治文化生活的一代知识分子；第四组指60—70年代的作家群体。① 这种分类尽管过于粗疏，但大致能够展现现代知识分子寻找理想的代群轨迹。近代的"大同"思想和科技乌托邦幻想是知识分子对理想现代中国的遥遥勾画，还没有经过历史的检验。而"五四"一代的知识分子，正好经历了辛亥革命的失败，他们曾经经历过痛苦的"呐喊"和"彷徨"，在黑暗之中苦苦寻找民族的前途。他们一边要与尚还强大的传统势力做殊死的搏斗，一边还要在错综复杂的历史环境中为民族痼疾寻找救治良方，不免要经受精神上的种种磨砺。即便坚强如鲁迅，也不免流露出前路茫茫、斗士稀少、知音难寻的悲凉。30年代的科学社会主义重新点燃了现代知识分子的救国救民理想，因而第二代知识分子在新理想的激励下，开始了新民主主义革命实践，经过艰苦卓绝的奋斗，取得了举世瞩目的划时代成就。知识分子与共和国一道，经历了新中国成立之初的欣喜若狂，满怀着建设新中国的豪情壮志，开始了社会主义实践。他们身上，具有时代所赋予的理想主义的品格和英雄情结。遗憾的是，从50年代末期到"文化大革命"，一直占主流的向前看的政治乌托邦实践遭遇了显而易见的挫败，这直接导致了知识分子的否定、反思意识，并引发了新的思考。

乡土乌托邦在80年代重新出现，正反映了新时期中国文化选择的复杂处境。我们知道，文化的现代化道路一直存在着两条思路：从"五四"开

---

① 刘小枫：《"四五"一代的知识社会学思考札记》，《这一代人的怕和爱》，生活·读书·新知三联书店1996年版，第125页。

始，胡适、陈独秀就秉承激进的文化立场，主张对传统文化进行彻底改造，随后左翼文化以及社会主义文化或多或少地延续了这种态度，直到"文化大革命"而发展到反传统的巅峰。另外一条思路就是文化上的守成主义立场。从"五四"时期的甲寅派、30年代的闻一多（40年代以后闻又发生了变化，转向激进的反传统），主张东西融合，在保留民族精髓的基础上建设现代文化。只是新中国成立以后文化选择也趋于一致，文化守成主义的影响在大陆湮灭于政治运动中，其影响转向海外。80年代乡土乌托邦的重现显示了现代知识分子在新的历史环境下的一个老问题：在全球化与民族化、传统资源与现代性、城市与乡村、群体与个人诸种关系上的纠缠与矛盾。

从某种角度讲，乡土乌托邦的出现微妙地反映了处在中西文化间的现代人对于传统文化的肯定和坚守。新时期政治乌托邦理想幻灭之后整个社会价值体系留下了巨大的空缺。但是对于人类而言，"可以设法使自己适应其想象可以应付的任何事：但他无法忍受无序"①。80年代的知识分子面临着巨大精神危机，其中很大一部分来自于传统价值的失衡、空白所导致的价值的迷茫。在传统与现代、城市与乡村、精神与物质之间，知识分子的精神家园的寻找充满着矛盾与悖论。而新时期乡土乌托邦文学话语正是一种诗意寻找的道白。在诸多文化资源的碎片前，乡土乌托邦者把希望的目光投向了遥远的故土，在那里挖掘乡土原民中埋藏的人生美、人性美。乡土乌托邦者的温情主义往往使他们具有一种温柔的女性特质。如果说传统的男性在文化身份上更倾向于创造的话，乡土乌托邦作家则具有回忆与守望的情怀。他们是温情的、良善的、仁慈的，乡土生活给予他们纯净优美的灵魂，他们向往人与人之间美好的、天然的、纯粹的关系，希望建构一种优美、纯洁、超越世俗功利的像水晶一样不沾染世俗渣滓的精神家园。当他们关于人性、社会的乌托邦的幻想找不到现实土壤的时候，他们就把热烈温柔的目光投向他们曾经依恋过的故园乡土。他们倾心地描摹、热烈地赞美、尽情地倾诉，而他们的创作也显示出一种东方意味的

---

① ［美］克利福德·格尔兹：《文化的解释》，纳日碧力戈等译，上海人民出版社1999年版，第114页。

原乡情结。

原乡情结是一种文化心理模式，一种在情感、精神上依恋乡土、怀念乡土、皈依于乡土，把乡土视为精神家园的心理意向。应该说，从文化渊源上说，原乡情结是一种东方哲学背景下的文化心理反映。中国传统哲学一向具有一种和谐意识与归属意识，无论是儒家还是道家，都讲求天人合一的和谐境界，和谐成为人性和实践活动的基础和归宿。儒家的人性善和个体的修身良德以及修身齐家治国平天下的政治伦理观成为中国人社会实践的至高原则，个体因与群体相融合而获得了生命意义；而道家的自然文化也追求生命与自然的和谐。和谐意识、归属意识在不同时代、不同性别、不同的生存环境下往往呈现为不同形态，如原乡情结、国家意识、民族意识、爱情、家庭意识等。这种和谐意识、归属意识在观念上造就了中国人对家族（庭）、乡土、社群、民族、国家等社会组织的向心凝聚性，个体总是在与社群的交融中寻找自身价值的确立；在情感态度、心理上则造就了东方式的执着与眷恋，个体总是倾向于与外在进行亲密的沟通交流，寻找情感的认同和印证。无疑，在乡土乌托邦作家这里，归属意识首先指向了他们的故乡，那里是他们曾经生活过的温暖的家园，那里的一草一木、一山一水伴随着他们童年的回忆，那里朴素的亲情、友情、乡情曾经给予他们深刻的情感慰藉，种种的这些构成了乡土家园恒久的魅力，并在乡土作家的精神上留下了深刻的痕迹。从某种程度上讲，他们在身份认同上依然是指向于"乡下人"。穆涛这样谈论贾平凹："他的重要作品（或重要作品的结构）都是在乡下完成的。他是艺术上的平民主义者，他坚信真正的艺术潜在生活的底层，说得通俗一点，离开农村20年了，他仍旧是一位艺术上的乡下人。"① 他们是经受现代文明洗礼的知识分子，然而在情感上、观念上、审美趣味上，在种种明意识和潜意识上仍然是保留着乡土情怀的现代知识分子。张炜曾经这样分析乡土情怀："乡土观念包括对于传统的固守，对于昔日事物的留恋，对于一种文明的断断续续的追溯和衔连；显而易见，它同时也包括了久长思之的、小心翼翼的甄别。乡土作家

---

① 穆涛：《乡下人贾平凹》，贾平凹、穆涛：《平凹之路》，青海人民出版社 1994 年版，第122 页。

一般指生于斯长于斯、对土地同时对整个家族血脉包蕴深情的人。"① 他们热爱着乡土，眷恋乡土，因为乡土不仅仅是自我生命的来源，是自我成长的见证，而且是与母爱、童年、纯洁的友情等人类所珍视的情感相互联系的统一。"乡村是大地、母亲、故乡、家、爱、童年、温馨、苦难等等一切本原意义的代名词，它包含着巨大而深远的象征性，文学的基本母题和人类命运的基本命题都能够在这里找到寄托。"② 这种乡土生活中孕育出来的深切情感要求构成了乡土作家进入城市以后的情感落差，并触发了作家的原乡情结。

原乡情结乃是对家园、故土的执着与眷恋。这种文化心理的形成受作家自身特殊经历的影响，因为"人在记忆上发展的程度是依他们生活需要而决定的"③。他们出生于乡村，又流浪在城市。这里的流浪指的是心灵的流浪、精神的流浪，是离开久已熟悉的乡土生活空间植入异质生存空间的不适应。乡土乌托邦者离家已久，漂泊在城市，疲惫的心灵屡屡遭受城市文明的挤压、排挤。在陌生、繁华的城市文明面前，他们感受到的不仅是震惊、羡慕，还有隐含在富足的物质生活之下的孤独、卑微的情感体验。城市物质繁华与人际情感的疏离、淡漠深深地刺激了这些"乡下人"的神经。贾平凹曾经描摹他初次进入城市之后的体会："从山沟走到西安，一看见高大的金碧辉煌的钟楼，我几乎要吓昏了。街道这么宽，车子那么密，我不敢过马路。打问路程，竟无人理睬。草绳捆一床印花被子，老是往下坠。我沿着墙根走，心里又激动，又恐慌。"④ 他们与城市相隔已久，城市对他们而言很早就意味着诱惑、吸引和激动人心的憧憬，然而经历了初次进入城市的新鲜感之后，他们所遭遇到的更多的却是生存奋斗的艰辛和城市隔膜、疏远的情感体验。中国城市与乡村不仅仅是地理区域的简单区别，更大的差异实际上包含在城市与乡村的文化区别。城市文

---

① 张炜：《关于乡土》，《批评与灵性》，文汇出版社 2005 年版，第 144—145 页。

② 梁鸿：《"灵光"消逝后的乡村叙事——从〈石榴树上结樱桃〉看当代乡土文学的美学裂变》，《当代作家评论》2008 年第 5 期。

③ 费孝通：《再论文字下乡》，《乡土中国》，北京出版社 2005 年版，第 17—18 页。

④ 贾平凹：《我的台阶和台阶上的我——人道与文道杂说之三》，贾平凹、穆涛：《平凹之路》，青海人民出版社 1994 年版，第 200 页。

化自然有现代自由、个性等有价值的内容，但同时也有商品经济下的金钱崇拜的和严酷的生存竞争下的异化的人际关系。这样的经验与体会在乡土乌托邦话语中随处可见。"快活的日子没有多久，我便陷于极端的愁苦之中。社会上的复复杂杂，单位上的是是非非，工作上的绊绊磕磕，爱情上的纠纠缠缠，我才知道了一个山地儿子的单纯，一个才走出校门的学生的幼稚。"① 这里的经验既有普遍性，也有特殊性。每一个个体从相对单一的家庭、学校走进繁杂错综的社会都会面临个体人格向社会人格的适应和转化。这个个体社会化的过程艰辛而充满磨难，尤其是出身于农裔的作家，他们所面对的是与城市出生的城裔作家相比更为艰辛的生存处境：80年代初期普遍的经济上的困窘、在城市中寻求立足之地的奋斗的辛酸。这些经历深深地影响了他们，孤独与寂寞成为他们城市生活经验中不能泯灭的回响，悲凉成为他们话语中挥之不去的鸣奏："我背离遥远的故土，来到五光十色的大都市，我寻求的究竟是什么？真正的阳光和空气离我越来越远，它们远远的隐居幕后，在不知不觉中已经成为我身后的背景；而我则被这背景给推到前台，我站在舞台上，我的面前是庞大的观众，他们等待我表演生存的悲剧或者喜剧，可我那一时刻献给观众的唯有无言和无边的苍凉。"② ——这是迟子建城市生活的悲凉经验。"我是一个山地人，在中国的荒凉而瘠贫的西北部一隅，虽然做够了白日梦，那一种时时露出的村相，逼我无限悲凉。"③ ——这是贾平凹的尴尬与无助。城市生活的隔膜与种种孤独的遭际使贾平凹自然地把目光转向了故乡，并在对故园的梳理中坚信了自身作为一个都市里的"他者"的心理认定。"于是，我最愿意回到生我养我的陕南家乡去，那里是我的根据地，虽然常常东征西征，北伐南伐，但我终于没有成为一个流寇主义者。北伐，我莫过于爱去陕北，黄土高原的物土会给我以浑厚、拙朴；南伐，莫过于爱去四川，

---

① 贾平凹：《我的台阶和台阶上的我——人道与文道杂说之三》，贾平凹、穆涛：《平凹之路》，青海人民出版社1994年版，第204—205页。

② 迟子建：《原始风景》，《向着白夜旅行》，河北教育出版社1995年版，第173页。

③ 贾平凹：《四十岁说》，贾平凹、冯有源：《平凹的艺术：创作问答例话》，上海人民出版社1998年版，第126页。

西南盆地的风情，会给我以精光、灵秀；东征西征，我莫过于爱去黄河两岸，它给我以水面貌似平静、温柔而内藏排山倒海的深沉和力量。"① 他们在故园的乡土大地上寻找到在城市文明中失去的温情，他们怀着深挚的情感书写着中国大地上的民生的生存之歌。在那片原始的土地上，他们朴素地生活，他们生存、爱恋，祖祖辈辈生生不息，他们的质朴、善良、真诚、纯洁，在与金钱权势腐蚀的现代城市文明的映照下呈现出优美神圣的光芒。

原乡情结在很大程度上来源于空间距离和心理距离的双重隔离。由于时间、空间的距离而产生了美，是一种对"过去"的回望，是童年、少年时代纯净、美好、温暖生活经验的再造，它带有乌托邦的想象色彩。原乡情结是由于时空的距离，由离乡而望乡，因望乡而思乡，心理中出现对过去空间的想象与记忆。它所制造的是有别于现实存在的新的时空，往往突出过往环境的美好、亲切，呈现心理性的自我认同和过滤性回忆，是社会性自我遇到挫败以后向本原自我的回归过程。与西方超越经验的天国想象以及佛教的解脱式想象不同，东方的原乡意识往往指向于浪漫化的现实，在现实的土壤中构建虚拟的空间。它是一种回望式目光，非向前的，而是向后的，非创造的，而是回溯式的心理结构，更多的是异乡飘零流浪之后的回溯。离乡—思乡，青年—中年的历程结构隐喻着人类异常丰富的扩张自我的生命旅程，早期的义无反顾与历尽沧桑后的回归过程满足的是人类生存意志的勃发与情感需求的满足。在情感上，原乡情结顺应了创作主体城市化过程中遭遇挫折的补偿需要，通过与乡土情感的再建立而达到了内心的平衡。在这样的书写中，乡土乌托邦作家也通过语言的描摹建构了精神家园，暂时安放了他们漂泊孤独的灵魂。

二

80 年代中后期，乡土乌托邦所处的文化语境已经发生了深刻的变化，早期乡土乌托邦的赞歌逐渐变成乡土文化的挽歌。乡土民间在社会主义话

---

① 贾平凹：《山石、明月和美中的我——文外谈文之二》，贾平凹、穆涛：《平凹之路》，青海人民出版社 1994 年版，第 214 页。

语体系中曾经借助政治力量成为社会和文化的中心，工农阶层和他们所代表的乡土文化经过改造而与政治文化结盟。与知识阶层文化相比，新中国成立以后的乡土文化在政治和经济方面是优势文化。出身于农村的乡土作家尽管也有物质生活的困乏，但在普遍的资源平均的情况下并不成为困扰。新时期社会文化思潮发生巨大的变化，在现代化的进程中，乡土文化逐渐成为弱势文化，正在被城市现代文化吞噬。乡土作家的文化心理相应地也出现了变化：80 年代初期乡土乌托邦文本在情绪上比较饱满、欢乐、积极，当一部分作家还沉浸在乡土伤痕文学的沉痛的控诉中的时候，一部分乡土作家就已经开始了乡土欢乐的歌谣。这种情绪很大一部分来源于国家拨乱反正后的欣喜情绪，特别是十一届三中全会之后，农村首先进行的经济体制的改革取得了初步成效，作家们对农村的经济体制改革也充满了乐观的看法，对乡村的前途充满了憧憬。高晓声的"陈奂生"系列和贾平凹的农村改革小说清晰地表现了那个阶段的昂扬情绪，一场民族灾难过后固然很多问题还未得到解决，然而拨开云翳见阳光的喜悦情绪确实弥漫在社会上。汪曾祺就曾经说过："三中全会一开，全国人民思想解放，情绪活跃，我的一些作品（如《受戒》、《大淖记事》）的调子是很轻快的。"[①]80 年代中期以后，随着社会生活的变化，乡土乌托邦话语也发生了变化。随着社会变革的力度加快，经济体制、政治体制的改革所带来的新的问题引起了人们的思考。城市与乡村、传统与现代、西方与本土的冲突越来越尖锐，早期的乐观情绪开始转变。对农村来说，现代化的潮流已不可避免地侵入了传统的乡土社会，传统的乡土伦理面临现代文明的冲击，现实的乡土在取得物质上的进步之后更多地显露出文化的危机，乡土社会在滚滚的现代化的洪流中逐渐边缘化。乡土乌托邦逐渐褪去了它的浪漫色彩，显出了她内在的虚幻性。李佩甫创作于 1986 年的《红蚂蚱绿蚂蚱》系列小说尚还充满着乌托邦色彩，作家用平淡含蓄的笔调勾勒出一幅乡土生活的画卷。这里面有贫穷、有斗争，还有在现代人看来粗俗愚昧的生活方式和流传已久、仅仅具有仪式意味的乡土风俗，但在这些粗糙原始的生活形态

---

① 汪曾祺：《晚饭花集·自序》，《汪曾祺文集·文论卷》，江苏文艺出版社 1993 年版，第 198 页。

中，作家却发觉杂糅在背后的善良与正义的乡土美德，那些恶毒的咒骂和戏谑的玩笑的表层下隐藏的柔软的心灵。而到了1988年，在李佩甫的"画匠王"系列中，乡土文化已经呈现崩溃的气象。"画匠王"包含八个短篇，在作家一向平淡委婉的笔墨背后，流露出的已然是触目惊心的乡土现实。商品经济所带来的繁华、生活水平的提高掩盖不住的乡土美德的丧失：为了维持蓬布厂的原料和销路，厂长不得不把村里模样好的女子送给省里的权力人物（《黑孩儿》）；为了金钱，铜锤竟然忍受妻子与外人的通奸，而兄弟铁锤目睹此景，竟然荒谬地想成为嫂子的嫖客（《捉奸》）；辛辛苦苦抚养大三个儿子，年老的父亲竟然要靠抓阄来寻找一个可怜的归宿（《捏蛋儿》）；出身于家乡的民办教师李明玉终于还是打点关系离开了乡村，因为学生都已经做生意去了（《国家教师李明玉》）。作家没有正面描写商品经济对传统乡土社会的侵袭，而是运用他一贯平淡的笔墨勾勒乡土民众日常生活的变异，它隐隐然折射出乡土乌托邦作家理想和现实的日渐清晰的鸿沟。在"画匠王"的前言中，作者不无感伤地慨叹：

　　　　画匠王，一个小小的村。百十户人家，被一条细细颖河绕着。人是很善的，水也清。秋红柿叶，夏绿芦苇，那沾了水音儿的棒槌响得很遥远。很久很久了，人们像是活在梦里。

　　　　这里曾经有过庙，后来庙去了。

　　　　这里曾经垒过"请示台"，后来"请示台"也去了。

　　　　还有五爷，五爷是村里的神汉。生死祸福、添丁加口亦可问他。

　　　　不料，在四月的晴朗的早晨，"吃杯茶"叫着，一向早起的五爷围着村子走了一圈之后，突然向人们宣布说：他要去了。

　　　　五爷果然去了……

　　这是一段富有隐喻性的文字，传达出的是在新经济秩序下乡土文化的瓦解过程。当现代性已然成为历史理性所设定的标杆，当社会以不可阻挡的潮流把乡土大地抛向了时代的边缘，乡土乌托邦作家已经痛切地体会到，他们所倾心描摹的理想家园正处在崩颓的进程中。"向城而生"已经是现代社会的普遍心理，当代农民已经彻底地抛弃了他们曾经固守的家园，一场自上而下的城市化运动已然改变了城市与乡村的功能结构。当城市已经成为新生一代农民和知识分子共同的天堂的时候，乡土乌托邦不可避免地流露出挽歌的情调。因为喧嚣沸腾的现代中国已经遗忘了乡土大地，把它留与妇孺老弱，冷峻的现实已经撕去了乡土梦幻般的色彩。乡土已经不再是回忆中的、想象中的欢乐家园，作家们已经意识到，他们已经不可避免地失去了心灵的归宿，不管是现实的还是想象中的家园。"谁都知道那是你家，亲人都在那，你也每年都回去好多趟，但真的住一段时间你会烦躁不安。这个农村不是原来那个农村，也不是你青少年时期的那个村庄了。"阎连科这样地描述他与乡土的关系，"不回去不行，回去也不行"①。乡土乌托邦作家普遍感到幻灭的悲哀。这种幻灭不仅在于乡土乌托邦自身的裂缝，还有来自于历史理性的提醒：现代化已经成为历史的必然，传统的、古典的、诗意乡土文化面临尴尬的处境，遭遇到生存的危机。

由是，新时期乡土乌托邦作家似乎遵循着古典向后看的乌托邦思想家的心灵轨迹，乡土再一次退出现代时间的洪流而拉开了与历史的距离，它逐渐退出了真实的历史空间，从商州、大淖、画匠王、葡萄园不断地撤退，它逐渐隐没到内心的空间中。90 年代以后张炜的《九月寓言》、阎连科的《受活》不约而同地采用寓言叙事模式，这不仅仅是创作方法的转向，而且是乌托邦精神的转向。当代具有民间文化情怀的知识分子在错综复杂的文化交锋中逐渐丧失了自信。"我试图描绘当前社会发展带给我的混乱感受和内心焦灼不安的思绪。有评论家说我是'用乌托邦反乌托邦'，其实受活庄最后退出体制并不是我开出的药方，离开了现实，归宿最终是虚无的，退回去也是靠不住的。"② 或者说，在严峻的现实面前，乌托邦作家已然痛切地体会到乡土家园的虚幻。实际上，这是所有的乌托邦者都必然地要经历的转化。理想主义和乐观主义必然地要在真实的现实面前张开

---

① 罗雪挥、阎连科：《我希望我的创作充满疼痛》，《中国新闻周刊》2006 年第 5 期。

② 尚晓岚、海豚：《有喧嚣，才显出寂寞的深：解读阎连科新作〈受活〉》，2004 年 2 月 5 日 13 时 30 分，《人民网》，（http://www.people.com.cn/GB/wenhua/1086/2321835.html）。

眼睛,但面对真实并不意味着理想主义的全面退却,只有弱者才会在严酷的现实面前放弃他内心的信仰。乡土乌托邦乡土家园赞歌到挽歌的变奏并不意味着乌托邦精神的全面退却,或者换个角度说,乡土乌托邦作家早期由情感支撑的心灵旅行借助理性而得到了新的空间,那些执着的乡土乌托邦作家依然固守着他们的信仰,"我觉得我踏上了一条奇怪的道路。这条路没有尽头。当明白了是这样的时候,我回头看着一串脚印,心中怅然。我发现自己一直在寻找和解释同一种东西,同一个问题——永远也寻找不到,永远也解释不清,但偏要把这一切继续下去"①。只是,他们已经认识到,理想可能在很长时间只能放在自己的心灵深处,"人的长旅,或许就为寻找这样一片田园而来,但最终也只能将其存于心中"②。而真正的强者,就是要在现实面前保持他的信仰。从这个角度来讲,在乡土乌托邦作家身上,由传统所赋予的乌托邦精神在乡土家园的废墟中重新焕发出追求的勇气。与后现代主义相比,乡土乌托邦具有珍贵的信仰、热情和勇气,他们借助于对生命和理性的信赖,穿过荒芜的现实家园重建了他们的乌托邦,他们把家园放在精神的空间中,运用想象创造了精神的天堂,体现了人生的另外一种智慧。

乡土乌托邦对当代文化建设具有启迪意义。乡土乌托邦话语具有特殊的意义,是社会转型时期知识分子对现代化的新思考,它显示了80年代初期逐渐萌醒的独立的知识分子立场,显示出知识分子脱离政治意识思维重建理想社会的努力。乡土乌托邦话语中的乡土既是现实的乡土,也是理想的乡土,既是形而下的世界,也是价值的世界,是包含着乡土乌托邦作家社会理想和人性理想的形而上的世界。"一方面是生活形态本身的意义,野蛮世界以其独特的原始魅力吸引着我们;一方面则是作者根据自己的美学思想赋予其的意义。这两种意义的结合,便构成了这些作品自身的美学的意义。"③它既是现实的世界,又是价值的世界,借助于深远的文化视

---

① 张炜:《批评与灵性》,文汇出版社2005年版,第53页。

② 张炜:《记〈我的田园〉等》,《批评与灵性》,文汇出版社2005年版,第82页。

③ 蔡翔:《野蛮与文明:批判与张扬——当代小说中的一种审美现象》,孔范今等主编:《中国新时期文学思潮研究资料》(上),山东文艺出版社2006年版,第236页。

野，乡土乌托邦"对某一特定地域的形而下的乡土关怀便深化为对整个民族目前生存方式与未来命运的形而上的思考"①。它由一个具体的、历史的凝聚着作家私人情感的生存时空上升为整个民族文化未来的生存图景，包含了乡土作家在目前复杂的文化资源面前独到的思考。乡土乌托邦描摹的又是一个想象的世界、审美的世界，它借助于回望的视角，跨越城市与乡村的现实距离而实现了精神的还乡，安妥了漂泊于城市文明中的孤独的灵魂。

乡土乌托邦也存在局限性。它向后看的思维决定了它与现实生活的隔膜，注定了其理想社会的空幻色彩，也出现了一些创作的误区。从文化心理来说，乡土乌托邦作家对家园意识的感性留恋与理性自觉常出现矛盾的情况。一些乡土作家极容易陷入某些误区，有论者认为："乡村作为文化存在的原始乌托邦的象征性（不管作者的目的是反乌托邦还是建构乌托邦），它代表着原始正义、传统理想、生命的自在状态，它是人类的童年时代，而它的命运就是不断被各种秩序破坏并修剪的过程。这样一种大的精神原则使作品内部容易出现潜在的二元对立思维，官方/民间、城市/乡村、现代/传统、致富/良心、金钱/道德，这些对立的因素最后往往指向批判政治与现代文明，由此，当代政治发展史与经济发展史也必然作为负面因素破坏、侵袭着具有原始正义的乡村存在。"② 确实，在创作中我们有时会看到由于对乡土文明的热爱而导致的盲区，即对乡土文明的过度美化和简单的处理。譬如论者对汪曾祺的"大淖"真实与否的争议，与之相应的则是对城市文明的恐惧与偏激的处理。李佩甫《绿嘴儿牡丹》、阎连科的《去赶集的妮子》、长篇《母亲是条河》等文本中显示了模式化的人物塑造和情节设置，淳朴的乡下人、染缸式的城市文明、乡下人进入城市后的忘本异化现象，显示出农裔作家在面对城市文明时的非理性反应。有时甚至呈现激烈的对现代文明的反对态度，譬如张炜、张承志。因为它所包含的单一思维所构成的灾难人们并没有忘记。但我们仍能够在乡土乌托邦

---

① 凌宇：《二三十年代乡土小说中的乡土意识》，《文学评论》2000 年第 4 期。

② 梁鸿：《"灵光"消逝后的乡村叙事——从〈石榴树上结樱桃〉看当代乡土文学的美学裂变》，《当代作家评论》2008 年第 5 期。

话语中看到他们理性的约束，我们必须看到他们试图克服潜在惯性思维的努力。对于在回忆与想象中构筑的乡土文化空间，现代的乡土乌托邦作家力图贯彻着清明的批判意识。这一点，也同样纠结在他们的话语形态中，使乡土乌托邦话语呈现复杂多样的内涵。这一点在李佩甫的文本中很突出。即便是早期的温暖的叙事中，我们依然能够感受作家炽烈的感情依恋背后的理性自觉。在《德运舅的大喜日子》里，作家隐约地暗示出乡土民俗的狂欢景象和个体苦难的被漠视。阎连科的变化更为明显，90 年代以后对乡土文明的批判更为自觉，"我对土地的爱和关注，是永生都不会改的。不过爱的方式不一样了，以前就是爱，现在爱里面充满着恨。恰恰充满着恨使这样一种爱非常深刻"①。应该说，乡土作家内心的情感与理性向两个方向发展，乡土依然是他们温暖的家园，特别是回忆中的乡土依然给予了他们深切的慰藉，然而他们所接受的现代启蒙也促使理性的觉醒，乡土生活的负面是不可忽视的存在。认识到这一切，对乡土乌托邦作家而言，是一种巨大的考验："我知道，这不是临场的紧张和恐惧，那是内心冲突的一种反映。阎连科这些年总是处于紧张的内心冲突之中，而这一冲突的形成将为后来者的历史叙述带来思索的空间。"②

　　乡土乌托邦所面临的文化悖论实际上是现代化所面对的问题。它一方面是乡土乌托邦作家主体身份的局限的反映，同时也是文化民族主义思潮的困境之一。正像某研究者所说的："作者其实面临的是当代文化理想和社会理想的缺席状态，不得不回到传统乡土文化的乌托邦去寻找理想生存方式和形态，这种向后的追溯恰恰反映了中国当代文化的自我创造力和更新力的薄弱。"③ 体现出知识分子在新的历史时期建构社会理想和人性理想时的资源的困乏和精神的孱弱。但是文化冲突是危机也是挑战，阎连科1990 年的《走出蓝村》隐喻性地显示了乡土乌托邦的现实迷茫和继续前行的勇气：

---

① 罗雪挥、阎连科：《我希望我的创作充满疼痛》，《中国新闻周刊》2006 年第 5 期。

② 王尧：《为信仰写作——阎连科的年月日》，《当代作家评论》2007 年第 2 期。

③ 吴晓东：《中国文学中的乡土乌托邦及其幻灭》，《北京大学学报》（哲学社会科学版）2006 年第 43 卷第 1 期。

　　直到这当儿,她才明白过来,它走了一个十七年,六千二百零五天,仍是没有走出蓝村,而是又回到了蓝村的胡同里。回到了蓝村森森的粘稠白雾里。回到了十七年前走离的老地方。她用十七年走了一个圈,终于又回到了原处了。她在雾中无休无止地想,我要走、我要走,我要走出蓝村去!

　　她就又走了。

　　进了蓝村。进了蓝村的胡同,进了胡同的雾中。

　　她在蹚着白雾走。

　　当代的文化环境极为复杂,中国在全盘西化的民族虚无主义的价值论与循规蹈矩、墨守成规的民族专断主义之间常常摇摆不停,乡土乌托邦正在路上,还远未到达探索的终点。如果它在全球化的思潮中保持一种清醒、博大、理性的立场,克服自身的偏激与谬误,那么必然会对当代的文化重建提供养料,为当代的文化建设提供新的思路。

第三章

情爱乌托邦

20 世纪 80 年代中期以后，中国现代化步伐加快，市场经济取代计划经济。随着改革开放的逐步深入，中国的文化语境发生巨大变化。经济基础的变化引发上层建筑的变化，权力意识形态逐渐失去统摄全社会的权威力量，西方文化资源大量进入中国，冲击了原有较为狭窄的知识结构，而知识分子开始脱离政治思维，独立自主地思考历史与现实。乌托邦也获得新的历史空间。新时期初期的一元政治乌托邦激情开始消退，乌托邦言说开始发生变化。知识分子的乌托邦精神没有消亡，只是转变了方向，乌托邦言说由初期的一元政治话语转为众声喧哗的多元叙述，显示了新时期知识分子对理想的多元思考。

新时期初期的作家虽然也强调个人主体性，宣称"通过作品建立一个自己的世界"（北岛语），但新时期初期的创作仍然充满着救世情怀。新时期的伤痕文学、反思文学、改革文学和寻根文学虽然立场不同，但其中贯穿着启蒙精英知识分子为中国现代化寻找路径、设计方案的热情。在这里，人依然是民族、国家的一分子，知识分子所设想的理想社会并非个人的天堂，而是整个民族的希望所在。80 年代中期以后，"社会生活的'世俗化'的进程加速，公众高涨的政治情绪、意识已有所滑落……国家、政党要求诗承担政治动员、历史叙事的责任的压力，明显降低"[1]，政治主导

---

[1]　洪子城：《朦胧诗新编·序》，洪子城、程光炜编，长江文艺出版社 2004 年版，第 11 页。

意识形态的控制功能弱化，社会主义的政治乌托邦激情消退，知识分子日益认识到自我价值的重要，个人的主体性加强。个人，开始从国家、民族等社群中脱离出来，建立了属于自身的价值伦理。反映在乌托邦文学上，就是理想的人生形态由社会、政治、文化层面向个人层面转移，乌托邦的个人化倾向加重。在一部分作家的创作中，情爱成为负载个人乌托邦想象的载体。在情爱乌托邦书写中，情爱不再是国家、民族命运的隐喻和象征，而是纯粹属于私人的体会和感触，它联系着生命个体的感性和精神要求，诉说着肉体生命和心灵世界的激情经验，它构筑了个体隐秘的天堂，具有浓厚的乌托邦色彩。

　　作为人类生存关系的一种，情爱是文学永不衰竭的母题之一。情爱从本质上看是一种自然关系，同时也是一种社会关系，是建立在人类繁衍生育需求基础上的社会结构。情爱是随时代的变化而变化的，社会、政治、经济、文化对情爱的结构、功能、价值产生巨大的影响。米利特曾经说过："交媾不可能发生在真空中。虽然它本身是一种生物的和肉体的行为，但它深深植根于人类事务的大环境中。是文化所认可的各种各样的态度和价值的缩影。"① 从某种程度上讲，现代情爱的历史，实际上表征了中国人近百年现代化进程。20 世纪中国在文化上至少有三次断裂与转型：第一次是"五四"时期，是现代文化与传统封建文化分离；第二次是社会主义文化与"五四"传统的分离；第三次就是 80 年代的新启蒙文化。三次文化的转型伴随着激烈的社会政治斗争，而现代人的情爱书写与中国的整个现代化的历程密切相联系，呈现出色彩斑斓的面貌。

　　"五四"启蒙时期的爱情书写呈现悲剧的色调，以反对封建伦理、追求个性解放为诉求中心。个体爱情悲剧并非是两种合理个体愿望的对立所形成的个别冲突，而是具有普遍性的冲突，反映的是人与社会尖锐的矛盾对立。"五四"作家在他们的爱情悲剧作品中揭露封建政治、道德、文化等诸因素对个体生命的戕害。在启蒙语境中，两性是以战友、伴侣的关系模型出现，他们作为叛逆的儿女走出传统家庭，寻找救国救民的真理。在

---

① ［美］凯特·米利特：《性政治》，宋文伟译，江苏人民出版社 2000 年版，第 32 页。

这种爱情话语中，爱情的权利是人的权利的重要部分，爱情的内容由传统的生育功能转向现代的个体权利争取，爱情冲突的主导模式是追求个性解放的个体与封建社会伦理秩序的矛盾，因而在两性关系中创作者所寄寓的意义是政治化的，他关注的是个人权利的觉醒和争夺。

30 年代以后，民族危机加重，现代人的主体意识向民族国家转移。民族矛盾的尖锐、抗日救亡运动的如火如荼促使现代人自觉地放弃了个性主义，而把个人的生命交融于争取民族独立和阶级解放的政治、军事斗争过程中。如果说"五四"时期浮现在思想层面的有价值的事物即为"人"——个体的人——此一点为现代思想的核心部分，那么 30 年代以降的民族解放运动和阶级解放运动从某种程度上延缓了人的个体身份认同。现代人从"五四"时期的家族的叛逆的"儿女"起始，最终融入了阶级/国家伦理秩序中。至此，现代人经过短暂的身份失序而重新构建了自我的群体性精神家园。反映在情爱意识上，两性爱情的立场由"五四"启蒙时期的个性诉求转向民族、阶级诉求，由个体的经验向群体性的、阶级性的经验转移。两性关系的基础则是新兴的革命意识、阶级意识。两性关系模式由封建家族的叛逆的儿女改变为民族/国家的儿女，共同投身于建设新型的国家乌托邦的激情中。新中国成立以后延续了此种模式。由于单一政治文化的约束，两性关系中政治意识压倒个体意识，爱情则曲折地隐喻了政治的进程，情爱书写附属于社会政治实践而丧失了个体性。在社会主义文化语境中，显著的特点就是作为私人经验的爱情的消失。爱情不再是关系到个人利益和个人选择的私人事项，而是被整合到国家、阶级的政治权力秩序中。男女两性在"五四"时期表现出来的脱离家庭的叛逆行为、追求自我幸福的选择在社会主义国家乌托邦的激励下开始转变，两性被界定成为公共资源，被国家权力管理和控制。在社会主义文化爱情话语中，存在着两性/国家、女性/男性的双重的转化。这样，这一时期性别关系被置换成政治关系，它是基于共同阶级意识和政治身份之上的情感，其中联系和维系两性关系的主导力量是政治情感，而属于私人经验的容貌、智慧、情趣、爱好的考量则被当作资本主义文化而成为"异己"的必须清除的成分，这一点在叶文玲的《丹梅》、宗璞的《红豆》中特别明显。个体爱情的选择最终和国家、阶级、组织的选择不谋而合，具有私人性的爱情被纳入国家伦理秩序中，个人和国家呈现出高度的一致性。这既是当时意识形态的要求，也是作家在新的历史时期的自觉地选择。而到了"文化大革命"时期，爱情被异化的现象更为严重，对个体爱与性的压制已经成为常态。"文化大革命"时期革命题材的《红色娘子军》《杜鹃山》《白毛女》等文本被多次改编，在这个过程中，早期革命战友之间的爱情关系被纯洁化、政治化，爱的成分、性的成分被剔除，显示了无产阶级文化中日益严厉的爱情禁忌。

新时期的社会转型带来个体意识的觉醒，情爱书写的立场由社会转向个人。爱情话语既是"五四"时期个体爱情的复苏与认同，又具有新的历史特点。爱情言说的路线遵循意识形态化向个性化的迁移线路。早期呈现出与"五四"启蒙文学相似的精神品格，追逐宏大叙事的时代共名性潮流，关注个人与社会的对立。80年代初期的伤痕小说，如周克芹《许茂和他的女儿们》、古华的《芙蓉镇》、张一弓的《张铁匠的罗曼史》、张弦的《被爱情遗忘的角落》、孔捷生的《姻缘》、舒展的《复婚》、戴厚英的《人啊人》《诗人之死》，都是以个人爱情权利的剥夺、性的压抑控诉极左政治路线，以两性爱情伤痕指证一场政治灾难。总起来说，爱情的言说并没有摆脱意识形态的潜在思维影响。随着反思的深入，新时期的爱情话语模式开始变化，在一部分的爱情言说中，呈现出一种乌托邦精神的渗透。在他们的话语中，情爱作为一种创造性力量进入了现代人的视野，它呼吁一种超越政治意识形态的爱情结构，以两性精神、趣味、观念以及性魅力为基础，宣扬以"情爱"为纽带的两性之间深刻的联系。它改变了传统的温柔敦厚、文质彬彬的情爱模式，往往具有激情的成分，带有现代人的精神气质。这种爱情，我们可称之为浪漫的爱。它寄托了创作者对和谐、美好、纯净、优美的理想两性关系的期待，赋予爱情精神家园的永恒意义。相关的作家作品有张洁的《爱是不能忘记的》《无字》，张抗抗的《爱情画廊》《北极光》，陈染的早期文本，黄蓓佳的《没有名字的身体》，海岩的《玉观音》《拿什么拯救你，我的爱人》《深牢大狱》等。

浪漫的爱的言说在80年代初期具有特殊的意义，呈现出较为复杂的文化心理意义。一方面，它突破了文学禁区，把十七年时期、"文化大革命"

时期被压抑的个体感性生存提到了本体的地位，建构了脱离政治强权的个体生存空间，肯定了人的本性，维护了人性的基本需要，显示了80年代初期刚刚萌醒的个人主义精神，昭显出知识分子脱离政治意识思维而在个人价值的基点上重建一个内在世界的乌托邦意识；另一方面，爱情乌托邦的空幻性更为鲜明，它很快就以幻灭与失望的情绪色调改变了初期的乐观的情绪。这一点，在女性作家的创作中更为明显，从中体现出现代人特别是女性在新的历史时期自我意识发展的阶段性特点。

第一节　浪漫的爱情

新时期的爱情反思是从爱情在生活中的地位开始，逐步建立了新的爱情观念。刘心武在《爱情的位置》中曾经对"文化大革命"以来爱情的异化现象加以分析："我们从小就懂得思考阶级斗争和路线斗争，随时自觉地把个人、家庭、所在的集体、触及的一切人和事，同整个革命事业的发展联系起来，从而形成了我们这一代人的优点。但是，我们也有不幸的一面。"① 因为"把爱情问题驱除出文艺作品乃至于一切宣传范畴的结果，是产生了两种不正常的现象。一种，是少数青年把生理上的要求当作爱情"，"另一种，可就非常普遍了——不承认爱情，只承认婚姻"②。这不幸的一面反映在爱情上就是爱情本质的生理化和政治化。这两个方面奇妙地同时存在于同质性的单一文化语境中。一方面政治化的爱情是主流意识形态的要求，它广泛地影响了人的爱情观念和行为模式；另一方面，外在的禁欲式的道德约束并不能完全统率人的行为，市民性的世俗爱情像一股潜流涌动在社会意识的深层。

新时期新的爱情观念主要体现在一部分知识分子的文本中，始作俑者就是张洁。1979年张洁在《北京文艺》发表小说《爱，是不能忘记的》。这部小说的问世，意味着一种新的具有个人主体意味的爱情观念的建立。

---

① 刘心武：《爱情的位置》，华岱主编，礼谆、华岱、铁信编选：《新时期小说争鸣选：爱情婚姻卷》，花山文艺出版社1987年版，第10页。

② 同上书，第11页。

爱情的基础究竟是什么？小说首先提出了这个令人警醒的问题。小说从一个女儿的视角描写一位女性在苦难与挫折中凝结的爱情哲理，其中涉及了当时极为敏感的第三者的问题，融合了作家自身在爱情经历上的困惑。当意识形态所规定的以阶级身份和阶级感情为基础的爱情受到质疑的时候，新时期的作家们开始从人的角度考虑爱情的本质。文中有这样一段文字："我不由地想，当他成为我的丈夫，我也成为他的妻子的时候，我们能不能把妻子和丈夫的责任和义务承担到底呢？也许能够，因为法律和道义已经紧紧地把我们拴在一起。而如果我们仅仅是遵从着法律和道义来承担彼此的责任和义务，那又是多么悲哀啊！那么，有没有比法律和道义更牢固更坚实的东西把我们联系在一起呢？"① 婚姻的基础究竟是什么？当建立在共同阶级身份和革命意识之上的婚姻受到怀疑的时候，一种代表知识分子个人价值的理想性的爱情乌托邦就产生了——我们暂且可把它称为"浪漫的爱情"。

一

　　浪漫的爱是一种私人的爱。浪漫的爱脱离了外在社会力量的约束，完全作为私人的、个体性的经验，其价值基点在于个体性的人。浪漫的爱的觉醒在西方不过几百年的历史，是文艺复兴后一些人文知识分子反对封建伦理、追求个性解放的产物。卢梭著名的《新爱洛漪丝》就宣扬一种超越肉体的、激动人心的浪漫之爱。实际上，肯定私人的爱情，讲究个人幸福的浪漫的爱作为一种价值追求在各种文化中都有反映，在唐传奇、宋代的话本以及明清时期的小说，特别是《红楼梦》《聊斋志异》等边缘性文体中都可以看到个人的爱。但是它还没有成为主流意识形态，它真正成为普遍的价值被社会各阶层、尤其是知识阶层接受是在近代以后。早在19世纪末期，启蒙先驱者就开始探讨婚姻、家庭和爱情等问题，到"五四"时期达到了一个高潮。而"五四"时期个性解放思潮也随之解放了人的情感，个人意识的觉醒带来了爱情观念的巨大的变革。邓伟志在《近代中国家庭的变革》一书中曾对"五四"时期的家庭婚姻观念加以总结，认为"五

---

　　① 张洁：《爱是不能忘记的》，华岱主编，礼谆、华岱、铁信编选：《新时期小说争鸣选：爱情婚姻卷》，花山文艺出版社1987年版，第28页。

四"时期新的家庭婚姻观念主要体现在以下几点："一是认为恋爱是婚姻中最根本的最重要的要素，是保持男女共同生活永续性的要素；婚姻应以恋爱为基础而成立及维持。二是肯定恋爱自由的权利，即男女双方各以自由的个人相爱，相互间以感情为至上至高的媒介，不蹈因袭的覆辙，不被名望所诱惑，不受财产所牵制，为自己而求偶，为自己而生爱。由此达到人格的结合。"① 1927 年《时事新报·学灯》编辑部组织了一次问卷调查，在关于婚姻目的调查中，认为追求浪漫生活及伴侣是婚姻之第一目的的有 31.9％，认为性欲之满足的有 7.2％，认为良善子女之生产与教育为第一目的的有 36.3％，而婚姻选择的标准，男性首先要求性情相投，女子首先要求是性情相投。② 这说明，至"五四"时期婚姻爱情观念发生了决定性的变革，它形成了现代婚姻观念中一个极为重要的原则，即婚姻中两性建立在个人基础之上的浪漫关系。这一时期，苏曼殊、郭沫若、郁达夫、徐志摩等浪漫主义诗人集中出现，他们身上所体现出来的反抗、创造、自由的个性主义精神正是"五四"时期的时代精神的标志。而最具有现代爱情意识的女性作家非丁玲莫属，其成名作《沙菲女士的日记》以日记体的自叙传大胆地袒露了一代新女性新的爱情宣言："我总愿意有那末一个人能了解得我清清楚楚的，如若不懂得我，我要那些爱，那些体贴做什么？"它与郁达夫的《沉沦》汇成现代人对备受压制的两性爱情和性的呼唤，意味着现代人一种新的爱情诉求。

二

　　浪漫的爱还是一种深刻的情感联系，是两性之间深刻的精神交流和肉体交流。我们知道，传统的婚姻是否定私人之间的情感联系的。如果说夫妻之间产生了某种感情，那也并非是由于个体之间精神上的相互契合，而是建立在传统伦理身份之上的联系。它是由外在社会伦理所决定的一种社会结构，因而家庭的功能主要集中于物质资料生产和后嗣繁衍。这样的家庭结构和伦理规范决定了婚姻中不存在所谓的情感关系。我们这里所说的

---

① 邓伟志：《近代中国家庭的变革》，上海人民出版社 1994 年版，第 86 页。
② 同上书，第 135 页。

情感指的是一种内在的力量，它与理性、本能一起，构成复杂的人性的全部。而在传统的社会中，理性往往要压抑情感的存在，因为情感的本质是创造，往往带有激情的成分。费孝通在定义感情时特别注意到其中的"激情"的因素，他认为："这里所谓感情相当于普通所谓激动，动了情，甚至说动了火。用火来形容感情，就在指这动的势和紧张的状态，从社会关系上说感情是具有破坏和创造作用的。"① 司汤达也说："无论什么样的爱都会使人感到欢愉，只有在心灵上触发了激情，它们才是强烈的、有生命的。"② 所以，传统社会中两性关系是冷静淡漠的，传统伦理所支持的是"彬彬有礼""相敬如宾"的两性行为模式和温柔敦厚、含蓄婉转的两性感情形态，而激情的情感体验主要以辅助的形式出现在次要的两性关系中，比如士大夫与妓女。而以情感为基础的浪漫爱在传统社会中是一种需要被规范的能量，它必须处于道德的制约之下，这是传统社会中稳定社会秩序的一种策略。而新时期的爱情意识中，浪漫的爱既是个人之爱，也是激情之爱，或者说是情与性的双重升华。在一部分文本中，我们能发现来自两性内心深处的对激动人心的爆炸性爱情经验的渴求，"对我来说，爱一个人就是欣喜于两颗心灵撞击发出来的美丽时在心中一遍又一遍地祈祷这不是幻影，也不是瞬间，而是唯一的例外，是真实的永恒"③。

激情之爱既形之以精神，以两性心心相印的精神世界的融合为标志，如早期张洁所表现的，也包含在两性由激烈的爱情所激发的性经验中，如张抗抗所表现的。而情与性的沟通，是新时期情爱乌托邦的重要内容之一。英国哲学家休谟说过，爱情是由三种不同的印象组成的："1. 由美貌发生的愉快感觉；2. 肉体上的生殖欲望；3. 浓厚的好感或善意。"④ 新时期情爱意识的重要变化是性的发现。性能量的发现是新时期爱情意识中的新的内容，现代人把审视的目光从社会外界转向内心，挖掘人性深处的被

① 费孝通：《男女有别》，《乡土中国》，生活·读书·新知三联书店 1985 年版，第 43 页。

② ［英］司汤达：《情爱论》，崔士篪译，辽宁教育出版社 1997 年版，第 2 页。

③ 斯妤：《爱情神话》，斯妤、李虹主编：《倾心相告：当代女性散文随笔精粹》，中国青年出版社 1995 年版，第 106 页。

④ ［英］休谟：《人性论》（下册），关文运译，商务印书馆 2006 年版，第 432 页。

遮蔽的感官内容。1996 年，张抗抗发表《情爱画廊》，这是一部新时期爱情乌托邦的宣言。张抗抗以唯美、华丽的文笔描绘了她理想中的两性关系，融合了作家对情感、性与婚姻的多种思考。《情爱画廊》编织了一个童话般的幻象世界，主人公周由——一位来自北京的优秀画家漫游苏州，邂逅江南美女水虹，自此陷入了一场旷日时久的激情之爱中。《情爱画廊》的主旨指向理想的情爱。作品中有三个女性人物，代表了作家所理解的爱情的三个层次：阿霓代表一种幼稚的少女式的崇拜之爱；舒丽则隐喻物质基础之上的现实之爱；而水虹和周由则代表了作者理想中的两性爱情。这种理想爱情首先是建立在个体价值之上的自由爱情。正是出于对个人自由的追求，水虹毅然离开了老吴，追随内心的愿望来到北京。其次，理想的爱情是情爱与性爱的交融。在当代的话语中，对性存在着三种倾向：一种是主流意识形态话语中对性的有意无意的遮盖、忽略；一种是世俗性话语中对性的粗鄙化、功利化扭曲，性成为商品社会中交易的符码；还有一种是存在于精英话语中的潜在的对性的贬低和妖魔化倾向。比如王安忆在 80 年代中期先后发表的小说《小城之恋》《荒山之恋》和《锦绣谷之恋》，这"三恋"是女性作家中较早涉及性问题的文本。《小城之恋》中，王安忆设置了一个与现实社会相隔离的虚幻的空间，把观察的重点放在被情欲的力量所裹胁的两个年轻人身上。描写了他们在欲望的冲击下的畸形的意识和心理，描摹了一副光怪陆离的性爱狂欢盛宴。在作家的话语形态中，性是作为一种蛮横荒诞的非理性力量作用于人的性格和命运的。作者几乎是怀着一种畏惧的眼光看待两性身体蕴含的原始冲动，以及由此带来的人性的异化。在文本表层细腻烦琐的话语背后，流露出的是爱情中对人的理性、情操等精神性内容的呼吁和肯定，其中隐含了对性的恐惧和抵制。而在张抗抗的爱情想象中，性不再是早期王安忆笔下的污秽、丑陋、罪恶和难以理解的混乱力量，而是能够激发人的生命意志、丰富人的生命体验、提升人的生命价值的存在。作者这样描写周由、水虹的第一次性爱经验：

　　　　周由猛地掀掉被子，跃起身来，眼下的水虹已被她自己的欲火烧去了圣洁之美；她窈窕的身体上燃烧着世俗和欲望的火焰，急切地邀盼着他的侵袭。周由犹如站在一条幽深的画廊敞开的入口处，鲜艳和光滑的廊壁激起他甜美的想象，他将用他强劲而饱胀的画笔，去触摸她深入她，去探询那从未领略过的美的奥秘。

在这里，身体、性爱确实具有激动人心的力量，身体的美、两性由肉体冲撞所激发的愉悦被作者赞美，它所给予的感官愉快得到了最大的肯定。性以及人的原始欲望不再作为被抵制的能量，而是生命力的体现，这种发现在当代具有划时代的意义。

三

浪漫的爱所诉说的还是一种超功利的、永恒的、神圣的爱。两性关系中人类所寄托的不仅仅是生理、感官层次的满足，而是一种深刻的精神、情感认同，是孤立的个体与外界的象征符号——异性所建立的沟通。两性通过爱情实现了社会归属，通过与他人的联系完成了自我实现。爱也不仅仅是感情的满足，爱在这里是生存意义上的，它是一种哲学，一种本体性建构。《情爱画廊》中有这样一段描写：

> 在他们的感觉中，时间似乎已经过去了数千亿光年。两团游荡弥漫的宇宙尘埃，经过漫长的旋转、吸引、收缩、加速，终于又慢慢聚合成两个新的星体、新的生命。在这重新组合再生的过程中，双方都把自己最原始的生命尘埃，融合到对方的星体内。这两个新的星体新的灵魂，已成为岁岁相守、生生相伴的双子星座了。
>
> 两个人静静地躺着，仿佛躺在超然世外的寂静星际。宇宙间只有他们两个人，一切尘世的喧哗与骚动、浮躁与焦虑都已成为远古的回忆。

这里的描写无疑具有深刻的象征意义。爱情具有涤荡人心、过滤世俗、提升人性的神性光彩，两性通过爱情超越世俗，达到了生命的新境界。

神圣的爱必然是超功利的爱，这一点在海岩创作中非常明显。出生于

50 年代的海岩在创建他的文学世界时对青春与爱情给予了长久、热烈的注视，它几乎凝聚了作家生命体验中所感受到的肉体美与人格美的极至。他笔下的人物，无一不是拥有迷人的外在魅力，进而呈现优美乃至壮美的内在人格魅力；而他笔下的情爱实践活动，则散发出浪漫主义与唯美主义的绚丽光辉，呈现出神圣永恒的乌托邦性憧憬。在他的众多文本中，出现了一系列"唯情主义"的浪漫型人格，像《玉观音》中的杨瑞、《深牢大狱》中的刘川、《拿什么拯救你，我的爱人》中的韩丁、《河流如血》中的陆保良等。爱情的主人公德容兼备，不仅容貌美丽，而且心地善良，重情重义，保有传统的德性之美。他们之间的爱情，与世俗的金钱、权势、地位没有任何关系，是超脱世俗的圣洁之爱、理想之爱。海岩说过，"爱情小说不外乎两个类型，一是现实生活中最常见的爱情，二是现实生活中根本不可能的爱情"，① 而恰恰是后者吸引了作家。他倾心刻画一种超凡脱俗、不涉现实、无关物性的浪漫主义之爱："我心目中的爱情是没有任何交易性质的爱情，也就是说，两个人之间是一种纯情感的交流，不是你有了成就、有了钱她才爱你。"② 为了显示爱的超功利性，海岩总让他的主人公从荣华富贵跌落至一无所有，而主人公的爱情从未在巨大的财富落差前出现迁移。《拿什么拯救你，我的爱人》中的罗晶晶，父亲去世后留给她上亿的资产，但转眼之间就因为内部的经济、人事纠葛而破产，而韩丁给予的爱也在这时显示出圣洁的光彩。《玉观音》中的杨瑞为了安心，放弃了大好前途，漂洋过海，千里追寻。海岩从不在荣华富贵如过眼烟云的叹息中多做停留，经济的变化只是一种底色、背景，目的是衬托爱情的纯粹、明净，显示爱情主人公的高洁、伟大。在海岩的理念里，爱情意味着利他主义的精神，意味着为了爱人的利益而不断地付出。为了爱情，他们甚至成为殉难者，付出至高的生命代价。正如海岩所说的，"爱是责任，是怜悯，是奉献，是举案齐眉，是恩恩相报"③。

---

① 海岩：《海岩散文》，文化艺术出版社 2004 年版，第 194 页。

② 瞿继鸿：《海岩访谈：平淡生活与唯美爱情无关》，2004 年 10 月 18 日，光明网，人物，名人访谈，（http://www.gmw.cn/content/2004—10/18/content_113454.htm）。

③ 海岩：《拿什么拯救你，我的爱人》，作家出版社 2001 年版。

浪漫的爱又是一种永恒的爱。爱情不仅超越金钱超越时间，也超越死亡。琼瑶的言情系列小说突出表现了"唯情主义"的文化价值心理。在她的价值观念世界里，情具有至高无上的优势地位。与之相比，金钱、地位、权利、自我、成功等其他需求目标则等而下之。同时，"唯情"主义价值体系中，男女之情又凌驾于亲情、友情之上。唯情主义的爱情观使人物活动的全部心理动机指向于爱欲的满足。当人物处于错综复杂的冲突、面临多重价值的对立时，她会把爱情当作最高利益指引人物的行动。像《还珠格格》中的小燕子，当家族仇恨与自身情爱发生冲突时，个人情爱欲望最终战胜家族等外在集群性结构利益，她最终放弃了复仇，选择和解，为自我利益的实现扫清障碍。与此相对应，永琪放弃了高贵的皇室身份，甚至父子人伦，与小燕子远走天涯，建立一个属于个体两性的自我情爱天堂。琼瑶的情爱理想具有超现实的浪漫色彩。其特征之一就是爱情对象专指性异乎寻常地高，爱欲的对象指向特定的一个人。在爱情对象的选择上，"恋爱双方都认为对方是没有人能代替的唯一的对象"①。爱情的转移是匪夷所思、不可理解、不能忍受的特征之二是爱情的永恒性。男女二人都是一往情深、忠贞不渝、九死不悔，粉身碎骨也不改初衷。爱情一旦产生，就根深蒂固，深植于人心深处，无论生老病死还是沧海桑田，世间任何变故都不曾削减它最初的热量。《鬼丈夫》中的乐梅宁愿怀抱丈夫的灵位而嫁，并非出于对礼教的屈从，乃是主人公内心真实的愿望，对爱而言，放弃意味着背叛。在通常的艺术作品中，时间是能动性因素，时间意味着关系的建立与消除。时间常常参与情节、人物乃至意蕴的构建，时间不仅使人衰老，还使人淡漠乃至遗忘。人生长河里惊心动魄的事件往往化作浅淡的云烟散去。而在琼瑶的作品中，时间只是作为背景存在，它不会走上台前，它如淡漠超然的长者，旁观变动不息的世事流转。而不管世事如何流转，唯爱永恒，爱情凝固于时间之外，与时间对峙。男女主人公依然活在已经逝去的时间之中，停滞于时间之中，他们和过去的时间息息相通，爱情从未在时间的磨砺下消减它最初的强度，由爱而引起的痛苦与欢

---

① ［保加利亚］基·瓦西列夫：《情爱论》，赵永穆、范国恩、陈行慧译，生活·读书·新知三联书店 1997 年版，第 350 页。

乐依然醒目而尖锐。也因为如此，爱情具有巨大的能量，控制主人公的一切行动和心理意向。爱情具有强大的内在性促使男女个体渴望融合在一起，它一往无前，摧毁一切障碍，丝毫不会有退缩之意。如果有放弃，或因为误会，或因为另外一份同样真挚的爱情。《碧云天》中碧菡离开了皓天乃是为了保全他与依云最初始的爱，以维护爱情的专一性。对爱而言，实现的爱情才是幸福的清晰的证据。与此相对应，死亡与别离乃是人生最大的不幸。关于死亡，它不是存在主义笔下的偶然、意外的个体只能接受不能抗拒的命运，琼瑶笔下的死亡通常是主动寻求的，自我选择的。像《梅花烙》《新月格格》中的殉夫，个体在无可避免的厄运的袭击下不是无能为力、无可作为的，她用死亡向妄图消灭爱情的命运挑战，爱情穿越恐惧获得了永恒。小说在表象上是悲剧性的，然而读者体验到的并非仅仅是悲凉，更多的是震撼、感动，这种美感体验超越了对主人公的悲悯。恰恰像培根说的：“人们内心深处的各种情感，即便再薄弱，也足以压倒对死亡的恐惧：仇恨之心战胜死亡，情爱之心忘却死亡。”① 关于别离，对琼瑶来说，爱情意味着永恒，如果有别离，通常出于误会，像《几度夕阳红》中的李梦竹与何慕天；或者出于善意，像《鬼丈夫》中的起轩，为了乐梅的幸福传言自己死亡。无论如何，有情而分离对人类的精神世界是一种残酷的折磨，都会给人物留下长久的伤痕。琼瑶很会渲染这种痛苦，她笔下的人物往往在打击下会呈现性格的变异、扭曲，或淡漠，或堕落，或酗酒，沉沦于痛苦的深渊无力自拔，等待爱情的救赎。琼瑶否认遗忘的存在，遗忘与淡忘依然等同于背叛，而能背叛的就不是真正的爱情。在《几度夕阳红》中，20 年后梦竹依然坚守着痛苦，不能解脱，直至误会消除，两人和解，至此，人物长达 20 年的折磨方告一段落。

唯情主义的价值观使琼瑶的小说呈现乌托邦化的审美品格。她所倾心描摹的是一个理想化的人性和理想化的社会人生，是超现实的虚无缥缈、美轮美奂的幻想世界。琼瑶具有古典主义女性的情怀，把爱情作为最高的价值，把获得爱情、缔结婚姻作为人生的最大目标。得到，意味着无限长

---

① ［英］弗兰西斯·培根：《培根论人生》，周条英译，人民日报出版社 2004 年版，第 8 页。

久稳定的幸福，失去，意味着无可弥补的巨大残缺。在唯情主义人生观的指引下，为了帮助剧中人实现爱情目的，琼瑶总是呈现美化人性、弱化矛盾冲突的倾向。自由受制于必然，爱情同其他人生行为一样受着客观的限制，愿望的受挫乃是基本的冲突。受挫的模式有两种：一种是单相思之恋，有情遇"无情"。无情并非真无情，仅是对特定之人"无情"。这种受挫，琼瑶不把它视为障碍，因为在琼瑶的世界里，只有真正的爱情，也即两情相悦的爱情才有实现的必要。至于单相思，是一种必须自我消解的爱。出于善意，她会给他（她）们安排另外一段情缘，痛苦不会持续地存在，爱情之伤在另外的爱情里愈合。另一种就是遭遇阻力的真爱。阻力很少出于金钱、地位、趣味、观念、个性的不谐调。这些能够伤害爱情本身的因素很难在她笔下展开，强烈的自我牺牲的意识使这些因素在她笔下化为零。冲突主要集中于伦理范围，有的来自父辈的恩怨，《鬼丈夫》中起轩的父亲十八年前曾失手杀了乐梅的父亲；有的来自于婚姻关系的阻碍，《梅花烙》和《新月格格》中爱情与父母、媒妁之言约定的婚姻之间。在激烈的家庭伦理关系的冲突中，真正的爱情饱受折磨，又历久弥新，从不在外在环境和内在良心的压力面前退缩。对爱情坚定神圣的信仰是因为作者确信真的美的就是善的，真正的爱情有权利在人间开花结果，它必定会感动上天人心，获得甘美的果实。所以，冲突尽管激烈，最终总会解决。解决的途径之一是人性中的善性。男女人物很难说谁是受害者，害人者，他们彼此爱恋，彼此伤害，在某些时候势不两立，但在最后时刻，善性会战胜恶性，爱情得到谅解、接受，宽容慈爱像天国的神秘亮光驱逐人心中的自私、嫉妒、狭隘，人们握手言和，皆大欢喜。琼瑶在《水云间》后记中说过："我写作的最大缺点，就是往往会'神化'我小说中的人物，也夸张了一些情节。"为迎合观众的审美趣味，作品追求喜剧性、娱乐性，明显的弱化冲突，削减冲突的尖锐性。《还珠格格》中，小燕子与乾隆有杀父之仇，作者为了缓解它，特意为乾隆开脱，说他不了解当时的情况，细究起来并非他的本意。这样人物不用经过痛苦的选择就可以顾全多种情绪，最终皆大欢喜。琼瑶的大多数作品以有情人终成眷属为结局，出于对爱情强有力的信念，她总能让她的主人公突破障碍，最终收获圆满的人

生。这使得琼瑶作品现实主义批判性明显不足，脱离了真实的甚至残酷的
生活底本而呈现出浪漫主义、童话式的虚幻世界。然而对艺术品来说，对
爱情大张旗鼓地张扬，或者因为回避了现实而显得苍白与单薄，对社会的
危害并不大。因为人的认识根本上是来自于生活而非仅限于小说。对当代
的社会来讲，在一个重物欲轻精神，重自我轻付出，重过程轻结果，甚至
在爱上说"不要天长地久，只要曾经拥有"的杯水主义的爱情观面前，琼
瑶的古典主义的爱情观，她对情的尊重，对忠贞不渝的歌咏，对爱的无
私，对牺牲精神的肯定仍不乏正面价值。

　　情爱乌托邦言说指向于永恒的爱，浪漫爱的永恒性使它具有了乌托邦
色调。乌托邦性往往包含时间的静止。在乌托邦话语中，完美的状态意味
着"历时性"时间的消失，完美即为极致状态。罗伯特曾谈论社会乌托邦
思想，认为"他们描述的是一个静止和严格的社会，没有任何改革的机会
或发展的希望"①。情爱乌托邦也具有时间的"静止"感。新时期情爱乌托
邦言说也具有时间的永恒追求，这一点在张洁身上也较为明显。《爱，是
不能忘记的》宣扬的也是一种永恒之爱，"二十多年了，那个人占有着她
全部的感情"。文中的母亲埋藏着一份深刻的感情，却因为道义而割舍了
它，但这种爱情并没有消失，它沉淀在人物心灵深处，成为她生命的支
撑，甚至死亡也无法把他们分开："他们的皱纹和白发早已从碳水化合物
变成了其他的什么元素。可我知道，不管他们变成什么，他们仍然在相
爱。尽管没有什么人间的法律和道义把他们拴在一起，尽管他们连一次手
都没有握过，他们却完完全全地占有对方。那是什么都不能分离的。"②她
用一生维系了对一个人的永恒之爱。

　　80 年代情爱乌托邦书写中特别强调爱情的神圣性与超越性力量，爱情
不仅仅是两性情感与肉体的单纯连接，而是一种本体性因素，它是和生命
相联系的力量，代表着生命的真谛。我们在某些男性作家的文本中也能发

---

　　①　[美] 罗伯特·诺齐克：《无政府、国家和乌托邦》，何怀宏等译，中国社会科学出版社
1991 年版，第 325 页。

　　②　张洁：《爱是不能忘记的》，华岱主编，礼谆、华岱、铁信编选：《新时期小说争鸣选：爱
情婚姻卷》，花山文艺出版社 1987 年版，第 41 页。

现爱情乌托邦的痕迹，比如王朔。论者大多注意他的"痞"性，他与主流、精英知识分子的文化对抗，他对崇高、正义的消解，而相对忽略了早期文本之中的情爱乌托邦幻想。典型的文本是《一半是海水，一半是火焰》，这部小说在叙事上具有多重意蕴。从叙事学分析，王朔所讲述的实际上是一个爱情故事，是一个"复活"的母题。小说由两个互相关联的故事序列组成。第一个故事的主人公张明，是一个没有正当职业、靠违法勾当混迹社会的小痞子，这在王朔的叙事话语中一向是颠覆精英话语的符号。吴迪是以纯洁爱情符号进入叙事话语之中，并以悲剧性结局和男主人公的负疚结束了第一个故事，为第二个故事的"复活"做铺垫。第二个故事则讲述了一个复活的母题，故事关涉的是主人公人格的重建，道德的再生。其中关键的力量来源于圣洁的爱。爱情在这里具有宗教般的神圣性，它穿越荒芜、卑微的灵魂把善性赋予黑暗中的男人，救赎了他的罪恶，使他重新获得了生命。神圣的爱情促使人格的再生，生命价值的实现，通过爱情，一个崭新的人、崭新的世界诞生了。

无疑，张洁、张抗抗、海岩所构建的浪漫之爱情还不属于现阶段所有的中国人，它只属于"一部分知识分子、一部分白领阶层、一部分艺术家，还有一部分向往崇高生活的普通人心灵深处的爱情理想"①。浪漫的爱具有乌托邦的空想色彩，与其说它来源于现实经验，毋宁说它更多地来源于创作者的理想。2006年，《情爱画廊》再版，张抗抗在自序中不无感慨地说："时间往往使生活中的爱情破碎或是变得麻木，但时间会留下那些关于爱情的美好文字。""因为爱情原本就活在我们的梦想中。没有梦想的人生，是苍白而可悲的。梦想是激发人类去创造生活、改变生活的一种基本动力。在这样一个物欲横流的商业时代，爱情理想主义，多多少少能唤起人们对物质、财富、功利的质疑，填补一部分人的精神空白。也许能够抵御或是拒绝低俗与污浊，使心灵和情感得到短暂的净化。"②而如果把张抗抗的爱情乌托邦放在90年代市场经济转型的历史背景中，放在由市场经济所激发的物欲膨胀的滚滚洪流中，当爱情日益丧失了其独立的地位

---

① 张抗抗：《〈情爱画廊〉再版自序》，时代文艺出版社 2006 年版，第 2 页。
② 同上书，第 1 页。

而成为金钱的奴隶时，张抗抗的爱情乌托邦就具有了其指向于现实的批判价值。

　　总起来讲，80 年代早期的情爱乌托邦书写包含着对个人价值、情感、自由、性的肯定，它把两性之间的深刻的灵与肉的沟通和契合当作理想的境界，并赋予其形而上的意义。它逐渐脱离了主流意识形态的约束，而把个体交融于一个崭新的社会建构中。它是新的历史阶段一种新人的价值思考，它反映了一部分精英知识分子超越凡俗指向于精神领域的信仰。尽管这种信仰往往有空想的成分，因为爱情的信仰往往在森严的现实壁垒前褪下它神圣的光华，而显露出其平庸琐碎的面目。或者说，爱情乌托邦更多地代表了少男少女时代的某种幻想，是远未成熟的个体对异性基于生理差异和文化塑造上的误解，它代表了个体在自我建构时期的一个阶段性的心理。

第二节　理想与现实的悖论存在

　　爱情作为新时期社会乌托邦幻灭后的一个新的精神家园，这样的情感归宿背后还有深层的文化的渊源。传统的和谐文化赋予中国人对家族、社群特殊的向心意识，而现代人的生存处境又造成了理想与现实的深层冲突。

一

　　霍妮曾经说过："如果我们未能详细了解某一特殊文化对个人所发生的种种影响，我们就不可能理解个人的人格结构。"① 中国传统哲学历来具有一种和谐意识与归属意识。在男权文化中，男性的自我是自足的。他是一个相对独立的个体，他在社会政治、经济、文化实践活动中寻找定位，建立认同机制。男性在社会化归属需要的满足中指向于社团、组织、党派，在与其他男性的合作中实现自我价值。在这个过程中，男性的价值取

---

　　① ［美］卡伦·霍妮：《我们时代的神经症人格》，冯川译，贵州人民出版社 2004 年版，第 6 页。

向更多地超越于家庭指向于社会国家，孔子的修身、齐家、治国、平天下的社会实践路线清晰地指明了男性的社会身份认同与归属方向。而男性的和谐意识、归属意识也历史性地指向于民族与国家。在传统的"家"天下社会结构中，男性的圆满人生即是与社会的融合，得到君王、国家的承认，因而男人的痛苦也在于与君王、国家的隔膜与疏远。屈原、李白、杜甫乃至曹雪芹、蒲松龄无不或隐或显地呈现出对君/国的热烈渴望和被弃的愤懑或忧伤。而女性也具有同质性的文化心理建构。她追求和谐，寻求个体与社会的结合，但在传统的社会结构中，女性的经济地位和社会身份决定了她追求方向只能是男性——女性一生中唯一可以与之建立密切关系的"他者"。在传统的社会里，男性和女性的生活相互隔绝，女性一般被限制在极其狭小的生活范围内，而女性的最终幸福就在于获得男性的接纳，顺利地由"女儿"转向"妻子""母亲"的身份，最终融入社会而克服自身的孤独。

可以说，传统和谐文化赋予两性对他体的认同需要，而爱情作为一种基本社会关系就自然地承载了乌托邦想象的归宿，特别是对于女性。因为在传统的社会中女性的自我身份是附属性的，她并不拥有独立的身份，她必须通过出嫁、生育而获得妻子、母亲的身份，或者说，她的一切有待于男性的确定。婚姻具有女性新生、洗礼的意义。女性的政治生命、社会生命依附于男性，因而女性的和谐意识、归属意识就是成为某个男性家族的一员而间接地归属于社会。而这样的生存处境极容易形成女性内心对男性和爱情的乌托邦式幻想："像这样又有文化、又有才干、又清廉、又成熟、又激情、又有绅士风度、又有革命经历（特别是惊险异常的地下党经历）、又……、又……的干部，真是难得。自然容易引起知识女性的浪漫幻想。"① 男性成为力量、强者的象征，而女性由于社会的隔绝、两性之间的神秘而形成对男性的仰视目光，而女性的人生价值也必然地建筑在爱情、婚姻、家庭的范围内。新时期爱情乌托邦书写正是这种文化积淀的反映。

19 世纪以来，中国人的激情被导入一个建设独立富强现代化国家的冲

---

① 张洁：《人家说我嫁了个特权》，《无字我心》，陕西人民出版社 1995 年版，第 184 页。

动中，个人走出传统的家庭，进而经过摸索，最终融入了国家的怀抱之中，以国家、民族身份的认同确立了现代自我。特别是新中国成立以后，社会主义乌托邦的冲动使中国人的激情和眷恋的方向指向国家民族，个人由此而获得了与宏大历史相连接的情感满足。新时期后这种指向于国家、民族的激情开始消退，被遗忘的自我开始显示其要求，处于归宿缺失状态的一部分现代人很自然地把属于个体情感范畴的爱情看作一个温馨的家园，把它提升至神圣的、宗教般的境地，编织了一个乌托邦式的梦幻。但这种乌托邦式的梦想很快便显示了其脆弱性，色彩斑斓的梦想很快就裸露出其真实、不堪、丑陋的层面。这种倾向在女性创作中尤为明显，而爱情乌托邦的憧憬与幻灭构成 80 年代爱情话语的极其典型的存在，它构成 80 年代初期现代人自我寻找的历史内容，反映了现代人（尤其是女性）在寻找自我、构建自我过程中的阶段性特点。

二

　　80 年代产生的情爱乌托邦梦想很快就显示出幻灭的迹象。两性情爱乌托邦的幻灭主要表现在浪漫的爱的消退、女性与男性和谐的理想关系的破裂，它几乎与 80 年代初期情爱乌托邦的想象同步。如果说一开始只是表现为一种失望和倦怠的情绪的话，80 年代后期特别是 90 年代以后，情爱彻底地褪去了其浪漫色彩，而显示出平庸与卑琐的底色。

　　这种褪色从三个层面展开。

　　首先是激情的爱的消解。激情的爱受到质疑，爱情失去了其想象中的光环。80 年代后期和 90 年代的话语体系中，现代人更多地表现出对激情之爱的怀疑、否定，激情之爱内在的冲突、对立浮出话语表层，其脆弱、容易消解成为描摹的重点，陈染的《时光与牢笼》文中有这样的一段话：

> 水水在经过了三年里三次婚姻的离异后的二十八岁芳龄上，终于再一次果敢地向前迈了一步，做出了婚姻的第四次选择。而这时水水已经完全冷下一条心，不再抱任何幻想。不再做任何属于她这个年龄正应该做的梦。

水水明白了浪漫这东西通常总是以和另外一个人保持着距离为前提的。失去距离便失去浪漫，而婚姻是无法保持距离的一种关系。

小说中的水水经历了四次婚姻，每一次的婚姻都建立在不同的基础上。第一次水水嫁给了"爱情"，但爱情很快显示了其虚无缥缈的性质，因为"丈夫出国后，天各一方，日东月西，先是鸿雁传情，尔后渐渐变成热烈而空洞的贺卡，再渐渐就没了声息"。曾经浓烈的激情之爱也抵抗不住时间的侵袭。激情之爱的幻灭在陈染这里并不完全是痛苦，而是转化。爱情由狂热、浓郁的情绪转变为平庸凡俗的体验，"找个本分安稳的年轻男子一起踏踏实实过日子，平庸些放松些"，爱情由激动人心、荡人心魄的尖峰时刻向凡俗坠落，渐渐显示出脆弱易碎的本质。林白《一个人的战争》中的主人公多米曾有一次狂热的爱情经验，她深信她的爱情的深度和纯度，"我绝对不会爱上别人了，我不是一个见异思迁的女人，我的爱情举世无双"。在狂热的爱情面前，他的一切似乎沾染了神圣的气息，"夹着他字条的那两页，字字生辉，充满灵性"，"我把这纸条作为我的一级宝物，我不知道如何处置它们才妥当，放在枕边、抽屉或者跟小时候的照片放在箱子里。我总是感到不合适。我一刻不停地想着要看、要抚摸、要用鼻子嗅、用嘴唇触碰它们"。也是在狂热的、不可理喻的激情面前，我感觉到自身的卑微与渺小，"我不管说什么都紧张，说什么都声音变调，不管将要说什么，我总是两腿发软，手心出汗"。只有在狂热的激情消退之后，她才恢复了理智，才发现"那字写得多么难看，多么词不达意，代表了 N 城电影界低下的文字水平"。也只有在离开 N 城之后，自己才发现，她已经在悄然之间遗忘了曾经刻骨铭心的爱情，"这么快就把 N 忘了使我感到吃惊，我真正体会到了爱情的脆弱多变，我曾经坚信，我是可以为 N 去死的"。林白这样反思自己和爱情，"这使我想到一个严重的问题，当初我是不是真正爱过？我爱的是不是他？我想我根本没有爱过他，我爱的其实是自己的爱情，在长期平淡单调的生活中，我的爱情是一些来自自身的虚拟的火焰，我爱的正是这些火焰"。陈染和林白的爱情书写还具有精英色彩，她们反思的是爱情自身非理性的成分。在她们的话语中，爱情不是真实存在的事物，而是人们通过想象而制造出的幻觉。在新写实主义的作家那里，爱情的世俗色彩更为浓厚。池莉的《不谈爱情》、刘震云的《一地鸡毛》中，爱情的激动人心的神性色彩已所剩无几，柴米油盐、鸡毛蒜皮的庸常生活已经取代了两性激情燃烧的浪漫时刻，情爱回归日常生活领域，世俗之爱已然是生活的常规形态。90年代以后，商品经济的大潮冲击爱情，在棉棉、卫慧的文本中，浪漫的爱情在物欲膨胀的时代内已经失去了容身之地，浪漫爱的精神契合已经赤裸裸地被金钱、物质的原则所代替。在爱情中，精神因素已悄然退场，肉体欲望、物质的享受、金钱的交易已经上升为至上的原则。

其次是爱情永恒性的消解。在皮皮的《比如女人》中的爱情观具有后现代意识。爱情的永恒性遭到了摒弃。在后现代的文本中，爱情已经随时间的流动而发生变化，时间改变着人性，也改变着人生，爱情已经具有"物"的特性而发生、发展、消亡。爱情的产生、消亡是极其自然的，相爱与分手也是自然的，如生老病死一样的自然，丝毫不会令人惊讶。对后现代的人物来说，她们爱尊严、爱独立、爱自我、爱金钱更甚于爱爱情。对他们来说，分离并非完全的损失，放弃往往意味着新的获得。刘云从一开始对爱情消失的不能接受、试图挽回，到最后的坦然放手，并最终从事业中找到了人生的一种更为坚固的支持。所以皮皮说刘云"不仅仅是从他那儿独立了，而是从男人那儿独立了"。这不仅仅是一场爱情告白，更是人生告白：女人的生活意义并不仅仅在于获得爱情，而是从对爱情的依赖、从对男人的依赖中解脱出来，获得一种完整独立的人格。

最后是完美男性和完美爱情的解构。在传统的爱情乌托邦中，男性几乎凝结了完美的特质，他们是力量、智慧、勇气、意志的化身，而80年代后期的反爱情乌托邦的文本中，早期寻找男子汉的诉求逐渐弱化，男性形象在女性眼中逐渐消失了光环，而显示出世俗、庸俗甚至弱者的气质。陈染的《时光与牢笼》对男性和爱情都进行了意义的消解。小说中的男性有两个，水水的老公和水水的上级，这几乎代表了女性所面对的私人生活和公共生活的所有男性。但在小说中，作者不无调侃地描写老公的性无能以及两性之间的性斗争，老公几乎是在水水近乎羞辱的嘲弄中才激发了斗志，完成了一次高质量的性活动。而在张抗抗的《做女》中，传统的男强女弱的性爱模式彻底地被颠覆，女性更加自如地控制自己的身体并最终掌控了爱情关系的走向。而在一部分创作中，男性形象甚至走到了反面，"夫"消失了它一向的智慧、力量的文化赋予，而呈现出理性、德性、智力的全面撤退。张洁的变化更为明显，前期充满了对男性完全的信赖、深情的呼唤，后期的张洁在审美精神上发生了极大的变化。《祖母绿》中的曾令儿几乎是一个爱情的殉道者，她所热爱的左葳，在智力和道德上却完全不能与她相匹配，而她所坚持的浪漫的爱情却在卢北河的现实的爱情面前败下阵来。完美的男性与完美的两性关系已经出现了裂缝。《方舟》当中描写了三位离婚女性尴尬狼狈的现实生活：荆华为了养活被打成反动权威的老父和妹妹嫁给了自己不喜欢的人；柳泉则因为漂亮的脸蛋儿遭受单位上司的骚扰；梁倩虽为高干子女，导演事业却一波三折，障碍重重。张洁用一种集中典型的手法描写了女性与男性的冲突，男性已经不是女性的依靠，而是女性生存的阻力。张洁已经从童话般的世界转向现实的人生，女性艰辛的生存状态已经使她的文本呈现沉重的色调，而发展到《无字》，则以男性道德、智慧的全面崩溃彻底地否决了男性世界。张洁已经从乌托邦走向了反乌托邦，情爱乌托邦已然走向崩溃没落的命运。

也许这恰恰是爱情真实的道路，如同自然一样，爱情是自然的产物，必然带有自然的痕迹。乌托邦式的神圣、永恒的激情之爱与其说是经验，不如说是一种信仰、梦想，而这种梦想大多数是青春时代的产物。"只有当一个女孩的想象力还没有被任何不幸的经历所扼杀，她的力量中还充满着青春的火焰，它才有可能把某个男子想象成一个最令人销魂的形象。每次同情人相会时，她所欣赏的其实并非真实的存在，而是它自己所创造出来的那个美妙的形象。"① 司汤达曾经这样理解爱情乌托邦的心理基础。从心理学上讲，爱情乌托邦的建立往往是人类尚未成熟阶段的两性幻想的结果，它不是理性的产物，而是激情与梦想的结果。两性的自然肉体的差异

---

① ［英］司汤达：《情爱论》，崔士篪译，辽宁教育出版社1997年版，第19页。

造成一种永远的隔膜，波伏娃就曾经说过："事实上，两性都是神秘的：身为男性的他人也有自己的存在，一种女人难以理解的内在自我。"① 不仅女性在男性眼中是神秘的他体，男性在女性眼中也是神秘的他体，而在具有爱情乌托邦情结的女性眼中，真实的男性由于与幻想中理想男性的对比而显得更为丑陋。张洁的《无字》中有这么一段：

　　　　她坐在厕所门前的地板上，一面瞧着那些被她敲碎的大黄牙，一面冥想着世事的无定。可不，转眼之间，这些大黄牙就碎了，就像一个本来形影不离的人，突然之间躺进了棺材。

　　　　这时她一回头，一个头戴纱帽、身穿朝服的男人走了进来。那男人的脸上、眉毛、眼睛、鼻子、嘴巴全无，只光板一张。光板上纵横地刻满隶书，每笔每划阔深如一炷香，且边缘翻卷。

　　　　这张刻满隶书的脸板，无声无息地跟踪着她，与她一起在房间里走来走去。她就转身俯向那张脸，问道："让我看看，这上面写什么字？"

　　　　可她怎么也看不懂。

　　张洁以荒诞的手法隐喻了女性对男性、社会的迷茫与困惑，这种经验显示了吴为从梦想进入现实之后巨大的心理落差，以至于产生扭曲夸张的反映。

　　爱情乌托邦想象必须要经历现实的考验。当完美爱情和完美男性的设想遭遇现实的爱情时候，某种被乌托邦所激发的热烈的激情必然会导致幻灭的悲哀，甚至激发了愤怒的情感。情爱乌托邦的幻灭经验在不同的主体经验中具有不同的意义。在男性那里，男性价值的多样化往往会淡化了幻灭的悲哀。在陈染、皮皮那里，浪漫的爱的消失并没有引起不可克服的心理危机。但在某些作家那里，情爱乌托邦的幻灭造成了极大的冲击，特别是在具有先验爱情乌托邦梦想的作家那里，乌托邦式样的完美爱情与破碎

---

　　① ［法］西蒙·德·波伏娃：《第二性女人》，唐译编译，北京燕山出版社 2009 年版，第115 页。

的现实构成了难以弥补的巨大的裂痕，并因此而爆发出饱满的情感体验。这一点在张洁那里特别突出。张洁的创作明显地分为两个时期：早期的单纯、优美、纯净，充满乌托邦的温情色彩。后期则冷峻、严厉，我们从中看到的是一个现代女性成长的心路轨迹。早期的张洁具有唯美主义的色彩，张洁一向向往一种纯洁、优美的生活。她的很多作品描写童年，因为"童年可不是童话。也许和童话还恰恰相反，但它还是让人感到无限怀恋。人们留恋的倒不一定是那种生活，而是那一去不再复返的、单一而天真的心境"①。童年是人类的早期生活，与成年时期相比，童年往往预示着自然的生命，隐喻着一种纯洁而宁静的生存形态。乌托邦时期的张洁用温情脉脉的文笔描写童年、友爱，讴歌善良、正义。在《哪里去了，放风筝的姑娘？》中，张洁深情地回忆自己的童年，因为饥饿而偷拿玉米而被恶邻追打掉进河里，差点丢掉小命。但在她的叙述中，却没有丝毫的愤怒，也没有伤感，她用抒情语调娓娓地诉说这一切，融合着一种宽容的审美精神。在她的笔下，一切苦难最终都转化成温馨的记忆，成为人生的财富。张洁的《拣麦穗》也是一篇具有爱的乌托邦意味的散文。这篇短文描写了两个孤独的生命对爱的呼唤。文中走街串巷的卖杂货的老人和一个孤独的乡村少女发生了一个啼笑皆非的故事，少女的无知和老人的将错就错，两人之间建立了一种奇特的关系。他们郑重其事地承担着恋人的角色，在表面游戏式的关系中，他们实际上付出了真正的感情。它既有喜剧性，也有悲剧性，同时还包含着难以泯灭的爱的乌托邦情结。它是两个孤独的个体向世界发出的爱的呼唤，他们尽管卑微、渺小，甚至陷入自身都难以克服的困境中，但在贫穷、荒凉、匮乏的生存境遇中，他们仍然竭尽全力地用爱来拯救自己，拯救他人。对他们来说，爱不是索取，不是交换，而是真、善、美的融合，是善良的心灵对生命的尊重、关怀，是把生命从残缺不幸中救赎出来的力量。在这样的散文中，你可以感受到一个纯洁的少女初次踏入社会时所秉持的单纯的向往，是一颗玲珑剔透的纯美的灵魂的呼唤，我们也可以理解她在《爱，是不能忘记

① 张洁：《哪里去了，放风筝的姑娘？》，《无字我心》，陕西人民出版社1995年版，第4页。

的》所描绘的圣洁的爱情乌托邦想象。它虽然单纯，却异常真挚，它虽然美好，却可能容易断折。

三

弗洛姆在讨论爱的时候，曾经区分过几种类型的爱情，其中一种他称为"童稚之爱"。"童稚之爱的原则是：'因为被爱，所以我爱'。成熟之爱的原则是：'因为我爱，所以我被爱，'不成熟的爱声称：'因为我需要你，所以我爱你。'成熟的爱则认为'因为我爱你，所以我需要你。'"[①] 浪漫的爱在某种程度上就属于童稚之爱。童稚之爱不是真正的爱，因为他（她）所爱的不是现实生活中的异性，而是他（她）臆想出来的形象。他（她）所憧憬的情爱也不是真实的情爱，而是幻想中的境界。情爱乌托邦想象脱离了真实生活的基础而显得虚妄，而情爱乌托邦幻灭后愤怒地追问也显示出某种荒诞。它是一种悲剧，而且是两性的悲剧，或者说是一种文化的悲剧。对两性而言，无论是女性乌托邦神话还是男性乌托邦神话在某种程度上都是对真实而丰富、具体的有个性的生命存在的遮蔽和掩盖，它是心理成长过程中的阶段性产物，是人类由幼稚到成熟的一个必然阶段。

爱情乌托邦的建立与幻灭体验很大一部分来源于现代人身份的阶段性丧失。现代历史从某种程度上讲是现代人不断寻找家园的历史。"五四"时期的中国人抛弃了传统的家族，走进社会寻找新的精神家园，30年代以后的中国人主动或被动地融入国家的庞大体系，而80年代以后的中国人再次疏离了国家、民族的身份认同，再次走上了寻找的旅程。而个人与民族、国家的断裂产生了深深的孤独意识，这种过程对现代人来说是极为艰难的，特别是对于女性而言。女性建立现代自我身份的道路更为曲折，她不仅面临与男性共同的政治、经济的压力，还要与长期男权文化所遗留的集体无意识斗争。爱情乌托邦的否定不是终点，而是生存旅途的新起点。女性建立成熟的现代人格系统，不仅要求社会经济物质制度的支持，还要

————————

① 陈学明等编：《爱是一门艺术：弗罗姆、马尔库塞论爱情》，云南人民出版社1998年版，第27页。

求女性超越狭隘的伦理意识，作为一个独立的个体面对世界。贝特·汉莱密说过："认同由三个层次展开，即从群体认同经过社会认同到自我认同。"① 女性价值意义的确立必须克服因袭的传统依附，必须开放自己的精神，从相对狭隘的情爱（群体）的家园中和社会家园（社会认同）迈出勇敢的一步，向自我、向无限的宇宙释放生命的热情。否定、愤怒和怀疑固然是一种力量，同时也是一种限制，人类必须寻找超越的旅途。多少年之后，执拗的张洁终于悄然放下了她的情结，"不管你愿不愿意，浪漫是你不可避免的人生必由之途"②。

纠结于内心的爱情乌托邦情结完成了它的历史使命。而且非常可贵的是，张洁从来不是虚无主义者，即使在至深的绝望中，她也保持了一个有尊严的女性的力量和激情。她永远没有被现实打败，在她的内心深处，依然保存着对梦想的热切信仰。情爱乌托邦的幻灭并没有泯灭她内心对生活的一贯的热情，在梦想的废墟面前，她依然在思索、在追寻，继续寻找新的家园。"已经有不短的时间，再没有什么可以伤害我，也没有最大的痛苦，或最大的幸福，一切不是我从娘胎里带来，而是在落地之后才生长出来的东西都渐渐的远离。不再烦恼我，不再忧伤我，不再在乎我，不再计较我，不再激动我……"③ "春节前后的一个晚上，豁然开朗，明白了我这一生其实只有一个目标，我正是因此才到世界上走一遭的。"④ 正因为这样浓烈的生命激情，张洁才一次次地从情感、心灵的炼狱中重生，"我最想留住的，还是那永远没有长大、永远没有变老的心。只有它，才使我永远充满诚挚和热爱，才能使我从一次又一次的失望中，不止一千次地得到重生"⑤，并且保持了对希望的信仰。

对于人类而言，乌托邦家园的寻求在某个阶段历史性地限定在特定的范围——爱情中，在追求中经验着激情的热烈和幻灭的悲哀。它恰恰预示

---

① 转引自梁丽萍《中国人的宗教心理：宗教认同的理论分析与实证研究》，社会科学文献出版社 2004 年版，第 17 页。

② 张洁：《无字我心》，陕西人民出版社 1995 年版，第 277 页。

③ 同上书，第 259 页。

④ 同上书，第 260 页。

⑤ 同上书，第 15 页。

了人类悲剧性的存在状况。人类注定是处于无限的欲望旅途中，不断地得到，又不断地失去。在失乐园、复乐园的永恒变奏曲中吟唱着生命的哀歌。对于现代人的精神成长而言，爱情乌托邦的幻灭不是终点而是起点，它是特定历史阶段人类自我成长的过程，是现代人自我身份认同中必须付出的代价。

第四章

语言乌托邦

语言乌托邦是 20 世纪 80 年代中期以后出现的一种倾向，指乌托邦的否定、超越精神向语言世界转移。艺术家借助语言建构了一个独立的世界，它以自由精神对抗现实，以想象维护自我，带有革命的性质。因为"在艺术的幻想中，人类可以获得已经失去或者尚未得到的自由和谐的理想状态，而艺术的最大魅力就在于对这种幻想的肯定，而且它最主要的特征之一就是幻想"①。我们把这样的诗学精神称为"语言乌托邦"。

80 年代中期以后，乌托邦发生了分化，逐步出现了新的特征：一方面，西方的语言美学观传入中国，文学独立性加强，文学逐渐脱离了政治的附庸地位，走向了自律。先锋文学家、第三代诗人主张语言的本体地位，文学不再是历史、社会、政治等外在现实的简单模拟、追踪与解释，而是以个人主体性为核心构建的话语世界。另一方面，"文化大革命"后主流意识控制功能弱化，个人主义意识增强，个人获得极大的空间，开始认识到自身的个别意志、欲望和情感的价值。而人的独立性追求也必然使个体与传统沿袭的权威对峙，知识分子日益发现了现代人的真实处境。现代人与外在的和谐关系破裂，与家族、社会之间产生了难以克服的矛盾，存在着难以和解的冲突，出现了内在的心灵危机。这种伴随着个人意识觉醒而导致的生存困境体现于一种强烈的孤独体验中，这一点在一部分 60 年

---

① 邹强：《审美乌托邦：作为一种思维方式》，《理论学刊》2005 年第 1 期。

代前后出生的知识女性的创作中较为明显。代表作家有陈染、林白、残雪、虹影、斯妤、丹羽等。在她们的创作中,现代人独立个体意识的萌发与建立过程极为曲折,伴随着自我成长的分裂、整合的阵痛与裂变,伴随着个体与他人、旧我与新我、自我与外在的多重的纷争与撞击。女性独特的外宇宙生存图景与内宇宙的心灵的动荡组成新时期一首充满悲凉与欢欣、焦虑与挣扎、奋斗与重生的多声部交响合奏曲,而女性的孤独体验成为女性自我反思过程中的恒久悲凉的乐曲。与此同时,孤独经验并没有泯灭她们内心对希望的渴望与憧憬,乌托邦热情依然潜在地引导着她们的精神取向。正如陈染所言:"当我还看得见光亮的时候,我曾经把自己躲到车站电线杆的阴影里;现在,当世界真的永远交付给我一片茫茫黑暗的时候,我用心灵寻找着光亮。"① 只是,这种热情已经略过现实的世界——在她们的经验中已经沉沦于黑暗的所在——而指向了想象中的世界——那个用语言构造的家园。在写作中,她们找到了在现实世界中难以找到的和谐,建立了属于自己的天堂。

　　　在家园逐渐丧失的时代,语言就是我们的家园。②

　　　写作的目的是为了精神的存活,为了活得充分。我想说的,是世俗中从未有过的事物,是那种理想的事物。这种理想在世俗中无法开口说出,只能通过创造去接近,所以我只好一篇又一篇地写下去。③

　　　坐在书桌前,当"灵感"不断、锐利的思想和美妙的句子源源不断涌出的时候,便是一天里最为幸福的时刻了。除此之外,我真的不知道在日常的生活中还有什么能够牵引我的神思靠近"幸福"这个语词,帮助我在孤立无援的精神境况中靠近安全感与希望。④

　　　只有在写作中,我才有坚实的存在感,才会有归属的感觉,那似乎

---

① 陈染:《空的窗》,《嘴唇里的阳光》,作家出版社 2001 年版,第 18 页。
② 林白:《置身于语言之中》,《林白散文》,浙江文艺出版社 2001 年版,第 108 页。
③ 阎纯德:《论 20 世纪末的"现代主义"群落的先锋创作》,《中国文化研究》2004 年第 1 期。
④ 陈染:《我们能否与生活和解》,作家出版社 2001 年版,第 95 页。

才是真实的自己。写作，对我而言，确实是心灵停泊的最后一片港湾。①

　　一个真正的写作人是天生的，这种天生不仅仅指才情，同时也指他对于语言魅力毫无贰心的臣服，指他对于内心舒展、精神皈依的重视。这份臣服和重视远胜于常人，足以抵御浮华喧嚣的物质世界的侵扰和诱惑。②

可以说，她们借助语言建造了一个想象中的天堂，在语言的舞蹈中放纵舒展被现实压抑的灵魂。由语言所建筑的世界屏蔽了肉体所处的荆棘，她们与世界的紧张与对峙部分地得到了缓解。在那里，她们安妥了自己疲惫焦灼的心灵，获得了暂时的解脱，显示了新时期乌托邦精神的新的倾向。

第一节　孤独的鸣奏

孤独意识作为一种情绪体验，其中蕴含着个体与外界的疏离、隔膜以及无法沟通、无法理解的恒常困境，表现为个体与自然、家族、社会、他人的根本性矛盾。在一部分以童年、个体成长为主题的文本中，女性表现了具有现代、后现代意识的生存体验。在她们的文本中，展现的是一个残酷的弱肉强食的生存竞争的世界，女性经受着一个个体／女性在饥饿、动乱、政治、文化、道德多重冲撞下的动荡激烈的存在体验。传统的家庭关系、社会关系、两性情爱关系呈现出裂变、分歧、隔膜、对立的倾向，家庭成员、社会成员、两性之间的关系出现负面图景。而所有的这一切，构成了她们创作中绵延悠长的孤独的鸣奏。

一

孤独经验在女性的创作中首先表现为个体与家族、家庭关系的分裂。

---

　　① 丹羽：《阳光、空气与梦》，林白、残雪等编：《我愿意这样生活》，上海文艺出版社 2000 年版，第 28 页。

　　② 斯妤：《写作是我最好的生命方式》，新浪—新闻中心—新浪人物专题，2004 - 3 - 10。（http://news.sina.com.cn/s/2004 - 03 - 10/18313009965.shtml）

女性在成长过程中父爱、母爱的缺失造成女性一种基本的不幸。许多女性的创作涉及基本的意象序列：父亲/母亲的整体性的不在场，以及一个孤独、敏感的小女孩幼年时代与父亲/母亲因疏离而生发的存在性焦虑。不管这种缺失来自于无意还是有意，这种倾诉和呻吟浮现在故事序列的表层，"关于父亲的记忆常常是一些旋转、闪烁、飘忽不定、难以确定的事物，他们总是变形，枝节横生，使我似曾相识却又迷惑不已"①，"一天24小时，属于白的，我都在睡觉，都在黑的世界里，我常常梦见已经死去的人，这些人都穿黑衣，跟着我熟悉的音乐跳舞，有一个人还扔了一枝黑杜鹃给我，他是我的父亲。我小的时候不止一次希望他给我，但他装着不懂"②。虹影的自传性作品《饥饿的女儿》描述了私生女六六的成长经历。文中的"六六"从小就感觉到自己与父亲、母亲之间微妙的关系。母亲对她"从不宠爱，绝不放纵，管束极严，关照却特别周到，好像我是个别人的孩子来串门，出了差错不好交代"，而父亲对我"却不动怒，也不指责"，这使我很早的时候就体会到"自己可能是他们的一个大失望，一个本不该来到这世上的无法处理的事件"。纠缠于六六的生活中的三个男性"都负了我：生父为我付出沉重代价，却只给我带来羞辱；养父忍下耻辱，细心照料我长大，但却从未亲近过我的心；历史老师，我情人般的父亲，只顾自己离去，把我当作一桩应该忘掉的艳遇"。这样的成长经历，形成了六六难以消解的创伤经验。虹影的《孤儿小六》延续了她一贯的童年灰暗记忆。文中的"我"在一个春天的傍晚回到了故乡，寻找她已经面目模糊的父亲、母亲、姐妹。只是，这些在一般的描摹中通常代表着温暖与抚爱的人，"都早已成为了遥远的记忆，一如天井里那口封得严严实实的井"。而能够涌现出来意象，就是"那年我被两个姐姐合伙关在壁柜里，使我的生日不同寻常"。在那个昏黄的夜晚，我发现了一幅鲜艳的画面，穿着红衣的母亲怀着我，面对着周围充满敌意的呵斥，那是这个世界对"我"这个生命的第一次拒绝。陈染的《巫女与她的梦中之门》用怪异鬼魅的语言描写一个16岁少女九月的梦魇："我的父亲高高站立在灯光黯然

---

① 林白：《林白散文》，浙江文艺出版社2001年版，第199页。
② 虹影：《我的人生笔记：我与卡夫卡的爱情》，时代文艺出版社2006年版，第207页。

的大木门前，那木门框黑洞洞散发着幽光。白皑皑的雪人般冷漠的父亲嵌在木门框正中，正好是一张凝固不动的遗像。"① 这个"有着尼采似的羸弱身体与躁动不安的男人"没有给予他的女儿以温暖的抚慰，而是用他冰凉、冷漠把她抛弃在旷野的孤独中。可以说，关于父亲/母亲与女儿、关于信赖与背叛、渴望与拒绝的弃女情结成为孤独叙事反复回响的哀怨的乐章。也因为这样，童年时期被父亲/母亲抛弃，成年后被男人抛弃成为流荡于女性的悲凉之歌。丹尔斯说过，不幸"被定性为那不现实的、分裂的、僵滞的、恐惧的和无意义的生活，而那反过来的则是现实的、协作的、运动的、安全的和有意义的生活"②。不幸与恐惧成为孤独者的标志，不幸的痕迹触目惊心地流离在她们的身体层面，她们常常蜷缩在世界的角落，这是她们面对世界的一种姿势，用恐惧的目光注视着外面的世界——那个她们不熟悉的、难以融入的神秘的世界。世界对她们而言是一片混沌、苍白、陌生、异己的存在，欢乐是一场闹剧，而他人却是地狱，因为"我不喜欢被阳光照耀的感觉，因为它使我失去隐蔽和安全感，它使我觉得身上所有的器官正在毕露于世，我会内心慌乱……每一双眼睛的光芒都比阳光更烫人、更险恶，更富于侵略性"③。当强大的外部世界以巨大的阴影向弱小的"我"侵袭过来，我的身后一无所凭、无所依傍时，不幸就成为孤独者挥之不去的梦魇。

　　其次就是女性与社会的分裂性关系。20 世纪以来，社会的现代性转型打开了现代人生存新的天地。现代人逐渐进入了一个前所未有的经济与文化秩序中，女性也逐渐从狭窄的家庭空间进入广阔社会空间，寻找着属于自身的位置。但对于 20 世纪的现代人来讲，特别是对于女性来讲，展现在个体面前的并不是一个铺满鲜花与音乐的天堂，而是一个残酷的、弱肉强食的生存竞争的世界。这一代女性生存于一个多灾多难的时代，她们大多出生于 60 年代前后，像虹影，1962 年出生于重庆；林白，1958 年出生于广西北流县；陈染，1962 年出生于北京；残雪，1953 年出生于长沙。对

---

① 陈染：《巫女与她的梦中之门》，《嘴唇里的阳光》，作家出版社 2001 年版，第 242 页。
② ［丹麦］丹尔斯·托马森：《不幸与幸福》，京不特译，华夏出版社 2004 年版，第 535 页。
③ 陈染：《私人生活》，江苏文艺出版社 1997 年版，第 4 页。

她们而言，新中国成立之初和50年代激情燃烧的年代她们没有经历过，她们出生和成长的时期，正是饥馑与动乱、恐怖与祸患并存的时期。正如虹影所说："我出生在大饥馑之中，生长在'十年'恐怖之中。"① 她们与那个时代的人一样，经受着困窘的物质生活和恶劣的政治生活的双重挤压。对她们来说，个体成长过程所要面对的生存压力是多方面的：既有时代共通性的民族性、政治性、经济性危机，也有个人性的自然的灾害、家族成员之间的冲突动荡以及男性的压制和排挤等生存困境。

女性所要面对的生存压力，第一就是时代所造成的普遍的生存危机，包括政治性灾难与历史性的生存困境。虹影、残雪、林白等创作中有着挥之不去的童年饥饿体验和父辈遭受政治冲击的困难处境。林白这样回忆她的童年时光："我出生在一个边远省份的小镇上，三岁丧父，母亲常年不在家。我经历了饥饿和失学，七岁开始独自生活，一个人面对这个世界。对我来讲，这个世界几乎就是一块专门砸向我胸口的石头，它的冰冷、坚硬和黑暗，我早就领教过了。"② 残雪的《泡沫》真切地记录了在1957年那段时期，一个普通家庭如何利用全部的智慧抵挡饥饿的侵袭。虹影《饥饿的女儿》中的六六，出生于三年灾害时期，她从出生的时候起，就与饥饿的魔影作绝望的抗争。虹影把私人的经验和民族的命运结合起来，以令人战栗的冷静记录了一个时代的苦难，而这些正是60年代初期国家经济危机和70年代的政治灾难的反映。第二就是自然的灾害所带来的梦魇经验。生长在长江之畔的虹影这样回忆她的童年："江边慌乱的人影，奔忙不息的救护人员、公安民警。但那些脸真跟阅读过千千万万次的天空一样阴沉，却不带任何麻痹，不滑过任何一丝大意。淹毙者死因种种，可从江底漂浮起来的形状却都一模一样，全身肿胀，皮肤灰白……已缠裹好的白绷带浸出淹毙者七窍流出的血，血那么鲜艳，如花朵一枝枝在盛开，刺戳了我们的视觉，把我们的心弄得乱糟糟的，一辈子都无法清理干净。"③ 这种触目惊心的景象作为童年经验反复地出现在虹影的创作中，成为她的创作

---

① 虹影：《追踪一段历史（代跋）》，《双层感觉》，中国华侨出版社1996年版，第252页。

② 林白：《内心的故乡》，《阅读与鉴赏》（高中版）2002年第11期。

③ 虹影：《追踪一段历史（代跋）》，虹影：《双层感觉》，中国华侨出版社1996年版，第252页。

母题之一。

　　幼年、少年的不幸一直延伸到青年，并导致女性与社会根深蒂固的隔膜。林白的《说吧，房间》描写了两位女性的悲剧性生存。女性在社会化的过程中遭遇到种种艰辛，她们不仅与男性个体一样经受着社会环境、道德习俗、物质生存的重重重压，同时还因为她们的边缘身份和弱势地位而遭受不公正的待遇，"她们在男权、金钱、性这三条绳索所构筑的无数规则、栅栏和障碍间挣扎、反叛、绝望乃至毁灭"①。离婚的林多米在一个中午突然遭遇了致命的打击，她在莫名其妙的情况下被解聘了。这情况似乎像卡夫卡笔下的迷宫，因为谁也无法解释她为什么被解聘，没有程序，没有通知，也没有申辩的机会，总之，她陷入了一个怪诞的迷局："我觉得自己掉进了一个真正的迷宫里，明明看清楚了是一个出口，眼珠不错地走过去，到了跟前发现不是。又看到了一个出口，又走上去，发现还不是。"她不断地去询问，而她的上司则推诿逃避，谁也不肯担当责任。这样的境遇恰恰像迷失在丛林中的袋鼠（林多米幻想中的自我），它所面对的是一个面目模糊而又无处不在的强大势力，"它们细长、锐利，在暗中闪耀着令人不寒而栗的光芒，它们不动声色地等候着，在某一个时刻，突然逼近，使她们战栗"。这正是冷酷、冰凉的世界的剪影。面对这样的冷酷，作为弱者的林多米别无选择，只能在恐惧中苟活。如果林多米的失败还可以部分地归结于她的异端性，她的一以贯之的与社会的不配合，那么南红的命运，则昭示了一个顺从者的悲哀。南红对实存的社会是逢迎的态度，她少女时期的浪漫幻想已经随着时间流逝而干枯于尘土中。对金钱、物质、男性所构成的外部世界她曲意逢迎，也似乎游刃有余，然而她的妥协并没有改变最终的结局，死于宫外孕大出血，这个具有象征性的结局隐喻了女性的无可摆脱的宿命。斯妤《红粉》中的陆雨凝以红粉的笔名打入文坛并很快声名鹊起，但这风光的背后却隐藏着她的无奈。斯妤所塑造的这个女性是悲剧性的，她的悲哀在于女性抗争的悖论性，现代女性的以身体为代价的抗争方式最终还是落入了怪圈，贤妻良母/娼妓乃传统男权社会

―――――――――

　　① 杨新：《女性：无处逃遁的网中之鱼——读林白〈说吧，房间〉》，林白：《说吧，房间》，春风文艺出版社 2004 年版，第 197 页。

对女性的规定身份，而无论居于何处都不能成为自己的主人。由是而观，文本中尼姑的符号别有意味，红粉与尼姑的连接以秩序外的身份符号完成了对男权社会的反抗，斯妤用一种象征手法隐喻地表达了现代女性的生存处境和心理历程。

二

按照精神心理学家霍妮的理论，个体的成长表现为个人不断社会化的过程中，在这个过程中，家庭和家庭成员之间稳定、和谐的关系是儿童顺利融入社会的基础。健全的人格开始于人际关系尤其是家庭关系的和谐，而儿童时期的不幸尤其是家庭成员之间的冲突、温暖与爱的缺乏通常会造成儿童安全感与自信心的丧失，形成儿童的病态人格。这种成长时期的创伤体验会长久地影响着个体的社会化过程，使个体与社会产生根深蒂固的恐惧、怀疑和敌意，也使女性的社会化过程充满艰辛。林白曾说过，"从小我就害怕这个世界"，"不仅仅是鬼，任何东西对我都有压迫。我怕狗怕猫也怕人，即怕生人也怕熟人，甚至害怕自己的亲人"①，"人群，对于我，就如同一个陡峭而光滑的斜坡，攀缘的艰难成为一个永恒的主题"②，"事实上，我是常常能感受到自己与现实的疏隔、与他人的异质的。这种孤独感和陌生感在人群中尤为明显"③。而她们笔下的人物也往往带有自身浓重的影子，孤独、脆弱、敏感，怀有一种深重的无可奈何、无能为力的渺小感，世界对她们来讲是一个巨大的黑影，总是隐藏着尖锐的牙齿和时隐时现的敌意，"我常常感到脱离了正常意识，感到身边遍布着敌人"④。

残雪早期《苍老的浮云》构建了怪异的世界，凝滞、龌龊、肮脏，充满着腐烂气息和污浊的臭味。生活于其中的人们空虚而无聊，像梦游人一样在虚空中游荡，他们唯一的爱好就是时刻窥探着他人的行动，干涉他人

---

① 林白：《生命热情何在——与我创作有关的一些词》，《作家》2005年第4期。

② 陈染：《利己与利他》，《我们能否与生活和解》，作家出版社2001年版，第89页。

③ 丹羽：《阳光、空气与梦》，林白、残雪等编：《我愿意这样生活》，上海文艺出版社2000年版，第28页。

④ 陈染：《私人生活》，江苏文艺出版社1997年版，第6页。

的生活，对他人的不幸幸灾乐祸。残雪的经验记录的是十年"文化大革命"带给人的精神创伤，是阶级斗争哲学泛滥后正常人际关系的异化。这种异化不仅体现在社会成员之间，同时也渗透进家庭关系中。个体不仅与社会之间存在着难以消除的隔膜与芥蒂，甚至与自己的亲人也无法沟通。"我害怕母亲，如果我在屋子里，母亲进来了我就会找借口出去，如果母亲在屋子里，我则尽量不进屋。长大以后我怕上班，怕开会，怕打电话。"① 残雪的《公牛》有这样一段：

> "我们俩真是天生的一对。"老关在背后干巴巴地漱着喉咙，仿佛那里头塞了一把麻。
>
> "那些玫瑰的根全被雨水泡烂了。"我缩回头，失魂落魄地告诉他，"花瓣变得真惨白。夜里，你有没有发现这屋里涨起水来？我的头一定在雨水里泡了一夜了，你看，到现在发根还往外渗水呢？"
>
> "我要刷牙去了，昨夜的饼干渣塞在牙缝里真难受。我发誓……"老关轻轻巧巧地绕过我向厨房走去。

这段话预示了人与人之间难以消解的隔膜和生存的孤独感。两个自命为"天生一对"的夫妻，他们之间就像生存在两个城堡中的人在对话，他们似乎使用相同的语言，拥有表面上相似的词汇、语法，然而灵魂却阻隔在两个密封的空间中。他们貌似在交流，然而每个个体关注的都是自身的遭遇，面对的是自我的恐惧，对他人的命运实际上漠不关心，他们只是自言自语，试图与外界认同的努力都落了空，被他人"轻轻巧巧"地躲了过去。这种存在的孤独已经从现实际遇上升到了哲学的层面，成为现代人生存的注脚。虹影的《地铁站台》描写了一对恋人的约会，一个细雨迷蒙的上午，一个赴约而去的男人，还有一个等候已久的女人。似乎那甜蜜的相遇还在眼前，就像那车厢里的年轻恋人，"手拉手，互相注视，眼珠也未转一下。如醉如痴，真是一个美妙的开始"。这个美妙的开始接续的是一

① 林白：《生命热情何在——与我创作有关的一些词》，《作家》2005 年第 4 期。

个迷蒙的结局，那个女人始终没有出现，那个男人"转过身，从街边细雨中退回。细雨后面应当是另一个世界，他不想去了解的世界。他走回入口，该是回去的时候了"。这仍然是两个世界的交融，它浅尝辄止，没有疑问，没有等待，没有探索的热情，它很快就回到了自己的城堡中。那里安全但也凄冷，那是一个与世隔绝的自我的孤岛。如果说这个世界给予她们的是恒久的黑夜般的侵袭，那么她们也以冰冷的盔甲遮盖了自己的内心。由于这种无法消除的恐惧和隔膜，她们逐渐地后退，成为社会的边缘人，"有一些孤独的人，他们从幼年开始就丧失了自己与这个世界的通道，他们被自己或被外界关闭，有一些东西总是将他们与世界隔开"①。她们成为终生的孤独症患者，即便是成年后已经成家立业、为妻为母，早期的不幸的记忆依然纠缠着她们。不管时间怎样流逝，岁月怎样打磨消逝的记忆，它总是顽强地不顾一切地探出它的枝须。多少年之后，依然流露出深深的迷惘和不安。2002 年，40 岁的虹影在《孔雀的叫喊》中依然沉痛地认识道："那些在她生活中穿过的人，谁也没有花功夫走入过她的心灵。从十六岁起，她内心的痛苦，就一直被她自己小心掩埋起来——那种孤独，那种永远无法解脱的孤独。"②

孤独作为一种情绪体验，作为个体和自然、家族、社会等群体型结构疏离而产生的情绪反映，不仅折射着个体的生物性遗传禀赋和个体性的生活环境，还存在着深层的文化根源。作为一种生物性存在，人类的生存发展活动本身就形成了与自然界、社会、他人的根本性冲突，而面对冲突的不同体验构成了不同文化的不同体验。20 世纪以来，中国现代化的历程极大解构了传统的社会结构，个体日益从家族、民族、国家的结构场域中独立出来。特别是 80 年代以来，个体意识的觉醒使个人脱离了传统族群的约束，现代人日益面对着一种历史性的生存处境：孤独地站在传统与现代、自我与社会、本我与超我的夹缝中。中国现代的社会结构的变化和传统积淀的集体无意识构成了现代人一种激烈的精神对抗：和谐、归属需要和人

---

① 林白：《有一些孤独的人不谈孤独》，《秘密之花——林白散文集》，新华出版社 2005 年版，第 341 页。

② 虹影：《孔雀的叫喊》，山东文艺出版社 2005 年版，第 179 页。

际关系的裂变而带来的不幸感。东方文化中作为个体的孤独感更多地来源与个体与社会的疏离、对立，男性被政治集团所排斥，女性被男性（父亲/丈夫）所排斥，而女性的痛苦则多数来源于男人。因为两性在文化中所处的位置不同，男性天然地能够成为家庭的核心受到保护，他所要面对的问题是如何与社会相融合。而女性从出生的时候起就处在家庭中的边缘地位，她们处于极其不安全的生存环境之中。新中国成立以后主流价值中女性的地位虽然有很大提高，但男尊女卑的传统文化的积淀仍然具有很大影响。许多 60 年代前后出生的女性作家在成长的过程中就遭遇到传统性别文化的创伤。虹影是私生女，她的出生在很长一段时期是家族的耻辱，并使她长期生活在被抛弃的恐惧、被漠视的屈辱中；林白 3 岁丧父，7 岁的时候被母亲送到乡下；陈染也有失去父爱、与母亲相依为命的经历。可以说，性别文化的大环境与个体成长的小环境是女性孤独经验的重要来源，而这种创伤性经验与积淀于内心的和谐、归属需要形成了尖锐的冲突，并构成了女性创作中持久的动力。

第二节　语言的家园

如果说新时期女性的孤独书写包含着个体成长过程中与自然、社会的冲突，那么对个体生命本能而言，它要求个人必须开拓自身的生存空间，它要保持自身的完整和自我欲望、自我价值的实现。自此，女性审视目光指向分裂的世界，救赎的渴望与深深的恐惧交相并存，由一个孤独的个体开始踏上了追寻之旅。

一

在传统的文学观中，内容与语言构成文学的内质与外显形态。而在两者的关系中，内容是决定性的，内容决定了语言，语言是附属性的，是文学的物质外壳。语言是作为一种符号起作用的，是作家表达思想情感的工具。或者说，语言是一种中介物质，它沟通了自我与外物，把两者相交而激发的经验认识外化于符号中。80 年代中期以后，后现代美学进入中国，先锋文学思潮、第三代诗人受语言论美学影响，传统文学的质与形的二分思维受到质疑，语言不再附属于内容，语言具有了自身的独立性而成为本体性的存在。反映在创作上，就是文学的焦点由"写什么"转向"怎么写"，文学的认识、教育功能减弱，审美的功能上升。对陈染等一部分女性作家来说，后现代语言中心美学理论给她们提供了新的思维方式。对她们而言，语言的功能不局限于经验、感情和认识的传递，而是具有新的能量。她们通过语言建造了一个独立的世界，以自由精神对抗现实、捍卫自由、维护自我，带有革命的性质，并且在幻想世界里寄托自己对理想社会和理想人性的憧憬，建造了一个语言的天堂。

首先，对她们而言，语言并不仅仅是审美的问题，也是一个哲学的问题、价值的问题。它涉及现代人的生存困境，是乌托邦精神的突围。这种突围意味着在现代异化的处境中人的主体力量和意志的转化。当现代乌托邦所宣扬的完美社会、完美人性幻灭后，一部分知识分子开始寻找新的理想载体。当外在的社会理想难以实现，语言就成为她们的堡垒，成为与黑暗现实相对抗的形式。因为"在我们有限的手段中，只有美学形式才能和这种集成对抗。形式是否定，是对混乱、强暴、苦难的征服，即使是在它呈现混乱、强暴、苦难的时候。在这种过程中，艺术通过否定不自由而维护自由的形象，它同时维护了自己，并据此而与现实分庭抗礼"①。可以说，在审美领域，一部分知识分子开始了精神转向，语言具有与现实对抗的力量。现代人反叛的立场不仅可以由内容来承担，同时也具有了新的载体——语言。或者说，语言分担了现实反抗的压力，当自我实现遇到障碍，当现实的反抗遭遇挫折时，语言就成为一个新的反叛力量，它否定现实、舒展自我、除旧布新，呈现出一个自由的文化空间。

其次，语言所构成的家园为她们提供了一个温馨的港湾。如果说在实体的世界中，她们更多感受到个体与自然、社会的隔阂、冲突，经验到自我与现实世界的格格不入，经受着孤独的情感折磨，那么在写作中，在文字的排列组合过程中她们寻找到久违的和谐，找到了心灵的归属。不仅如

---

①　周伦佑：《反价值时代：对当代文学观念的价值解构》，四川人民出版社 1999 年版，第 12 页。

此，对她们而言，语言不仅是蜷缩于其中借以逃避的世外家园，同时也是她们理想精神的居所。正如残雪所说："在荒芜的大地上，人两手空空，找不到立足之地。但人有幻想的权利，人在幻想中，也只有在幻想中将那种忘却了的梦体验。"① 林白也有类似的言论："我有时会本能地、情不自禁地美化经过我笔端的一切事物，但我的美化并不是把什么东西都写得很美，而是要使它们接近我的某种愿望。这个隐约的原则好像是要使事物或过程携带上激情、力度，或者使它们脱离日常生活的状态，从而变得熠熠生辉，使平凡的事物变得不平凡，使不平凡的事物变得更加具有震撼力。"② 她们借助于幻想、加工、美化，构造了一个理想的世界。它由语言材料而建立，而与实体世界截然而对峙，现实的秩序已经被摈弃于外部，而在这个想象的世界里，她们遵循自身的规律，获得了真正的自我。

二

新时期女性作家所构建的语言乌托邦中，鲜明地体现出乌托邦的否定精神。这种否定精神，就是对自由的肯定。"自由"是西方现代文化思想的一个核心精神，它对现代中国社会文化的各个层面都产生了广泛而深刻的影响。19 世纪末，严复将西方自由主义思想翻译介绍到中国，从此，"自由"成为"五四"前后文化先驱者追求的目标。在此基础上，中国人渐渐有了"自由"意识。在现代文化史上，"五四"时期的文化追求自由精神，30 年代以后中国民族斗争和阶级斗争成为时代主要任务，自由的呼声逐渐泯灭于 20 世纪中叶的中国的历史进程中。新时期后随着个体意识的觉醒，自由又成为现代人追求的价值。对陈染、残雪、林白等 60 年代前后出生的一批作家来说，她们的成长过程中存在着两种文化的影响：一种是"文化大革命"中的社会主义革命文化，在一定时期借助政权的力量成为强势文化，"文化大革命"后影响渐弱；另一种就是 80 年代以后大量涌入中国的西方现代文化和后现代文化，并极大地影响了作家的创作。对她们来说，在前一种文化场域中，她们的家族身份和个体身份居于边缘之处，

---

① 残雪：《最最纯净的语言》，《残雪散文》，浙江文艺出版社 2000 年版，第 2 页。
② 林白：《另一种唯美》，《林白散文》，浙江文艺出版社 2001 年版，第 92 页。

家族与社会、个体与家庭、个体与社会之间都存在着深刻的冲突，这使她们很难与当时的主流文化融合，而她们边缘性生活经历和人格中的叛逆倾向反而使她们愈加亲近了现代主义和后现代文化，特别是其中包含的自由精神。陈染就说过，希望自己"拥有一些不被别人注意和妨碍的自由，可以站在人群之外，眺望人的内心，保持住独自思索的姿势，从事内在的、外人看不见的自我斗争"①。林白则明确宣称："我喜欢充满自由精神的小说。只有松弛和自由，才能达到真正的优美和自然。热烈的情感不被生硬的技巧所榨取，才会饱含生命的汁液。"② 残雪也幻想自由的境界，希望能"挣脱日常观念的所有限制，让灵魂作一次致命的飞翔，达到那个虚无纯净的境界"③。总而言之，自由是新时期一部分女性作家文化价值系统的中心。对她们而言，当人的自我处于文化价值的核心地位，个体的欲望、意志、需要的正义性诉求就会形成强有力的声音，它就会呼唤自由、渴望自由。

从哲学的角度来说，所谓"自由"是指人在认识、掌握了事物的发展规律之后能够自觉地支配自己和改造世界。"自由"是相对于"束缚""压迫"而言的，自由精神就意味着打破"束缚"、反抗"压迫"。对人的生存来说，不同时代人们所面对的束缚内容是有差异的，西方的自由思想就包括了政治自由、经济自由、个性自由、情感自由、性自由、言论自由、出版自由等内容，反映了人类争取自由的阶段性内容。对新时期的知识分子来说，自由也是渐进的过程。70 年代末期到 80 年代初期，知识分子的自由精神主要体现在理性的觉醒，个人理性逐渐从政治的群体理性中解放出来，知识分子的精英文化价值与意识形态价值显示出歧异；80 年代中期以后，自由内容继续扩大，包含情感、身体在内的感性诉求成为自由精神的新内涵；90 年代以后市场经济取代计划经济，市场经济带来价值系统的巨大变化，现代中国人又处在新的生存环境中。对一部分女性作家而言，她们所经验到的束缚主要集中在两个方面：一是政治集权体制对个体生存造成的压迫。现代人生存在一个特殊的时代，对现代中国人来讲，20 世纪的

---

① 陈染：《独自漫游》，《我们能否与生活和解》，作家出版社 2001 年版，第 81 页。
② 林白：《想起邓肯》，《秘密之花——林白散文集》，新华出版社 2005 年版，第 148 页。
③ 残雪：《解读博尔赫斯》，人民文学出版社 2000 年版，第 210 页。

首要之务是争取民族之生存、挽救国家衰亡之命运，启蒙和救亡乃是 20 世纪风云变幻、波澜壮阔的社会政治文化转型裂变的时代主旋律。在这样的历史需要面前，个体必须把个人与民族的命运结合在一起，因而在社会政治组织上形成了高度的集群化、权威化、专制化的特征。它以集团、阶级、民族的名义收回了个人的自由，使个体的欲望、意志、理性受到压抑。残雪一部分早期的作品就反映了集权意志与个体自由意志的尖锐冲突，记录了边缘弱势个体在强大政治势力压制下的恐惧与焦灼。二是 90 年代市场经济体制下金钱压迫。90 年代以后中国现代化进程加速运行，政治因素对个体的生存影响力减弱，而市场经济所带来的金钱至上和竞争淘汰的丛林原则又成为压在现代人身上的新的枷锁。林白的一部分都市小说就反映了个体在商品社会的尴尬生存景象。

　　而面对这样的压迫，富有自由精神的个体必然要本能地进行抵抗。这种抵抗体现在文本中，就是一系列异端人格的出现。陈染作品中的带有阴森诡异气息的各种人物，离经叛道的"远"，"一个不愿被某种社会角色的清晰镜头所固定在一张纸框、一个房间或一种关系里的人"[①]，"空心人""巫女""守寡人""秃头女"；虹影笔下的那些饱受创伤，又敏感执拗、绝不妥协的小人物；残雪笔下的带有超现实色彩的人物。他们对生活总是充满不满，《海的诱惑》中的痕和伊姝，总想离开此地，寻找新的生活。《新生活》中的述遗，"搬来搬去的有很多次了，整个一生中大约有十来次吧"。他们与现存的世界不能相容，总是主动地自我隔离，与热闹的世俗遥遥相视。他们总喜欢蛰居于荒无人烟之处，即便居于城市高楼之中，也要"用厚厚的牛皮纸将窗子和门全部封死，屋里变得像个地牢"（《匿名者》）。《新生活》中的述遗卖掉了平房，坚决搬到了一所高楼的顶楼，而选中居所是"因为她去实地考察了一下，发现这套房是顶层楼里唯一住人的房间，其他的房间里都堆放着修理工具、清扫器，以及灭火器材"。这些作家笔下的人物是一群特殊的人，他们都是孤独的个体，蜷缩在世界的边缘，守望着自己的内心。他们平凡、卑微而又充满叛逆精神。"他们很

---

① 陈染：《"远"对"近"说》，《我们能否与生活和解》，作家出版社 2001 年版，第 27—28 页。

微小，很无辜，凭着直觉，不遵循世俗和传统地生活。边缘人性，都有点扭曲，不太常人化，多易受伤，敏感，性格都有些过分执拗。"① 他们常常是孤独的。孤独对他们而言，既是被动的结果，是他们被世界遗弃的证据，也是抗争的旗帜，他们用孤独护卫着自身的意志，用笔来描画自由的风景。如果说在现实的层面上他们是失败者、逃避者，那么在用语言所构建的天地中，他们是世界的主人。就像林白所说的，"语言在生活与生活之外穿行，穿越生活又悬挂在生活的表面，它被语言的操作者赋予各种各样的形体，在这里，上帝不是读者，而是作者。作者创造一个艺术品，一个另外的世界，在这个世界里，语言获得了独立的生命"②。在她们面前，存在着两个世界，一个是冰冷的、拒绝了她们的现实世界，一个是她们所创造的自由的语言世界。在第二个世界里，她们是上帝、是主人、是自由的个体。"她的迷宫在她的脑中，日常的人们看不见，只有她自己能够看到。她痴迷于此迷宫的内部，流连穿梭，扮演帝王——她就是这座看不见的迷宫的帝王。"③

可以说，在由语言所构筑的自由世界里，她们坚持了乌托邦精神的否定精神。她们保持了自身的独立与批判精神，她们以血和墨，从自身的经验出发，把笔化做尖锐犀利的剑，勇敢地向社会、人性的深处掘进，坚持与黑暗王国对话，"大力表现人们为了交流而建立共识性符号系统所排除了的意识内容，传达出一种灰暗、冷郁的内心视境，创造了独一无二的地狱的童话"④。她们揭开了现代乌托邦文学蒙在现实之上的种种面纱，刺向了虚伪、委琐、黯淡、荒诞、贫乏甚至充满着污浊与龌龊的生存世界。她们"所写的不是人们所希冀的生活，即合目的性的、和谐的、优化的生活，而是人们所厌恶、所不愿正视但又无法逃避的那一面生活"⑤。在个体与"恶"的世界的冲突中，显示了人的独立意志和自由精神，显示了人的

---

① 赵黎明、虹影：《"我在黑暗的世界里看到了光"——虹影访谈录》，《小说评论》2009 年第 5 期。

② 林白：《置身于语言之中》，《秘密之花——林白散文集》，新华出版社 2005 年版，第 330 页。

③ 陈染：《"远"对"近"说》，《我们能否与生活和解》，作家出版社 2001 年版，第 28 页。

④ 毕光明：《文学复兴十年》，海南出版社 1995 年版，第 202 页。

⑤ 同上。

主体性追求。

三

新时期女性语言乌托邦中不仅包含着否定精神，同时还孕育着超越黑暗现实、建立理想世界的激情。在与黑暗舞蹈的时刻，我们还能感受到埋藏在黑暗深处的对理想世界的憧憬。它是人生存的内在希望，它以明亮、光辉、诗意的内核散发着执着的探询、邀约，它在黑暗之中闪烁着救赎的渴望。虹影《追踪一段历史》中描摹了两种景象，一边是冷漠的江水，"酷似一条宽大的铁带子，沿途席卷，无论是夏天还是冬季，或是一所所坚固的房屋，一两艘挂晒着衣服的木船，冲天的号子声，在每扇门后挣扎的黑沉沉的家具，甚至整整一座城市！"这样的一幅情景曾经给童年的虹影留下终生都抹不去的记忆。强大的不可抵挡的外在势力，渺小、软弱的生命、冷酷的生存之底色，这些都是黑暗的阴影。而在这些浓重的阴影之畔，"江之北岸，有满天的启明星？交叉着铁轨与飞机的航线，可供我们仰望和梦想：世界随便哪一个角落以及任何一个存在和不存在的人。它最像一本经常打开却永远读不完的书，在轻烟浓雾中蜷曲、伸展。上面的文字实际上是一个个不易看见的小孔，仅在暗夜里才放射出昏眩的灯光"。当人的生存遭遇外界的压迫，人并不是全然丧失了反抗的力量。对她们而言，人生存的黑暗世界并不是全部，在人性深处，还蕴涵着超越孤独、救赎苦难、寻找光明的希望。在不同作家的文本中，希望呈现出不同的方向，显示不同的内容。2002 年的时候，虹影宣告了她的解脱："我觉得自己曾经被毁灭过，曾经走到了绝境，曾经进入了死城，但后来又重生了。我确实在黑暗的世界里看到了光。"[1] 这番话无论对虹影还是对文学都具有启示意义。《阿难》《孔雀的叫喊》都显示了作家挣脱黑暗、建立信仰、寻求解脱的心灵轨迹。《阿难》存在两条线索：一条是明线，即作家"我"受女友苏霏之托，去印度寻找其失踪的男友阿难（原名黄亚连）；而暗线则是寻找人生真谛之旅。虹影用隐喻性的符号象征了人性的沉沦与拯救。

---

① 孙康宜：《虹影在山上》，《康乃馨俱乐部》，江苏文艺出版社 2005 年版，第 297 页。

文中的阿难原本是摇滚歌手，为了让自己所钟爱的艺术生存下去，在90年代的商业大潮里下海发迹，而对金钱的贪婪也毁灭了阿难最初的对艺术的承诺。阿难最后投身于恒河，用恒河圣洁之水洗清了罪孽，完成了自我的拯救。在《阿难》中，虹影恢复了对现实世界的部分信任，爱的信仰、人的力量都在其中显示了或多或少的痕迹。在《阿难》中虹影怀着深情歌唱："安娜安娜，我想飞翔，向蓝天如翡翠，你不在这儿，天暖草长，鱼游进深水。安娜安娜，我在想你，和我一起飞，你不在这儿，我四顾无人，满心劳累。"这段咏叹性的歌词倾诉了作家内心两种相反的意愿：一种是人性深处的超越现实苦难，获得心灵解放的意欲，孤独的个体开始开放自己的心灵，希望把自己与外部世界结合起来；另一种是追寻不得的忧悒和怅惘。在这里，弥漫在文本中的情绪已经不是冷硬、敌意。虹影自童年时期而产生的与世界的紧张感觉已经弱化，作家内心的柔软光亮的情绪显露出来。尽管这种光亮一开始还比较微弱，它的内容还暧昧不明，信仰还远未找到它坚实的根基，甚至只是在想象中模糊地呈现出一种境界，就像虹影在《阿难》中所描写的那样："我们不是乘客，而是船舟，不是船舟，而是航行，不是航行，而是航行之幻想，航行的航行，给我水吧！"虹影认为，生命没有方向，也没有归宿，生命的意义就在于投身于生活的水流之中。她否认了现代乌托邦所许诺的终极幸福，确认了生命的短暂，而于人类近乎悲剧的生命律动中，虹影仍然固执地把幻想的权利赋予了人类。因为，信仰与其说是出于经验，毋宁说更出于需要，"我需要一个你：高尚的存在，超越的终极，一个绝对纯粹的你"。人类依然孤独，但仍然在寻找，人的力量正在于在黑暗中积聚起来，在具有主体能动性的心灵中，逐渐聚集了超越的力量。这种力量在林白笔下，就是飞翔的符号，"飞翔是指超出平常的一种状态。写作是一种飞翔，做梦是一种飞翔，欣赏艺术是一种飞翔，做爱是一种飞翔，不守纪律是一种飞翔，超越道德是一种飞翔。它们全都是一种黑暗的通道，黑而幽深，我们侧身进入其中，把世界留在另一边"[1]。飞翔乃是一种具有象征意义的符号。飞翔隐喻着人

---

[1] 林白等：《致命的飞翔》，台海出版社2001年版，第3页。

类超越现实、意欲实现自我本质力量的深切愿望。飞翔的翅膀则是人类历经磨砺、不断提高自身学识、能力，强大自我的象征。飞翔显示的是充盈在现代人精神世界中的蓬勃生动的解放自我、改变世界的力量和意志。对林白而言，写作并不仅仅是停留在字面上的文字的排列，语言的世界是一种真正有意义、有价值的与现实世界相沟通而更高一层的世界。日常生活乃至现实生活必须用语言的力量加以提升，它贯穿着林白的人生理想和艺术哲学。

在残雪笔下，也经历了黑暗与希望的纠结，这两种相反的倾向曾经体现于作家创作的不同时期。早期《山上的小屋》《苍老的浮云》《黄泥街》《公牛》记录了作家沉沦于苦难的经验，而从《在天堂里的对话》，到《在纯净的气流中蜕化》《归途》《从未描述过的梦境》《新生活》《海的诱惑》《世外桃源》等文本，残雪的关注点开始转移，开始了对美的世界的寻求。《天堂里的对话》系列作品较为集中地表现了作家力求挣脱黑暗、解救自我的努力。文本中出现两个基本的情节设置，苦难的生存和寻求的渴望，苦难和寻求以一系列富有意蕴的对照性意象呈现出来。干旱的大地、枯竭的水源、开裂的道路（《天堂里的对话》之二），它隐喻了人异化的生存处境，而自我并没有泯灭超越苦难的希望。文本中反复出现寻找的情节，"我每天夜里出来寻找蜜蜂"（《对话》之二），"昨天夜里我又出去了"（《对话》之三），主人公出于生存焦灼，总是在寻找的路途中，至于寻找的是什么，文中并未言明，它只是以模糊的形式显露痕迹，像"夜来香的味儿"、埋藏在心中的"草场""热风""天那么蓝"、满天飞的"黄蜂"，或者，它只是一个个用意象叠加的梦境，"那是一棵银杏在湖心水的深处摇摆，树上满是小小的铃铛，铃铛一发光，就灿烂地轰响"，"在河边，在灯塔，在船头，在中午烈日下的沙滩上，在黄昏的桂花林里。南方温暖的蒙蒙细雨中，红玫瑰的花苞就要绽开，一个雪白的人影在烟色的雨雾中伫立"（《天堂里的对话》之三）。那是彼岸的完美世界，它的内容还模糊不清，它的本质还尚未呈现，它"是虚幻的心理时空，温馨光明情意绵绵，它关注的是无尽的永恒"①，它站在此岸的边缘，与现实遥遥相对。

---

①　王建利：《论残雪小说叙事的乌托邦倾向》，《湖北教育学院学报》2006 年第 23 卷第 6 期。

残雪所追求的完美世界与现代乌托邦文学中的完美世界不同，残雪所追求的完美具有后现代文化色彩。后现代主义是 20 世纪五六十年代以后在西方发展起来的一种文化思潮，是西方资本主义社会内部产生的反现代性意识。现代性社会实践在经历了几百年的高速发展，在极大地提高了人类的物质生活条件以后，它内部所蕴含的危机与矛盾也逐渐暴露出来，并引起一部分知识分子的忧虑与思考，开始反思所谓的现代性选择。后现代思潮所反对和清理的是西方文艺复兴以来的现代理性主义传统，特别是以理性本体为核心的本质主义思想。而现代乌托邦所推崇的真、善、美统一正是建立在本质主义哲学基础之上。在中国现代社会主义乌托邦中，完美存在两层含义：首先，完美的世界是由外而内的。外部的完美指社会的完美，包括合理的社会制度、先进的思想文化，它由人的理性给予保障，人借助理性确立其秩序，并在它之上建立理想的理性人格。其次，完美的世界是和谐的世界。完美意味着和谐、静止、无冲突。反映在文学叙事上，现代乌托邦一般要经历两种力量的冲突，在政治乌托邦中，代表着正确的政治意志与错误意志相互对立，在新时期乡土乌托邦中，则是道德之善与道德之恶之间的对立；情爱乌托邦则是浪漫之爱与现实功利之爱。而乌托邦叙述则由两种对立的冲突始，而终于其中一种力量的胜利，以真对假、善对恶、美对丑的完全胜利展示完美世界的本质，呈现出和谐同一的本体性。而残雪的乌托邦追求在以上两个方面都出现了差异。

首先，美由外部完美转向内在完美。对残雪来讲，外在社会的完美憧憬在一定意义上已经被摒弃，或者说，自 19 世纪末期至 20 世纪以降的社会乌托邦激情已经衰落，但作家内心的乌托邦热情并没有全然消亡，它蕴积的力量依然在寻找着方向，它逐渐由外在追求转向人性深处，"它在深而又深的，属于灵魂的黑洞洞的处所"①。而她理解的完美，已超越外在世界，而进入了语言建造的想象世界。残雪开辟了一个神奇瑰丽又繁杂交错的梦想世界，就像在《从未描述过的梦境》中所书写的，"描述者坐在路边的棚子里，替过路的人写下各式各样的梦境"。梦境是人类超越现实，

---

① 残雪：《黑暗灵魂的舞蹈（代序）》，《残雪》，人民文学出版社 2000 年版，第 1 页。

向新世界飞升的镜像，而描述者就是人类梦想的见证者。只是，"现在已经不再有人来找他了"，因为"那种时候已经过去了"，一个充满梦想的乌托邦时代已经过去了。后现代是怀疑、否定乌托邦的时代，而描述者在这样的时代陷入了无人问津的孤独中，但描述者"仍然坐在路旁等待"，他已经不知道在等待什么，也不期望等待什么，他选择等待，等待已经是他生存的方式。这是一个曾经的梦想者在后乌托邦时代的困境。当所有曾经的梦想被经历，被指认是虚幻，有一种执拗的人决定捍卫梦想的价值。《世外桃源》鲜明地体现出残雪对梦想的坚持。在一个偏僻的村落中，人人都谈论着世外桃源的传说，只是谁都没有见过。唯一的权威茅四爷在要吐露真相的时候溘然而逝。流浪儿苔追随父亲来到这里，走上了追寻世外桃源的旅途，最终，"同茅四爷的情形一样，那天夜里发生的事也在苔的记忆里完全消失了"。苔回到了村里，留在了村里，"将世外桃源的故事珍藏在心底"。人类没有找到桃源，但也没有放弃桃源的梦想。就像描述者所经验的那样，"描述者的内心越来越舒畅了，他听见了自己胸腔内的万马奔腾，也感到了血液的温度在不断上升又上升，每一下心跳都使他陶醉万分"，"他的想象与表达仍是曲里拐弯的，却不再为这事苦恼了，因为已用不着表达什么了。他就在自己的脑子里描述着"。或者说，如果说外在乌托邦世界已然崩塌，人类就在自己的内心建立了新的桃源。关于桃源梦想，残雪关注的已经不是它的具体内容，梦想在文本中，只是以隐喻性符号存在。残雪真正所能把握的是梦想的能力，她认为，人的力量所在，就是在泥泞的生存中保持梦想的能力。梦想赋予心灵以超越的精神，正像胡塞尔所言："就其本质而言，想象是自我意志的显现，它以绝对的任性来标明自我的本质。"[①] 可以说，在"人"被宣称已经死亡的后现代，残雪用梦想为人类保持了尊严，它在强大的外在面前，显示出人一部分主体性力量。

其次，残雪的乌托邦精神追求对立、冲突、胶着的状态。她否定了现代乌托邦所许诺的终极和谐，而推崇力度的美。残雪所推崇的理想人格，

---

① ［德］沃尔夫冈·伊瑟尔：《虚构与想象：文学人类学疆界》，陈定家、汪正龙等译，吉林人民出版社 2003 年版，第 16 页。

包含着人性的丑陋和柔韧的力量，带着沉浸于黑暗之中又超拔于黑暗的原始野性。她说过："人性中除了狂妄、自私以外，还有那种英雄主义式的不懈追求、生命美的喷发。几乎我的所有的小说的主人公都具有这种美的气质，而且大多是些坚忍不拔的人，当然，他们同时也狂妄、自私、贪婪。"① 她笔下的人物，往往处于孤独的处境，但这里的孤独没有哀伤的意味，或者说，孤独不再是负面经验，不再有因被世俗排斥而自怜自伤的情绪。这里的孤独某种意义是自愿的，是孤高自许的理想主义者对异化世界的决然反抗，在他们的身上，体现出的是一种英雄性格。这种英雄性格是指保持着自由精神，捍卫着自我的意志，执拗地追求自我生存的意义。在他们的身上，充满着强大的原始生命力，富有斗争的勇气。《海的诱惑》中的米眉，"眼睛里会发出一种绿色的荧光，就像猫一样。她那瘦小的躯体充满了活力，散发出一股香油的味道"。《两个身世不明的人》中的如姝，"气焰嚣张，为所欲为"，而老鹭却深深迷恋她，因为"她有追求，这才是深深地震撼了他的信念的一件事情"。《饲养毒蛇的小孩》中的小孩，面貌平常，内心却充满着探究世事的好奇。他遵循着自己的使命，"我生来就是捉蛇的"，顽固地坚持着自己的主张。《在纯净的气流中蜕化》中的牢，《匿名者》中的姐姐和弟弟，《新生活》中的述遗，无一不是残雪理想中的人格。他们面对外部的压迫从不妥协，反而激发起反抗的意志。《海的诱惑》中的痕，面对暴烈的大海，毫不畏惧，"海水就开始了对他的撕扯，他的四肢被几股不同的力向身体外面拉，他用力挣扎，脖颈都快扭断了"。他们的身上带着雷雨的气质。残雪从不承认纯粹的善，她理解的美也缺乏宁静和谐的状态。相反，她认为社会与人性内部往往存在两种相反的意志，而且这两种力量不相上下，互相对峙，而人生存的本质就在于斗争，是要"冲破裹挟着自己的、来自外部的和社会的压迫的力量，那是从内心涌出、分裂、通过特异的个性变化而来的"②，在激烈的斗争中显示人

---

① 转引自阎纯德《论 20 世纪末的"现代主义"群落的先锋创作》，《中国文化研究》2004年第 1 期。

② ［日］宇野木洋、大辻富美佳：《残雪的叙述——残雪访谈录》，《海南广播电视大学学报》2002 年第 3 期。

的自我力量。就此，残雪建立了属于自己的语言乌托邦世界。在这个世界里，既包含抵抗黑暗的否定精神，也蕴含着超越黑暗的梦想的能力。就如她所言："他们在白天遭受着痛苦的撕裂，在撕裂中向内面的黑夜突进，进入那种排除了一切杂质的纯美的梦境。"①

第三节　坚守与突围

新时期女性作家的语言乌托邦倾向是时代精神和个体经验的双重激励的结果。从80年代开始，知识分子从意识形态文化的体系下挣脱出来，开始了对民族、历史、伦理、心理及个体命运的深刻思考。80年代中期以后，改革开放的步伐加快，"人"从集体文化的权威控制下解放出来，十七年所建立的主流集体主义政治文化已经不能统摄全社会，社会文化系统开始分化，知识分子的精英文化和乡土民间文化、大众文化构成了新时期文化的重要方面。对陈染、林白、残雪等作家来说，她们所处的是一个急剧变动的时代。她们大多是从"文化大革命"的泥沼中走出来的，与这个民族一道，经历了真诚地信仰、虔诚地膜拜到幻灭、动摇及重新追求、探索的精神旅程。可贵的是传统的理想主义激情并没有完全熄灭在迷茫的历史的云烟之中，在她们一系列的创作中，保持了精英文化高贵、深邃的精神纬度，求索在集体主义文化结构中个体所遭受的压抑、扭曲，重新思考人的价值、尊严，提出了人的全面解放和自由的深重的历史命题。但同时，她们也有自身难以克服的迷茫。如果说她们的创作涉及了人的异化问题，触及了现代人的生存困境，而这样的悲剧性处境必然伴随解脱与救赎的渴望的话，那么她们借以重建新世界的资源却显得极为贫乏。从某种意义上来讲，她们所处的是一个荒芜的时代，自身所处的也是一个荒芜的生存境遇。从社会政治文化层面上，社会主义政治乌托邦实践遭遇了曲折，现代人对完美政治制度的热情逐渐消退，她们处在一个缺乏政治激情的时代；从个人情感层面上，她们与阿城、贾平凹、迟子建、阎连科等作家也

---

① 残雪：《黑暗灵魂的舞蹈（代序）》，《残雪》，人民文学出版社 2000 年版，第 4 页。

不同。那一批作家或出身农裔，或在生活中与乡土民间产生亲和性，因而乡土大地成为他们足可归属的精神家园，乡土文化中的浓重血缘亲情和温情的社群人际关系给他们构建了小宇宙，使他们在风云变幻的政治冲击中获得了安慰，从中汲取了重生的力量。陈染、林白等虽然或长或短生活在乡间，但那段经历对她们来说是不堪回首的。残雪因为父母的问题而举家发配农村；留在林白记忆中的乡村，充满饥饿与失学的恐惧；陈染、虹影出生于城市。总而言之，由于她们家庭或自身的遭际难以与乡土大地完全融合。或者说，她们没有一个可供回望与冥想的故园。在她们早期自传性的文本中，流露出的总是逃离乡土的深切愿望；而由于她们童年的创伤经验，血缘家族之情也未能抚慰她们孤独的心灵；成年后，两性情爱交往遗留给她们的也是累累伤痕，情爱乌托邦憧憬从未在她们的精神世界里占据主流。可以说，她们的特殊经历造就了她们一种新的精神，当通向外部的道路似乎被迷雾覆盖，当她们的渴望与热情找不到现实依托的时候，她们开始逃走，她们"从广阔的世界上逃走，逃回自己的内心，在那里建立自己的王国，并找到自己最好的朋友"①。她们背对世界，转向另外一个神奇的国度，一个由幻想、白日梦、语言所构成的想象的世界，语言就成为她们心灵的新的家园。

一

从积极层面上考察，新时期女性作家的语言乌托邦书写具有深刻的意义。

首先，语言乌托邦中的孤独书写显示了现代人的个人主义意识。可以说，语言乌托邦中的孤独叙事既属于女性亦属于现代中国人，它是 20 世纪现代中国人在全球化历史语境中民族、个体生存经验的体现。近代以来，汉民族的优越地位丧失，传统的政治与文化的权威形态失去了合法地位，日益边缘化的民族处境带来了个体意识的觉醒，个人以独立的主体地位从传统的家国身份认同中剥离，中国人开始了重建现代人格身份的历程。从

---

① 林白：《世界与内心》，《秘密之花——林白散文集》，新华出版社 2005 年版，第 152 页。

"五四"时起，知识分子就试图建立一种现代的文化人格，一种以现代理性、自由、科学精神为基础的具有独立自主意识的民族人格。它对社会、时代、自我持有批判认识，能站在至为宝贵的个性立场上，以一种反叛、否定的态度向黑暗的世界——外在的、内在的——不断地探察，凭借严峻、饱满的生命激情向人性更深处掘进，哪怕最终显露的是渗透着血迹、创痛、疤痕的身心的伤口。在这个过程中，一方面，知识分子借助西方现代文化资源向传统文化发起激烈的冲击；另一方面，与传统文化的决裂所导致的"失根"的文化心理与体验又带给他们深深的孤独感。以鲁迅为代表的启蒙者的孤独体验和以郁达夫为代表的民族孤独体验，是"五四"时期两种基本的孤独形态，融合了民族、家族、个体、时代、现实的生存的多种体验。而"五四"时期的女性创作，如庐隐、石评梅、丁玲则以叛逆的女儿形象或愤怒或婉约地参与时代孤独的咏唱；30年代起，左翼运动的勃兴和民族解放运动的历史任务促使作家的精神转型，大部分作家克服个人本位的孤独书写，融入阶级、民族的革命身份中，孤独叙事逐渐成为边缘的诉说。只有一部分疏离左翼运动的自由主义作家如巴金、曹禺、张爱玲、苏青、钱锺书等秉持"五四"的个性主义和批判精神，继续书写现代人的孤独生存悲歌。新中国成立以后，社会主义的集体主义文化借助政权力量成为主流，个人主义的孤独书写逐渐寂灭于时代的雄壮的赞歌中。

80年代，启蒙/个人主义再次回响在历史的天空。如果说20世纪中叶的文学创作主体曾经迷失在政治意识形态的规范下，如果说一代人性的探索者由于时代的局限而停留在一个历史的拐点上，那么，80年代的文学复兴秉承了启蒙未完成的使命，借由一个十年的噩梦，"人""个性""自由"再次作为时代的话语符号参与历史图景的构建中。从伤痕、反思、改革到先锋，文学的个人立场日益凸显，特别是80年代中期以降的先锋文学思潮，它由政治、文化的反思而向人性的更深处探进，进入意义与形式的全面的解构、颠覆中，形成一个意蕴复杂的多重精神空间。它利用荒诞、离奇、超现实的现代话语能指符号，叠加成一个幽微深渺的镜像世界，其所指与能指充满着巨大的裂缝与空洞，融合着理性与情感、社会与自我的多纬度的认知。但先锋文学也存在着弱点，先锋文学的叙事策略是在形式的游戏、结构的组织、话语的戏谑以及历史的回忆中组织新的意识形态，以间接的、迂回的方式指认历史的虚无而小心翼翼地绕过了现实，指向于历史的叙述显示了先锋文学对现实的回避，它与现实的主动地隔离某种程度上减弱了其批判力量，这一点预示了先锋文学的必然的衰落。

　　90 年代以来，中国社会发生了转型，社会生活从以政治为中心向以经济为中心的社会结构迁移，世俗化主宰了社会文化精神。现代乌托邦所推崇的批判、理想、完美、超越的精神受到冷落，文学进入了后乌托邦时代。正如某论者所言："精英文化的失落和世俗文化的崛起成为必然，是固守精神家园还是走出象牙之塔成为自由知识者不得不做出的选择。"① 先锋文学在时代的转变面前面临着分化，一部分知识分子开始迎合世俗，放弃了精英立场，而八九十年代的女性的孤独叙事具有了价值与话语的双重异端气质。它从先锋文学节节败退的废弃的堡垒之处，以一种无所畏惧的姿态驻留在社会之外，历史之中，经由言语再次抵达女性乃至人的生存深处。可以说，女性的孤独叙述贯穿了 80 年代和 90 年代的启蒙的断裂之中，它从政治、文化、金钱的神祇下用孤独确证了作为人/女人的个体属性，以一种决绝的姿态宣告了现代女性的独立自主的精神。也就在这个意义上，"五四"的精神也即个性主义的精神在当代意识形态化和物化、金钱化的双重异化中得到了拯救，而孤独叙事借此获得了其自身的价值。

　　其次，新时期语言乌托邦以想象的方式坚持了梦想的价值，给后乌托邦的时代贡献了新的思维方式。自 20 世纪后半叶，现代乌托邦就面临着丧失激情的困境。西方的现代主义、后现代思潮把理性拉下了圣殿，收回了理性所赋予人类的主体优越感，社会、人性丧失了走向完美的可能性。西方是这样，中国也同样遵循着从热烈的憧憬到幻灭的悲哀的思想轨迹。80 年代起，中国社会主义政治乌托邦、传统的乡土乌托邦、个人的情爱乌托邦在短暂地提供了暂时的家园之后，就陷入了长久的沉寂，而且这种嬗递过程更为迅速，更为激进，因为中国现代化的旅程还刚刚开始，各种价值诉求还没有在文化系统中找到坚实的基础。对现代中国人来讲，当现代乌

---

① 刘成纪：《自由主义与 20 世纪中国美学精神》，《求是学刊》2000 年第 1 期。

托邦所允诺的至"善"的完美世界未曾实现，人们很容易地就从一个极端走到另一个极端，从"善"的信仰走向它的反面——恶，从意义的世界走向虚无，从相信的世界走向了一切都不相信。也就是说，从乌托邦的时代进入了后乌托邦或反乌托邦的时代。在后乌托邦时代，虚无就是人类的信仰，正如刘小枫所说："'一无所信'实质上亦是一种相信，同样构成一种类型的知识形式，它相信——真诚地相信——'不相信'和空虚。"① 虚无的哲学否定了宇宙的本质，宇宙不再遵循先验的秩序有规律地运行，在现象的世界之后不再存在无形的决定力量。宇宙本体性的丧失也使社会与人性丧失了终极完美，成为飘荡在历史洪流中的荒谬的存在。而虚无的本质决定了乌托邦精神的全面沦陷，因为现代乌托邦的否定与超越精神建立在一个永恒完美世界的预构之上，正是完美世界的光辉，映照了现实世界的残缺不义，而完美世界的失落，即意味着否定、超越精神的无可依附的处境。

新时期语言乌托邦书写正是在这样的文化语境中显示了其意义。在乌托邦的意义话语全面沦陷的语境中，一部分知识分子以语言为武器，借助于文字力量构造了想象中的天堂，语言与想象成为乌托邦精神的新载体。按照王一川的定义，语言乌托邦有两层意思："首先指美学的'语言乌托邦'，即语言问题被置于美学研究的中心，成为解决美学危机的理想出路；与此相应，它也指审美或艺术的'语言乌托邦'，即语言被认为是审美得以呈现、或艺术得以存在的理想方式。"② 在王一川的理解中，语言乌托邦既是一种美学或者艺术的问题，指在美学或艺术创作过程中中心问题的历史性转移，又是西方现代性危机之后哲学的突围，这种突围意味着在现代异化的处境中人的主体力量和意志的转化。它提出了一种后现代语境下的新思路。

一方面，当人与外部世界遭遇冲突时，人类利用语言和想象的符号拯救了失落的力量，保持了自身的独立与自由。马尔库塞曾经高度评价想象

---

① 刘小枫：《"四五"一代的知识社会学思考札记》，《这一代人的怕和爱》，生活·读书·新知三联书店 1996 年版，第 132—133 页。

② 王一川：《语言乌托邦——20 世纪西方语言论美学探究》，云南人民出版社 1994 年版，第 50 页。

的力量："在整个心理结构中，幻想起了一种最重要的作用：它把最深的无意识层次与最高级的意识产物（艺术）联系在一起，把梦想与现实联系在一起；它保留着种类的原型、集体和个人记忆的永恒的和被压抑的观念、被禁忌的自由景象。"① 当人遭遇到强大现实的压迫与限制，当人的欲望与意愿被挤压在狭小的空间中，语言就成为本我与超我的中介，它把本我的不可遏止的能量引导进入虚拟的语言世界，它"把未知世界变成想象之物，而由想象与现实这两者重新组合的世界，即是呈现给读者的一片新天地"②，它在现实的世界之外重建了世界。林白《说吧，房间》中有一段文字："我的脑袋小小的，耳朵竖起来，随时倾听草原深处的动静，我的牙齿尖利而突出，能咬断最最坚韧的树皮和草根，而我胸前的袋子又结实又软和，我的孩子待在里面既安全又舒适。袋鼠的力量也通过手指达到了我的整个身体，我的后腿强壮而有力，一蹦地就能跳跃起来。这时候我完全跟袋鼠认同了，我完全不记得袋鼠有多难看了，我从来就不认为袋鼠难看，我现在坚信袋鼠的体型是世界上最合理最自然同时也是最优美的体型，我将以这样的体型向整个草原炫耀！"在这里存在着两个世界：一个是现实的世界。林多米在这个世界里屡屡碰壁，头破血流，毫无出路。还有一个则是她创造的内心世界。在那个想象世界里，她变成了袋鼠，一种体积微小而又充满力量的动物。语言在这里成为转换的工具，由现实世界进入想象世界，而林多米同时也完成了转化，由实体世界的挫败者转化为想象世界的强大的个体。在这个新的天地中，人类也借助于想象的形式避免了与现实的媾合，释放了自我在现实世界的被压制的欲望，获得了自由的快感。

另一方面，语言和想象既是自我的城堡，也是抗争的武器，它在语言中保持了革命性质。西方审美主义的代表人物马尔库塞认为艺术是一种有力量的意识形态。他认为："艺术不能改变世界，但是，它能够致力于变革男人和女人的意识和冲动，而这些男人和女人是能够改变世界的。"③

---

① ［美］马尔库塞：《爱欲与文明》，赵林译，农村读物出版社 1987 年版，第 103 页。

② ［德］沃尔夫冈·伊瑟尔：《虚构与想象：文学人类学疆界》，陈定家、汪正龙等译，吉林人民出版社 2003 年版，第 16 页。

③ ［美］马尔库塞：《审美之维》，李小兵译，广西师范大学出版社 2001 年版，第 212 页。

"因为，艺术的根本潜力就在于它具有意识形态性质，具有对'经济基础'的超越关系。……艺术作为这种意识形态，它反对既存的社会。在艺术的自律王国中，存在着这样一个绝对命令：'事物必须改变'。"① 在这里，语言和想象被赋予抗争的本质，它蕴含了人的主体力量，使人从渺小卑微的处境中解放出来，实现了人的自我的升华。

二

语言乌托邦也存在它的消极性。语言乌托邦是现代乌托邦幻灭后的产物，当现代乌托邦所允诺的完美、超越性的理想社会在实践中遭遇曲折，乌托邦已然暴露出其虚幻的层面，因而导致社会文化层面的反乌托邦精神。而在理想被否认、形而上的追求被指认为虚无的后现代时期，一部分精英知识分子仍然保持着对理想的信仰，他们以语言和想象作为自我的精神家园，以抗拒日益功利化的商品社会。语言在这里具有双重性质，一方面它固然建铸了一个想象的天地，以符号维护了自由意志。另一方面，语言也造成一定程度的隔离。当艺术家沉溺于想象的世界里，在想象的王国中驰骋遨游时，它在某种程度上又减弱了作家的现实关怀，甚至有时会把想象世界的满足当作现实的满足而丧失了行动的激情。正像某论者所言："艺术的审美乌托邦的'反抗'就是'绝望的反抗'或者'悲剧化反抗'。"② 而想象的力量也是有限的，更多的时候人们"通过审美的方式来消解社会矛盾，躲进自我建构的审美空间中自我陶醉，寻求精神的寄托与慰藉"③。

在某种程度上讲，它给人的生存提供逃避的路径，它实际上是知识分子在强大现实前的无奈的选择，它主动放弃了实现理想的现实可能，而满足于白日梦式的空想。这种精神指向促使他们背向世界，丧失了与现实沟通的愿望，而日益陷入了更为孤绝的困境。反映在文本中，就是她们所推

---

① [美] 马尔库塞:《审美之维》，李小兵译，广西师范大学出版社 2001 年版，第 200 页。

② 颜翔林:《论审美乌托邦》，《江海学刊》2002 年第 6 期。

③ 刘月新:《意境与审美乌托邦——对于意境的另一种思考》，《贵州社会科学》2001 年第 3 期。

崇的理想人性日益显示出抽象、超现实的特征，它已经抽离了真实的社会生活内容，而倾向于自性的圆满。为了自由而日益脱离人群、脱离社会，封闭在由语言所结成的堡垒中。这个堡垒不仅隔绝了外部的伤害，维护了自身的意志，也切断了个体与外界沟通的道路，增加了个体与社会的隔膜、敌意。

美国心理学家弗罗姆在《逃避自由》中认为，人的生存有两种需要，一是追求自由，一种是寻求归属，这两种需要都根源于人性深处。对现代人而言，个性主义满足了人性对自由的渴望，同时也使人失去了文化的保护而陷入孤独的困境。对新时期的一部分作家来说，自由曾经是他们精神追求的核心，但自由并没有解决生存的所有问题，反而使他们陷入了更加孤独的处境。而人的生存绝不是靠孤独与隔离就能达到自我的完满。相反，人与社会是相互依存的，"个人是与人类整体不可分割的，是其中活生生的一分子"①。社会是个体生存的前提，个体也是社会的全部体现，社会与个人在本质上具有统一性。个体与社会的关系是人类所面临的永恒的问题之一，也是当代哲学文化所必须解决的问题之一。传统文化关系中过于强调社会权利而损害了个体利益，当代社会则开始反拨，但也要注意不要矫往过正。以西方现代和后现代文化为代表的自由主义在某些阶段确实起到了反对封建文化、反对金钱奴役、解放人性的积极意义，但也要认识它自身的局限。人必须突破自由的局限，寻找与社会的融合的通道。陈染、残雪、林白后期的创作都显示出突围的努力。陈染曾经这样反省自己："很多时候，出于对外部的胆怯，或者说一种心理方面的'残缺'，始终不肯冒险对外界做出探寻式的姿态，使自己有机会得以与外部团体中的伙伴发生真实的接触。"②

对生存来说，人的主体性发挥离不开意识的参与，实践活动是在意识的指导下进行的，语言在某种程度上固然是一种改造社会的力量，但人的主体性力量肯定不能仅仅满足于意识的层面。正像马尔库塞所说的："想

---

① ［美］查尔斯·霍顿·库利：《人类本性与社会秩序》，包凡一、王源译，华夏出版社 1999 年版，第 26 页。

② 陈染：《利己与利他》，《我们能否与生活和解》，作家出版社 2001 年版，第 89 页。

象的真理价值不仅与过去相关而且与未来相关，它所展示的自由和幸福的形式要求成为历史的现实。"① 她们开始调整，视线逐渐开始从语言的世界拨离，开始关注自我心灵以外的现实世界。林白在《致一九七五》中宣称："大地如此辽阔，人的心灵也如此。我首先要做的是，把自己从纸上解救出来，还给自己以活泼的生命。我爱你们。"长篇小说《万物花开》出现了新的人物。那些早期经常活跃在文本中的孤僻、执拗、古怪的女人消失了，新的生命出现在原野中。"我从房间来到地边，跟牛和南瓜厮混在一起，肌肤相亲，肝脏相连，我就这样成为了万物。"② 林白开始敞开心扉，接纳万物的存在，把个体生命融入广阔的世界中。早期的与世界对峙的紧张开始缓解，世界在她们面前流露出温暖的颜色，她们开始学会信任他人，重建人际关系。残雪的《新生活》中述遗显示了作者建立"新"生活的尝试。尽管全篇依然笼罩着诡异、阴森的气氛，出现在文本的人物，像新的邻居黑脸汉子、修理工一出场的时候高深莫测，似乎背后隐含着莫明的敌意，"我是怕他怀有不良企图，他什么都干得出来"，但直到终篇述遗才发现，那些总纠结在内心被伤害的恐惧大部分来源于自己的臆想。相反，他们是和自己一样的孤独的人，而那些不时来叨扰的过去的邻居彭姨、老卫，还有生活在一条时隐时现的街道上的游戏室老板、秃头女人以及粉馆老板、姑妈家，他们的生活在述遗看来，如此无聊、空虚，千篇一律，"永远没有顾客的生意"，秃头的老女人"终年在阴暗的房间里缝着杂色的碎布"，"每顿如一的牛肉粉"，还有人与人之间的永远的争吵、斗殴，但这些并非就是生活的全部。姑妈在一场激烈的争吵之后很快平静下来，因为"他常常帮我的忙，心肠也好，我们总在一处谈论一些深奥的问题。要是他不来，我就会成天一句话也不说了"。在这里，残雪显示了对人性的更为宽容的认识，在污秽阴暗的生存底色中透露出微弱的光亮。如果说在一段时期，残雪显示的是对现实生活的彻底的抨击和永不宽恕的决绝态度，那么现在，她开始尝试去了解他人、容忍残缺，开始和世界和解。就像她说过的："对于艺术工作者来说，美是那永远达不到的，最后的透明

---

① ［美］马尔库塞：《爱欲与文明》，赵林译，农村读物出版社1987年版，第109—110页。

② 林白：《后记·野生的万物》，《万物花开》，人民文学出版社2003年版，第283页。

境界，但通往美的跋涉却要步步踩在世俗实在的泥地上。人唾弃脚下的泥泞，人为了可以梦想那永恒的美，又不得不与这泥泞日夜相伴，这是上天为他安排的方式，否则美便不存在。"① 残雪已经认识到，完美的生存世界并不在于与此岸决然割裂，完美就在现实世界中，就在与黑暗相互伴随的旅程中。这样的认识无论对作家来讲还是对文学来讲都是可贵的。乌托邦是人类内心深处的对理想世界的渴望，这种渴望无疑不能完全超越现实的土壤。如果理想与现实像两个封闭的堡垒，中间不曾有通连的道路，那么乌托邦就沦为彻底的幻想。而理想与幻想不同，托尔斯泰说过："理想要能成为理想，只有当它在人们的思想中成为有可能实现的时候，当他在无限远的未来可以实现的时候，并且有无限的可能接近它的时候。如果理想不仅能够达到，而且我们能想象它是可以实现的，那么它就不再是理想了。"② 而一个真正的艺术家，恰恰应该发现梦想与现实彼此之间的深刻关联。沈从文就说过："我有我自己的生活与思想，可以说皆从孤独得来的。我的教育，也是从孤独中得来的。"③ 然而他又说："人活到世界上，所以成为伟大，他并不是同人类'离开'，实在是同'人类'接近。"④ 对于新时期的语言乌托邦来说，孤独赋予她们独自面对世界接近真理的气质，而"接近"却使她们与最广阔、厚重、深邃的人生获得了整合。而恰是这两点，使她们的创作获得真正的价值。

---

① 残雪：《黑暗灵魂的舞蹈》，《残雪散文》，浙江文艺出版社 2000 年版，第 13 页。

② ［俄］列夫·托尔斯泰：《克鲁采奏鸣曲》，草婴译，上海文艺出版社 2003 年版，第 122—123 页。

③ 沈从文：《沈从文选集：第 5 卷》，四川人民出版社 1983 年版，第 29 页。

④ 同上书，第 47 页。

第五章

宗教乌托邦

宗教是一种社会现象，也是一种文化现象，是人类在一定历史时期所产生的精神成果，体现了一定时期人类对生存境况的反思。乌托邦也是一种社会文化现象，它所反映的是人类对理想生存形态的憧憬、构想，因而两者之间存在一定的关系。因为人的生存必然要涉及理想人生的问题。从一定意义上讲，宗教关注的是人生存的根本性问题，人的生存处境、人的生存形态、人的生存意义乃至最终归宿正是宗教所要解决的问题。"人们在宗教的神话——神学体系中建构起世界创生（包括人的起源）与延续的模式；确立人与超越人的力量的关系；塑造人的道德规范与行为准则；建树本社团的生活模式。这也就是说，人类在宗教中通过自己对神灵的信仰，明确了个人在宇宙和世界中的位置，并由此形成个人（社会）生活的意义与价值。"① 可以说，宗教具有乌托邦的否定和超越精神。宗教乌托邦中包含了两个内涵：一是人类的否定意识，即对世俗生存苦难的认知。世界三大宗教基督教、佛教和伊斯兰教，都具有浓厚的苦难意识。基督教的原罪观念、佛教的"四谛"说都反映了人类的生存困境；中国境内回族所信仰的伊斯兰教同样具有苦难认知，因为"伊斯兰文化自始至终面临的是酷烈的自然环境、艰难的生存条件和苛严的人文境况"② 。二是希望的精

---

① 金泽：《译者序》，［美］斯特伦：《人与神：宗教生活的理解》，金泽、何其敏译，上海人民出版社1991年版。

② 杨经建：《伊斯兰文化与中国西部文学》，《人文杂志》2003年第2期。

神。宗教不仅有苦难，而且有希望，宗教在苦难中生发出救赎的渴望。考察宗教的产生过程，可以看到，宗教的产生是历史性的，是先哲对不义、混乱的社会历史的反拨。基督教产生于罗马帝国衰落时期，社会动乱、传统文化崩溃、人心骚动，耶稣所创造的天国乐园和上帝的恩惠吸引了一大批下层民众；佛教也是释迦摩尼对生存苦难的感受，由此生发出自救与救世的佛教教义；伊斯兰教兴起时是阿拉伯世界处于动荡不安的历史时刻，先知穆罕默德为了实现统一，解除民众的苦难而创造了伊斯兰教。宗教往往试图借助神性的力量摆脱苦难的生存，天国、极乐世界是人类所幻想的完美世界，只是这个完美世界的根源在于神的意志，是至高至善的神的体现。而基于对神的渴望和对天堂、天国的向往，人必须按照神的意旨行事，克制自身的恶，摆脱世俗的羁绊而向超越世俗的神圣境界升华，最终克服了苦难，达到人性的完善，实现了由不幸到幸福、由有限到无限、由短暂到永恒的超越。

西方现代乌托邦是在宗教影响逐渐衰微的历史语境下产生的，可以说，宗教乌托邦与现代乌托邦的重大区别在于前者把完美世界放在超世的天国之中，神性的完美世界与世俗世界遥遥相对，呈现出光明与黑暗、希望与苦难的对照。而后者则是逐渐地把天国建立在现世的空间中，天国不再把握在神的意志中，而人逐渐取代了神的位置成为宇宙的中心。中国乌托邦的发展历程与西方不同，对中国来讲，中国主流意识形态在传统上一直是个缺乏严格宗教信仰的国家（关于儒家是否属于宗教，学术界争议比较大）。"中国历史上的所有宗教现象都不过是中国文化的整体结构与基本精神在中国宗教领域内的特殊表现。它们存在于中国文化氛围之中，受制于中国文化环境，认同于中国文化，体现着中国文化的基本精神。"① 而现代的社会主义乌托邦总体上是在无神的文化语境中展开的。新中国成立以后主流的政治意识形态开始了对传统文化和亚文化的改造，传统宗教文化处于"他者"的地位而被现代的革命文化压制，存在于民间的各少数民族的宗教文化也面临相同的处境，宗教文化因子受到压抑。到了新时期，随

---

① 王晓朝：《宗教学基础十五讲》，北京大学出版社 2003 年版，第 290 页。

着思想的逐步解放，国家的宗教政策发生了变化，宗教自由受到尊重，宗教不再是一种禁忌，宗教的价值被重新认识，因而在一些知识分子的创作中，特别是一些少数民族作家那里，宗教乌托邦精神开始影响到文学创作，宗教成为知识分子安身立命的家园。张承志说："我们的亲人和我们的灵魂怎样苦难，应该相信——神离我们并不太远。"① 他们所憧憬构想的完美世界融合了宗教的因素，显示对神的信赖。而个体的人，也借助于对神的皈依而达到超凡脱俗的境界，就像阿来所说："我看那些山，一层一层的，就像一个一个的梯级，我觉得有一天，我的灵魂踩着这些梯子会去到天上。"② 在他们所构建的理想世界中，神性的力量显示出无上的权威，人因为皈依宗教而显示出神性的完美人格，而人的生存也显示出一种超凡脱俗的完美。相关的作家有佛教背景的阿来、扎西达娃、次仁罗布等，伊斯兰教背景的张承志、王树理、马知遥、霍达、查舜、石舒清等回族作家群。

第一节 佛教文化与藏族文学创作

新时期一部分藏族作家和受佛教影响的作家显示出对宗教文化的认同，在他们的一部分创作中，显示出宗教乌托邦精神的倾向，流露出宗教性的苦难经验和对自由、超脱的神性世界的向往。相关的作家和文本有扎西达娃的《西藏，隐秘岁月》《西藏，系在皮绳扣上的魂》《野猫走过漫漫岁月》《骚动的香巴拉》，阿来的《奔马似的白色群山》《灵魂之舞》《空山》，次仁罗布的《阿米日嘎》《放生羊》《泥淖》《雨季》《前方有人等他》《尘网》等。

一

宗教从根本说是一种哲学，它解决的是人的根本处境和终极归宿的问题。在现代三大宗教中，苦难是普遍的经验，宗教本身就包含着浓重的苦

---

① 张承志：《为〈神示的诗篇〉而作》，《荒芜英雄路——张承志随笔》，东方出版中心 1994 年版，第 96 页。

② 阿来：《大地的阶梯·序篇》，《阿来文集·大地的阶梯》，人民文学出版社 2001 年版。

难意识和超越意识。佛教范畴有几个基本的概念涉及人的生存之苦，比如"四圣谛"之说，即"苦谛""集谛""灭谛""道谛"，实际上就是宗教哲学家对苦难的发现和反思。而新时期受佛教影响的一些作家显示出对世俗苦难的深刻体会。

首先，苦难表现为人类基本生存需要的匮乏。生存资料匮乏的原因是多方面的。有的作家表现的是人与自然的矛盾所形成的生存苦难经验。西藏处于青藏高原，那里空气稀薄，气候恶劣，"高原腹地大风天超过 100 天。因此，高原生态环境极为脆弱，生物资源极为珍贵。森林覆盖率只有 4%，草地生长期短，生物产量低。而且生态环境处于持续退化状态之中"①。恶劣的自然条件给人的生存带来了巨大的挑战，在许多藏族题材的文本中，都涉及藏民生存之苦。次仁罗布的《雨季》是一篇集中反映人与自然冲突的作品，隐喻了西藏人在特殊的地理环境下恒常的民族生存苦难。"第一天、第二天、第三天、第四天……第十八天、第十九天、第二十天、第二十一天。雨，连着下了二十一天。"连绵的雨季给洛林沟的巴拉一家带来了数不尽的灾难。巴拉的父亲强巴老爹在大雨滂沱中死在去县医院的路上；他的儿子格来每天要独自在山路走上两个时辰去上学，12 岁那年被一辆汽车撞倒在上学的路上；而不时爆发的山洪总是把人们辛辛苦苦积攒的少许财产席卷而去。"庄稼不见了，亲人不见了，耕牛不见了，植物不见了，只有光秃秃的山蒸发着雾气，一片死寂。幸存的人们跪在泥石上，用手扒拉着，从泥石中寻找到自己的父母兄弟姐妹，人们的手指抠烂了，血一滴一滴染红着泥石，渗透进大地里。"次仁罗布给我们描绘了一幅触目惊心的景象。而对另外一些作家来讲，苦难的根源不仅来源于人与自然的永恒的对立，还在于社会性因素造成的生存匮乏。扎西达娃的《骚动的香巴拉》直面"文化大革命"给人们带来的灾难，对此进行了全景式的描绘。《骚动的香巴拉》是一部史诗式的作品，扎西达娃采用现实和历史相互交错的现代主义手法，以藏地仁布县内的贵族凯西家族荣辱升沉的命运勾画了西藏近 50 年的历史进程，反映了西藏 20 世纪风云变幻的

---

① 鄂义太、乌图：《藏族传统文化对青藏高原地理环境的解说》，《西北民族学院学报》（哲学社会科学版）2002 年第 4 期。

沧桑旅程。如果说次仁罗布关注的是西藏下层民众的苦难生活，那么扎西达娃则把视线聚焦在西藏一部分上层贵族阶级的苦难经验。新中国成立以后西藏也由传统的政教合一的封建社会体制向社会主义政治体制转化，而在这一翻天覆地的变化过程中，极"左"的阶级斗争路线也给一部分西藏人带来了命运的巨变。凯西庄园的大管家色岗·多吉次珠一家就经历了一段苦难的历程。因为他的精明强干和忠心耿耿，他成为庄园里地位最高的家奴，而这种身份给他的子孙带来了多重灾难。他们被剥夺了房产、财产，在昔日宏伟高大的"凯西宁康"古堡的残垣断壁下，"色岗一家老老少少十几口人如今就像田鼠一样生活在暗无天日的洞穴里"，"他的五个儿子、三个女儿、九个孙儿孙女全家老少十八口人像一群野兽似地生栖在里面"。多吉次珠被多次批斗，四肢瘫痪、神志疯癫，在肉体和精神上已经陷入崩溃。"常常通宵达旦躺在床上用干哑的声音自己跟自己进行辩论，辩论的题目永远是他当年跟他的主子凯西家的关系以及后来替主子管理庄园时对差民百姓所做的功与过"，而他的儿女则历史性地陷入了生存的梦魇中。小说中有这样一段描写：

> （达瓦次仁）端着分给他的一小碗元根熬的清淡的糌粑糊很快就喝完了，把碗底舔得干干净净，然后眼睛四处寻觅着看看还能得到点什么食物，看见身边比他小几岁的一个侄女因舌头短小而舔不着沾在碗底的一点残粥，她正要伸出小手去刮碗底，达瓦次仁以长辈的身份轻声呵斥了她这个有失体统的动作，抢过她的碗给她做起示范，舌头一卷，沾在碗底的最后一点粮食通通卷进了自己的嘴里，小侄女接过来一看，碗底比水洗过的还干净，她呲牙咧嘴哇哇叫着向他扑来，达瓦次仁像山猫一样跳起来躲开了。

这是一种惊心动魄的描写，扎西达娃以自然主义的手法审视那畸形惨烈的时代。在个人的生存无法得到基本保障的时候，人性不可避免地走向异化。女人们为了改变自己的命运只能动用自己的身体：卓玛成功地嫁给了治安主任；美丽的德吉主动到公社干部聚集的"水萝卜房"，试图通过自己的美色拯救自己。当她把脸贴在贫协主席的胸前，感受到的竟然不是屈辱，而是"油然升起一股无名的感激之情，像温柔的小猫将脸蛋贴在这位老人的胸前轻轻蹭抚"。而色珠家的男人们只能承受着祖辈的罪孽，经受着命运的打击：老二格桑多吉被打成残废；老三群培罗桑的眼睛在一次批斗中被马车夫阿多家的红卫兵老婆戳瞎，从此成了独眼龙。成年后在性压抑的折磨下产生了幻觉，把公社的花白老母牛当作了朗嘎的幽灵尽情放纵了一回，致使色珠家被扣除了救命的工分。这样的惩罚，大哥阿旺平措无法反抗，他把怒火倾泻在群培罗桑的身上。在一番斗殴之后，群培罗桑永远失去了性能力。面对这样的生存困境，群培罗桑悲愤地呼喊："要飞，一定要飞！我可不想死在这里。""谁也拦不住我远走高飞。飞呀！我要飞……"他从山坡上飞跃而下，却跌落在岩石下面的草坡上。

还有一些作家的思考超越了自然、历史、现实的层面。对这些作家来说，苦难不是历史性的，不是特定历史时期的特殊境遇，而是哲学意义上的，是人的根本性体现。这一点，在次仁罗布的《尘网》《放生羊》等作品中鲜明地体现出来。《尘网》中的寡妇达嘎含辛茹苦抚养着她的豁嘴女儿强巴拉姆，"二十多年的守寡生活，使她的性格变得异常古怪。平日里她争强好斗，又脆弱不堪；唠唠叨叨，又喜欢啜泣；她怒不可遏，又爱管闲事"。跛子郑堆原本追求她的女儿，而达嘎却在强烈的性冲动下占有了郑堆，使这个残缺的家庭陷入了尴尬的境地，郑堆无可奈何地接受了自己的命运。《放生羊》中的主人公年扎老人无儿无女、孤苦无依、孑然一身，"窗玻璃上映现一张瘦削褶皱的面庞，衰老而丑陋"，陪伴他的只有一只羊，还有埋藏在内心的对不能投胎转世的妻子的担忧。随后，致命的疾病又降临在他衰老的身躯。"主人公年扎啦可以被视为苦难的化身"①，而其中包含了作家对人生存的形而上的深层审视。

其次，苦难不仅仅表现为人类基本的物质生存之苦，在一部分作家那里，苦难还表现为人类的精神苦难。人，作为一个生命体，不仅需要基本的生存满足，还存在着精神上的需求，这表现在对归属感、情感、尊严、

---

① 龙其林：《苦难的承担与救赎的温暖——读次仁罗布的短篇新作》，《小说评论》2009年第5期。

自我价值的要求。在这一点上，阿来的创作较为明显。阿来的"机村传说"《空山》系列具有异常丰富的文化内涵，是"一个原始的、自然的、混沌的、人神共处的'乡村'异化、陨落、消逝的过程"。"小说沉重地描绘了机村被异化的过程，人与人的关系、人与自然的关系、人与动物的关系全面变质"①，其中的一部分就涉及人生存的孤独体会。卷一"随风飘散"中格拉的故事叙述的就是生命个体的孤独体验，蕴含了深沉的悲剧意蕴。格拉的母亲桑丹从遥远的异地流浪到机村，生下了不知道父亲是谁的格拉，靠机村男人的资助生活，而且精神上存在问题，时而清醒、时而糊涂。他们的身份、景况给他们在机村的生活带来了困扰。可以说，桑丹和格拉一直处在边缘的地位，始终无法完全融入机村，村里的人对他们敬而远之，暗暗保持了一定的距离，这种距离给格拉的成长带来了深深的影响。格拉始终是孤独的孩子，他依恋母亲，而又无法认同母亲的行径；他渴望机村人的接纳，而唯一对他友善的恩波一家就成为他情感眷恋的方向。他小心翼翼地与恩波家的小兔子来往，但小兔子在一次事故中被炸伤，在场的其他孩子一致指认是格拉所为，格拉百口莫辩。在情节上，文本叙述的是一个悲剧性的故事，格拉被冤屈—被迫离开村庄—回归（因为外面依然是一个混乱的世界）—承担命运，冤屈没有澄清还在继续，命运似乎没有改变，孤独在继续，孤独成为格拉的命运。阿来诉说了一个关于孤独的母题，它似乎经常出现在阿来的文本中，隐含了作家自身的成长经历。

次仁罗布的创作中，孤独也是他倾心描摹的经验之一。在他的作品里经常出现老、弱、病、残等弱者形象，在他们的命运遭际中，隐隐然包含了作者个人的创伤经验。《泥淖》中的尼拉从乡村来到城市，获得了一席之地，"自己便颇为得意，她甚至认为是她打败了这座城市，以及生活在这座城市里的人，是通过她的不屈努力从她们的残羹剩饭里自己分得了一小勺。从此她与这座钢筋水泥林立、噪音喧闹、人情冷漠的城市交融在了一起，她成为其中的一分子"。但实际上，尼拉在感情上并未真正与这个

---

① 吴义勤：《挽歌：唱给那些已逝和正在逝去的事物——评阿来的长篇新作〈空山〉》，《当代文坛》2007年第3期。

城市相融合，因为这个城市留给她的总是伤痛的经历。她们身份低微，没有爱情，往往成为猎色者的玩物。她们在这个城市里没有得到自己所需要的安全、尊重，反而失去了纯洁和安宁。卓玛正像是尼拉的昨天，她的脸上"时刻洋溢着一种羞涩的恬静的微笑。这种微笑只属于那些个涉世未深的人，因为她们往往会用自己纯洁的心灵拥抱混浊的世界，想象着凭借自己的善良赢得别人的尊重。但到头来她们往往会被这浊世侵蚀得遍体鳞伤，被吸空灵魂里的那一点点最后的廉耻与自尊，像个躯壳漫无目的地浪迹于人群中，然后一节一节地肢解着她们的灵魂，到最后在这繁闹的躁动的物质生活极其发达的城市的泥淖里深陷进去，继而无法摆脱它的诱惑，使她们的灵魂和肉体渐渐腐烂变质，在痛苦和焦躁中慢慢地死掉，最后化为一撮尘土，永远没有人忆起她们"。次仁罗布关注的是西藏新时期以来的社会变化，是处在乡村和城市、传统和现代之间的现代西藏人的生存尴尬。

　　扎西达娃的创作中也存在孤独体验。《西藏，隐秘岁月》是一个民族的精神寓言。在结构上，文本中具有鲜明的时间标志，如 1910—1927 年，1929—1950 年，1953—1985 年。作者试图勾勒出西藏 20 世纪的现代性历程，而在文字深处，流露出一个处在传统与现代之间的藏族知识分子的迷茫与孤独："你能感觉到这片荒凉贫瘠的高地上永恒的美和粗犷的柔和感吗？你可曾看见从乱石缝里钻出的一只离群的羔羊？可看见远处草地斜坡上一只毫无怨色等待死亡的孤寂的老牛？看见了不知从哪儿刮来的风？还有在峡谷里，平原上悄悄出生悄悄死去的人？"在神秘、荒凉而又永恒的大自然面前，时间，孤寂地流失，生命，沉默地出生与消逝，所有的一切，构成了难以索解的宇宙的奥秘。而扎西达娃沉浸在这首无声喑哑的歌声求索着人的生存之谜，这种询问超越世俗层面而指向生存的本质。这种特点正是宗教的超越意识所赋予的，因为"在宗教精神的制导下，人们可以超越一般的现实世俗而进入纯粹的精神境界，进而由形而下开始，向着形而上的终极意义发出追问"[①]。孤独反映的人与客观世界的疏离和隔膜，体现了人无所归依、流落飘零的悲剧处境。在某种程度上说，它既属于作

――――――――

　　① 孙德喜：《宗教文化立场的书写与言说——20 世纪后 20 年小说语言论之五》，《扬州大学学报》（人文社会科学版）2007 年第 1 期。

家自身，也属于现代人。孤独就是一部分现代藏人的生存缩影，也是现代人生存处境的写照。如果说西藏的传统宗教文化存在着一定的愚昧落后的成分，但它同时也为藏人提供了文化的保护。佛教所提倡的众生平等、慈悲为怀的宗教伦理蕴含了先进的文化因子，人与佛、人与自然、人与人之间追求和谐同一的关系，因而构成了西藏特有的以善为美的道德观念，形成了西藏社会的温情脉脉的传统。而现代新型的社会主义意识形态从某种程度上是反宗教传统文化的，它用阶级斗争的伦理文化取代了传统文化的和谐价值，现代人在脱离传统文化的保护以后必然地陷入孤独的处境。

二

佛教文化不仅发现苦难、感受苦难，同时也试图克服苦难。他们试图解释人类苦难的原因，探索苦难的根源，最终是要寻找到解决苦难的真谛。也正是因为宗教对苦难的体认和超越苦难的渴望使它显示出乌托邦精神的倾向。乌托邦的核心话语就是理想性，它又可以称为希望的原则。由于对希望的信仰，而生发出否定现实、超越苦难、飞向完美世界的热情。宗教中存在世俗的苦难经验，但也存在着希望。在宗教的视野中，苦难并非是人类不可超越的恒常的黑暗，人的苦难还存在着救赎的希望。宗教中的希望与现代乌托邦不同，二者指向相反的方向。后者把幸福建立在属人的世界里，而前者则构筑了属灵的神性世界。在佛陀的视野中，世俗—天堂乃两种截然相反的世界，一个愚昧不明，深陷欲海沉渊，一个宁静超脱，乃人的终极幸福所在，而神的世界正是救赎了人的世界的苦难。苦难与超越精神包含了佛陀所领悟的大智慧，蕴含了佛陀对人的价值、意义、归宿的深刻思考，折射出佛陀所理解的人的理想生存形态。对阿来等作家来说，西藏本土的佛教文化因子在一定程度上影响了他们的创作，佛陀的宗教性苦难与希望投射到一些作家的创作中，使文本中的苦难书写显示出特有的宗教意蕴，并显示出佛教所包含的超越苦难的乌托邦精神。这种超越性与希望的信仰在次仁罗布、阿来、扎西达娃的创作中不同程度地存在着，并由于创作个体的生活经历、审美观念的不同而显示出不同的特点。

　　宗教的超越性表现在人对困境的克服。如果说人的世俗生活充满难以言喻的苦难，那宗教所首要解决的就是人的根本性问题，即有限与无限、奴役与自由、现实与理想的矛盾。人是有智慧的生命，人的智慧要求他冲破存在的束缚改变外部世界，他总是按照一定的理想去行动、去实践，以实现自身的本质。而人又是有限的生命，他是自然的产物，带有自然的痕迹。他所面对的客观世界也有自身的规律，政治、经济、道德是人的创造物，体现了人建立正义、和谐、统一、完善秩序的努力。但政治、经济、道德所解决的只是人生存的一部分问题，而宗教考虑的不是暂时、有限的解决方案，而是人的根本意义和价值所在，它蕴含着特殊的生存智慧。

　　首先，佛教所解决的就是人的根本性生存困境，即死亡的威胁。"当人们遇到精神烦恼与障碍时，宗教可以通过对超自然力量和对彼岸世界的追求得到慰藉，转移他们的注意力，降低他们的精神紧张度，使之超然于现实之外。"① 对世俗人生来讲，乐生惧死是恒常心理，生命的喜悦和死亡的恐惧高悬于人性深处，因而生和死居于两极，标志着人的乐与苦的极致。但在佛陀的世界里，肉体的生命不是真正的生命，真正的生命是人的灵魂。灵魂永不消散，它可以借助各种形式延续它的存在。对佛教而言，生命不是开始，死亡也不是结束，"人从一出生就开始了死亡的倒计时，死是蕴含在生命之内的，宇宙间的生物无不如此，都会经过孕育、出生、成长、衰老、死去这几个过程"②。生与死是一个相互沟通、转化的过程。佛教所特有的生命伦理在一定程度上缓解了死亡的焦灼。在虔诚的信徒心里，死亡绝不可怖，那只是一段平常的旅途。次仁罗布的《放生羊》里年扎啦有这样的一段独白："即使死亡突然降临，我也不会惧怕，在有限的生命里，我已经锻炼好了面对死亡时的心智。死亡并不能令我悲伤、恐惧，那只是一个生命流程的结束，它不是终点，魂灵还要不断地轮回投生，直至二障清净、智慧圆满。"而《前方有人等她》中的夏辜婆婆，在经历了坎坷多难的折磨之后，也安然地拔掉了氧气管道，沿着一条黑暗的隧道，走向新的旅程。她的内心没有恐惧，也没有忧伤，因为她坚信，她的善良

---

① 王晓朝：《宗教学基础十五讲》，北京大学出版社 2003 年版，第 216 页。
② 杨丽：《藏传佛教与汉地儒教生死观之比较》，《西藏大学学报》2008 年第 23 卷第 1 期。

的顿丹在那个世界等待着她。生与死只是生生不息的灵魂之流中的一个环节，死亡对生命而言，是一段新的旅程，是生命转换了形式后新的生存，而真正的智者所追求的完美生命并不是轮回中的存在，而是"涅槃"后的静寂，是熄灭了轮回之苦难后的终极安宁。死亡在神性的烛照下滤去了它的阴影，而人在死亡面前也显示宗教所赋予的超脱与坦然。

其次，佛教的超脱性还表现在对人性自身欲望的处理上。在佛陀的经验中，欲望是和神性相对立的存在，是人苦难的根源之一。在佛教的观念里有两个基本的认识，第一是关于世界的本质是什么的问题。按照佛教的教义，世界的本质就是"空"。所谓"诸行无常""诸法无我"，宇宙万物都在流转不息，没有永恒不变的本质。人生、社会、历史也与日月江海一般，依照自身的运动规律，经历生、住、异、灭的历程。"这里每一个字表示着一种状况：一个现象的产生、发生叫做'生'；当它存在着，发生作用的时候叫做'住'；在它存在或者发生作用的过程中，同时也在发生变化，如动植物的成长和老化等等，叫做'异'；通过变化一种现象消失了，叫做'灭'。"① 这就是宇宙的本质，也是"自我"的本质。第二就是关于宇宙的运行规律的认识。宇宙在根本上是一个运动过程，但在这个过程中，起决定作用的就是佛教所说的"缘起法"。所谓的"缘起"就是说事物的产生、变异、消亡都受因果规则的支配，有因才有果，善有善报、恶有恶报，社会、人生都不例外，因而人的生老病死、寿夭穷通与前世、今世的人的行与思（即佛教所说的"业"）有关联。在佛陀的观念里，生、老、病、死、求不得、爱别离、怨憎会、贪、痴、嗔等都是人所经历的肉体和精神之苦，而苦的根源恰恰在于人的愚昧不明，即不能认识到宇宙和自我的本质和运行规律，反而放纵自我的欲望，深陷"贪"与"痴"的恶念中，把现象当作本体，在流动的时间的洪流中徒劳地想把短暂的幸福定格为永恒的存在，在瞬息飞转的轮回中执着追求世俗的幸福，把短暂的人生当作永久的家园，在功名利禄的追逐中迷失了本原，陷入了苦难的轮回深渊。次仁罗布在《泥淖》中说："众生被各种各样的感觉所迷惑，于是

---

① 王晓朝：《宗教学基础十五讲》，北京大学出版社 2003 年版，第 110 页。

放弃了寻找真谛，无止境地迷失在轮回流转中。"可以说，对智慧的背弃、对欲望的放纵是人生苦难的根源。许多具有宗教背景的作家具有佛陀式的对欲望的警惕。阿来的《尘埃落定》是对一段逝去历史的挽歌，是"对土司制度和土司家族末日命运的哀婉描写"，"使读者看到的是历史崩溃时期的人心图景与文化图景"①。那是一段新旧事物交替变动的时期，土司制度和土司家族面临崩溃的命运。而活动在其中的各色人等，如同尘埃一样被强大的力量所裹胁，在风云变化的历史潮流中不能左右自己的命运，他们像"一小股旋风从石堆里拔身而起，带起了许多的尘埃，在废墟上旋转"，"旋风越旋越高，最后，在很高的地方炸开了。里面，看不见的东西上到了天界，看得见的是尘埃，又从半空里跌落下来，罩住了那些累累的乱石。但尘埃毕竟是尘埃，最后还是重新落进了石头缝里，只剩寂静的阳光在废墟上闪烁了"。这是一段富有隐喻意义的文字，"尘埃"正是历史、文化和人的命运的反射。人如尘埃一样的渺小卑微，如果没有佛陀式的智慧，就会在迷乱的世事中迷失了方向，像尘埃一样随风乱转，落入悲剧的命运。文中的一部分人，像麦其家族的老土司、傻子的哥哥、茸贡土司、塔娜，甚至包括复仇的多吉次仁的两个儿子，他们沉迷于己身，执着坚持自身的意志，被内心贪婪的欲望所奴役。这里的贪欲以各种形式发挥作用，像"罂粟"之于老土司，"仇恨"之于多吉次仁的两个儿子，"塔娜"之于新汪波土司。欲望正如"深渊"，如"甜蜜的毒药"，他们沉迷于其中，看不到超乎于自己之外的天空。"大地上蒙着一层尘埃像蒙上了一层质地蓬松的丝绸。环顾在我四周的每一个人，他们都埋着头干自己的事情。"而只有大智若愚的傻子、传教失败的翁波意西、事业失败的黄师爷才是例外的，"只有我的汉人师爷和没有舌头的书记官两个人望着天空出神，在想些跟眼前情景无关的事，在想着未来"。他们在失败中领悟到人生的真谛，认识到"什么东西都有消失的一天"。而傻子，自从卓玛离开了他的那一天起，"生平第一次感到有种东西从生活里消失，而且再也不会出现了"，在此之前，他"还以为什么东西生来就在那里，而且永远在

---

① 吴义勤：《挽歌：唱给那些已逝和正在逝去的事物——评阿来的长篇新作〈空山〉》，《当代文坛》2007 年第 3 期。

那里。以为它们一旦出现就不会消失"。这里所反映的正是佛教所宣言的"空"的哲学认识，而傻子从此获得了佛陀的智慧，能够顺应历史的变化，战胜了自身的欲念，不再沉迷于虚妄的贪欲，而成为自身的主人。

与世俗的哲学相比，佛教提供了一种新的观察视角。如果说世俗哲学关注的是人与自然、人与人、人与自我的联系，那么佛教则提供了人的超验的生存空间，即神所创造的灵魂空间，而人则借助于与神的同一实现了人与神的神秘性沟通。阿来的《灵魂之舞》以诗意的笔触描摹了人死亡前后灵魂自由的状态："这一次灵魂更加轻盈了，灵魂从窗户上出去，并且马上就感到了风的飞翔。风在下面，原来人的双脚是可以在风中的味道中行走的。风中是花、草、泥土、奔腾而起的水的味道。索南班丹的灵魂从一群群正在萌发新芽的树梢上，循着溪水往上游行走，下面的树不断变化，先是柏树，后来是银杉，再后来是间杂的大叶杜鹃和落叶松树了。树林下面，浪花翻涌。"在阿来笔下，索南班丹的灵魂已经挣脱了衰老身体的羁绊，它自由自在，随心所欲地按照自身的意志行事。在自由的天地里，他再次与他的爱妻和他所热爱的土地邂逅，他告别了深爱的孙儿，骑在白马飞驰而去。人们说"它就负着主人的灵魂一直越过了众多层叠的雪山"，它超脱了世俗的种种羁绊，摆脱了肉体、感官对人的约束而使人达到了绝对自由的境界，显示出佛陀所憧憬的完美生存形态。

佛陀所憧憬的完美生存形态贯穿于人与社会的流转变动中，一方面它张扬了一种理想的宗教人格。其虔诚的来世观念和因果报应的教义使他们能够以特殊的视角看待人生的祸福穷达。它在一定程度上消解了对不义世界的愤怒和不平，转而以超脱的心态承担了此世乃至来世的命运，并祈望以善行结缘修福，获得终极解脱。特别是由佛教信仰支撑而生发出的面对苦难的态度，这一点在次仁罗布的创作中较为明显。《雨季》中的巴拉家族在一系列的天灾人祸面前并没有丧失生活的勇气，当山洪再次爆发，"旺拉知道又是一次山洪爆发，知道一年辛苦又要白费，于是愤怒地大吼了一声，老天我不怕你，来年我还会种庄稼的。话一经出口，他的体内鼓荡着力量的元素，他已经不惧怕任何的灾难了"。《放生羊》延续了作家一贯的对苦难的审视和超越。正如某论者所言："《放生羊》描写了命运坎坷的老人年扎啦在历经生活痛苦时从逃避、迷惘到觉醒与承担的情感变化。作家以放生羊为切入点，将宗教信仰、神秘文化、苦难心理及救赎意识巧妙地融合起来，深刻地揭示了藏民族在现实苦难面前的顽强坚韧及获得心灵拯救的艰难历程。"① 佛教赋予人以面对苦难、正视苦难、承担苦难的勇气，在苦难面前人没有陷入绝望的深渊。苦难在佛陀的经验中已经不是异己的存在，苦难是生活的一部分，它融化在生命的本质之中，人不会被苦难淹没，反而在与苦难的对抗中获得了精神的升华，这一点正是藏民族由宗教而融筑的理想人格的体现。

另一方面，佛教所憧憬的完美生存形态并不仅限于生命个体的精神升华。佛教尽管从总体上说是非世俗性的，它关注的终极解脱指向超世俗的境界，但佛教在中国化、现代化的进程中也在适应现代人的需要。"在现代社会中，神的观念相对减弱，宗教上升为文化层面，更关注人性、关注人与环境、人与社会、人与人之间的关系。"② 因而在一部分作家那里，极乐的天堂已经不再是人类幸福的唯一栖息地，佛教开始把它的光辉撒向世俗的人的生存，它试图在人不可规避的生命历程之中为世人找到解脱苦难的出路，为现世的人的精神提供解脱的途径。次仁罗布的《雨季》中借主人公旺拉的口说："我知道人既然投胎了，就是经千年万年积善，终于修来的福报，哪能轻易放弃生命哪？"属人的生命是神灵的赐予，是不能轻易放弃的可贵的过程。在属人的短暂的生命过程中，人应该按照神的意旨建造属人的天堂。佛教一向具有众生平等、慈悲为怀、普渡众生的救世情怀，人的幸福就不仅限于自救，而是自救与他救相结合。因而在世俗的属人的世界里，"宗教不仅为信徒提供信仰，还为教徒指定行为规范"，③ 自律、慈爱、悲悯的佛陀情怀成为世俗道德的核心内容，并成为衡量人格的标杆。次仁罗布的《前方有人等她》中的夏辇，虽然住在低矮、破落、黑

---

① 龙其林：《苦难的承担与救赎的温暖——读次仁罗布的短篇新作》，《小说评论》2009 年第5 期。

② 郑宏伟：《从"神圣"到"世俗"——宗教历史嬗变之思索》，《牡丹江大学学报》2009 年第8 期。

③ 王晓朝：《宗教学基础十五讲》，北京大学出版社 2003 年版，第 212 页。

暗又潮湿的房子里的，但依然拥有世人的尊敬。因为她"省吃俭用，艰苦耐劳，让两个小孩成为了国家干部；又因她始终如一的表现，我们认为她具有一切美好的品德：善良、诚实、仁慈、友爱、温顺等，她成了我们大院里最受敬重的人"。自律、仁慈、悲悯作为宗教的价值基础，成为处理人与人、人与自然、人与自我关系的标尺。人向神的归依就是不断地克服人性的自私，开放自己的心灵，不再执着于一己的得失恩怨，把个体的我向社会、向他人开放，在超凡脱俗的境界中找到精神的解脱。阿来《尘埃落定》中傻子最后还是被仇人杀害了，他的灵魂升到了空中，"现在，上天啊，叫我来到这个世界上的神灵啊，我身子正在慢慢地分成两个部分"，"我的灵魂终于挣脱了流血的躯体，飞升起来了"，"上天啊，如果灵魂真有轮回，叫我的灵魂下一生再回到这个地方，我爱这美丽的地方！"他的内心并没有被新的怨恨、仇视所蒙蔽，走向冤冤相报的轮回恶果，而是用佛陀的悲悯原谅了仇人，获得了解脱。《空山》中的格拉尽管处于孤独的境地，但终于还是享受到仁慈的爱的抚摩。"格拉看着母亲的眼光里，充满了一种怜悯的味道，母亲也带着一种有点悲悯的眼光看着自己的儿子。这，也差不多就是一种类似于幸福的感觉了。"而且这种仁慈的爱，在机村并没有消失。江村贡布、兔子、额席江、张洛桑的心中，还保存着仁慈的种子。而恩波夫妻，因为失去儿子的痛苦而生发的仇恨终于消解了，"春暖花开的时候，生产了一个女儿的勒尔金措又下地劳动了。她和恩波的这对曾经显得像陌生人一样的夫妻，现在又恩爱如初——比起新婚时节，这对夫妻的恩爱中还加进了一种深深的怜惜。在机村，人与人之间的冷漠与猜忌构成了生活的主调。所以，这对夫妻这种显得过分的恩爱使他们成为了异类。但他们已经下定决心要不管不顾地过好自己的日子了"。阿来怀着深挚的情感为传统的宗教伦理吟唱了一首赞歌，那是被神性的爱所烛照的温情的土地，也是属人的地上的天堂。

第二节　伊斯兰教文化与回族文学创作

作为世界三大宗教之一的伊斯兰教对中国的特定区域具有较大影响，

特别是在西部回族人民聚集区，因而在一部分回族作家的创作中，显示出伊斯兰宗教乌托邦精神。相关的作家作品有张承志的回族题材系列文本、王树理的《一生清白》《沙窝故事》，石舒清的《微白》《西海固的事情》《清水里的刀子》，查舜的《穿越峡谷》《阿密娜姐姐》《淡蓝色玻璃》《江水无名》等。

他们的创作突出地体现了宗教的否定意识和超越意识。一方面是对世俗苦难的认知。这一点和回族的社会历史境遇及地理生存环境有着直接的关系。回族与作为其精神信仰的伊斯兰文化在华夏民族、华夏文化体系中一直处于边缘地位，而其自身强烈的民族文化认同感造就回民特有的凝聚精神，因而在专制的明清时期与主流政治意识形态形成尖锐对立，形成了回族难以抹去的历史苦难经验；另外，回族所处的中国西部地区，像宁夏、甘肃、青海等地区，自然环境恶劣，人的生存受到自然的直接威胁，因而人与自然的斗争也构成回族作家苦难经验的一个重要内容。"中国西北回民藉以生存的甘宁青黄土高原是违背生存规律的'残民之所'，恶劣的自然生态环境使回民们世世代代摆不脱贫穷、闭塞的命运，所以宗教便成了苦难人民的希望。"① 回民困窘的物质文化生存处境不可避免地浮凸于文本的表象层面。另一方面，伊斯兰宗教文化又具有乌托邦超越精神。如果我们把乌托邦理解为一种"信仰"和"希望"，那么在伊斯兰文化中，苦难并不是人生的全部，或者说，人生的苦难具有救赎的可能，而这个拯救的源泉就是伊斯兰教所信仰的唯一的神——真主。石舒清在《残片童年》中说过："人是多少需要一些神性的，神性带给人的，惟有幸福。"在伊斯兰的教义中，真主是至仁至慈、全能、全知的，具有无上的权威，掌握正义和公理。而人只要遵循真主的旨意，行善祛恶、奋发努力就能得到真主的酬报，获得后世的幸福。基于这样的认知，一部分回族作家就在他们的宗教信仰中找到了他们所生存的神性的理想家园，那是一片与世俗"欲望世界"相对照的"清洁"的圣的空间，其间活动的是融合了神性因素的勇猛顽强的理想人物。在石舒清的笔下，西部荒凉贫瘠的戈壁沙漠不再令人畏惧，因为

① 谢卓婷：《"杯"中的信仰——从回族文化本位看张承志宗教人格的"场独立性"》，《淮南师范学院学报》2005 年第 5 期。

"那不仅是一片皲裂的大地，那还是一个精神充盈的价值世界，在天人之际自有不可轻薄的庄重"①。而对具有理想主义精神的张承志而言，经过漫长艰辛的追寻，走过辽阔的草原和现代化的大都市（北京、东京等），他终于在天山和宁夏西海固的黄土高坡找到了灵魂的栖息地——"我发现了世间原来有如此一块净土"②，他在那里找到了他苦苦寻找的"梦"——他理想中的生命形式，安妥了他浮躁疲惫而又混乱骚动的心灵。

一

我们知道，宗教的世界是与世俗相对峙的，是对人的日常生活、人的肉体感性生命的超越和提升，因而宗教所宣扬的天国实际上包含了对人的终极理想生命的想象、设置。赫茨勒认为，宗教的天国包含着乌托邦精神，因为"天国可视为一种发展过程，一种社会和精神上逐渐进步的过程"③。这种逐渐进步的过程就蕴含了乌托邦精神，它包含了乌托邦极为重要的否定和超越意识。伊斯兰教产生于现实苦难的土壤中，但又借助于神的力量实现了精神的升华，因而创造了与世俗相分界的"圣"的空间。正如某论者所言，"回族自元代尤其清代以来，外部生存空间日益狭窄，但却发展了一种无限广阔、自由的内部精神空间，即'圣的空间'"。④

伊斯兰"圣"的世界的核心价值在于对"清洁"的信仰。张承志就对穆斯林和非穆斯林作出简洁的界定："对于一切简朴地或是深刻地接近了一神论的人来说，farizo是清洁的人与动物的分界。"⑤ 笃信伊斯兰教的回族作家经常怀着崇拜赞美的情感书写对"清洁"之美的赞美，"从山峁和

---

① 李敬泽：《遥想远方——宁夏"三棵树"》，石舒清：《暗处的力量》，花山文艺出版社2001年版，第2页。

② 张承志：《最净的水》，《绿风土》，山东文艺出版社2001年版，第212页。

③ ［美］乔·奥·赫茨勒：《乌托邦思想史》，张兆麟等译，南木校，商务印书馆1990年版，第71页。

④ 白草：《略论张承志的回族文化观》，《回族研究》1999年第4期。

⑤ 张承志：《离别西海固》，《中华散文珍藏本：张承志卷》，人民文学出版社1997年版，第94—95页。

坡地之间的小路，走进沙漠和崇山峻岭。我欢喜地又遇到茫茫的大雪。风景千里万里一派迷茫，大雪如天降的淳白音乐。再也没有世俗化的苦痛和人事的纷扰，人的心，那时是清纯的"①。"清洁"作为精神追求在伊斯兰教的世界里可以转化为对"水"的赞美。在西部干旱无水的戈壁沙漠中，水就是生命之源，因而在伊斯兰教的"圣"的世界里，水是与神的恩惠相联系的存在。伊斯兰教"五功"中的"拜功"是向真主表示虔诚信仰的仪式，是穆斯林教徒的重要的宗教行为。信徒在行使拜功前有"大净"和"小净"的礼仪，就是用洁净的水按照一定的次序清洗身体，以清洁的身体与真主相遇。穆斯林生命旅程中重大活动都伴随着"清洁"的水。宗教风俗、仪式往往是与其宗教信仰相互联系的，伊斯兰教的"大净""小净"正隐喻了伊斯兰教义的重要的价值追求——对"清洁"精神的追求。查舜《淡蓝色玻璃》中的王老汉，每天早上都极其虔诚地履行"大净"，"从手到脚，从漱口呛鼻洗脸抹额到净下，全身上上下下每一个汗毛孔儿都没有放过。活这么大岁数以来，他一直对清晨时候的这种洗浴，充满着特殊感情。这不，一通大净洗过，不只是洗去了瞌睡和不洁，洗去了所有的疲乏和不快，同时也还洗出了一个新自己"。石舒清《清水里的刀子》中的老人马子善，唯一的希望就是能够知道自己的死期，因为"自己若是知道自己归真的一刻，那么提前一天，他就会将自己洗得干干净净的，穿一身洁洁爽爽的衣裳，然后去跟一些有必要告别的人告别，然后自己步入坟院里来"，他希望能够带着洁净的身体和灵魂走向另一段旅程。那举义的老牛，透过一盆清水，看到了清水里的刀子，领会了自己的神圣的使命。"槽里的那盆净无纤尘的清水，那水在他眼前晃悠着，似乎要把他的眼睛和心灵淘洗个清清净净。那是一盆怎样的水啊。"（《清水里的刀子》）这种清洁精神贯穿在伊斯兰教义中，成为一个真正的穆斯林终生遵循和信奉的道德原则。

清洁的精神意味着人的精神的升华和灵魂的纯净，它集中了伊斯兰教义中对神性的理解，表现为个体对于世俗欲望的克制和约束，对纯洁清净

----

① 张承志：《神往》，《中华散文珍藏本：张承志卷》，人民文学出版社 1997 年版，第 204 页。

世界的追求。查舜在《淡蓝色玻璃》中涉及"欲"的世俗世界和"清洁"的圣的世界的对照。作为现代文明的汽车曾经引起王老汉的羡慕，然而伴随着现代文明而来的却又是人的欲望的泛滥。身边飘来的乌烟瘴气的烟，电视上"过来过去都是精尻子亮肚脐眼露奶子的裱子和挺着肚子留着长发的嫖客捻捻掐掐嘻嘻哈哈胡骚情的事"，还有公然地辩护"我们就像是戒不掉女人一样戒不掉这烟"。所有的这一切，象征了现代化进程中的文化所面临的新问题：肉体与精神、欲望与道德的关系和处理。欲望、感性等内容是人的本质内容之一，正像马克思所说的，"人作为自然存在物，而且作为有生命的自然存在物，一方面具有自然力、生命力，是能动的自然存在物；这些力量作为天赋和才能、作为欲望存在于人身上"。[①] 欲望等世俗内容是生命体的本能要求，它既可给予生命以感官的满足，实现生命的本质，同时亦对生命构成了奴役。当欲望超越了合理的限度，膨胀到一定程度，欲望就不再是生命本己的部分，它就转化为生命的对立存在，戕害人的精神追求，人就失去了自由而异化为欲望的奴隶，人就远离了德性的崇高和精神的纯洁而堕落到低等的层面。而伊斯兰教所推崇的"清洁"精神，则对欲望保持了警醒的态度，自觉地对"欲望化"的世俗保持否定的精神，充分肯动了人的道德自律和精神自由。正像王老汉所思索的："人，活在这世界上，还有什么比吃喝更重要的呢？但恰恰是对这种最迫切欲望的突然调整和适度节制，常常就会使那些已经麻痹或迟拙的接受感官，再次敏感和活跃起来，常常也会使他的意志和体能由一种不规则挑战而拓展出更大意义的历练。"认为真正的"人"恰恰在于能够合理地控制自身的欲望，使自己能够从动物自发的生存层面上升到"人"的精神层面。文中的王老汉终于主动离开了能够带给他方便和快捷的汽车，"脚步格外攒劲地走在通往省城的山路上。这时，他觉得自己是那么轻松，那么舒畅。这里的天，是那么蓝，就像擦得干干净净的淡蓝色玻璃似的；望一眼，自己的心里就亮净了许多，自己的眼光就长远了许多，自己的心胸就辽阔博大了许多。这里的太阳，是那样温暖，那样亮，一瞅见，一身披，就叫人的

---

① ［德］马克思：《1844 年经济学哲学手稿》，刘丕坤译，人民出版社 1985 年版，第 124 页。

每一个毛孔都有一种痒酥酥往进通融的感觉"。在这里,"汽车"和乡间山路代表了"俗"和"圣"的两个截然的空间。在现代物质丰富、生活便利的诱惑面前,作者毫不犹豫地站在伊斯兰宗教宗教文化所推崇的"圣"的立场上,赞美超越世俗的清洁的精神。石舒清的《残片童年》中的"我",在伊斯兰的圣地——坟院,偷偷拿了不该属于自己的金钱,"我像陷身在激流中,什么也不知了,捏了钱,逃一般出了坟院。热热的风呼呼在耳边,我觉得自己像一个丑陋的苍蝇"。直到把钱还回去以后,"我"才感觉到自己又成为一个人。王树理《一生清白》中的张南湖老师,因为在困难时期偷拿了公社的一个南瓜而终生愧疚,十几年来都不能原谅自己。这样的文化心理反应并不是偶然的,它是具有"清洁"精神的伊斯兰宗教文化熔铸的理想人格,集中了伊斯兰文化的善的道德原则,充满着德性的崇高。在他们身上,作者寄予了伊斯兰"清洁"宗教信仰所赋予的人格之美。

　　伊斯兰教"圣"的世界是与90年代以后日渐"俗"化的现代文化相对照的生存空间,是具有现代意识的回族知识分子对现代市场经济主导的价值系统的反思。从一定意义上讲,中国现代性追求是从世俗层面切入的。宗法制的传统文化崇尚人的道德理性,特别是在主流意识形态中,欲望由初始的部分肯定到宋明以后的被压抑,感性与理性分道扬镳;"五四"时期的反封建启蒙运动解放了人的一部分世俗要求,人的肉体、感情、意志等要求被发现、重估,并赋予价值;40年代以后,世俗成为社会主义意识形态的"他者"而被贬斥、约束,新中国成立以后仍然延续这样的趋势。阿城就明白地宣称:"一个很明显的事实是,一九四九年以后,中国的世俗生活被很快地破坏了。"① 直到80年代以后,世俗又成为人性的基本内容被整合进入现代性的蓝图中,它所包含的人的解放、人的自由成为新时期的价值诉求之一;90年代以后随着市场经济的转型,世俗化成为文化的主导潮流,而一部分知识分子也越来越发现在世俗化的驱使下文化的变异和人性的扭曲。世俗化导致人从欲望的解放走向道德的反面,金钱至上的现代市场经济伦理腐蚀传统人际关系,导致人的感情、道德、精神追求全

---

　　① 阿城:《闲话闲说——中国世俗与中国小说》,《阿城精选集》,北京燕山出版社2006年版,第177页。

面地金钱化。在这一方面张承志的体会更为深刻。他出生于北京，插队于内蒙古，又先后游历欧美等西方现代国家，而他的红色革命历史背景所赋予的理想主义精神和底层生活经历使他与 90 年代以后的世俗文化格格不入。在他的眼中，"现在的知识分子，甚至以清洁为可耻，以肮脏为光荣，以庸俗为时髦"①，"周围的时代变了，二十岁的人没有青春，三十岁成熟为买办。人人萎缩成一具衣架，笑是假笑，只为钱哭"②。风光旖旎的美国密西西比河大平原在他眼中是这样的："高原断裂成海沟，峭壁是赤赫色的，像染透了印第安人的肤色。而沟里塬上密密麻麻扭作一团团一片片的，是痛苦狰狞的耀眼绿色。有披头散发的死杜松树；树皮焦干，灰白缕缕摇曳，纠缠在绿得仿佛一摊摊一团团绿血绿膏般的矮树丛间。"③ 这是一幅异化的景象，贴切地表现了作者在宗教视野观察下的"现代文明"的本质，它是人的精神被扭曲、德性被遮蔽、生命被阉割，呈现"恶"的底色的世界。而他所热爱的世界，只能是那片大西北的荒野。那个世界初次呈现在他的眼前时，作家也曾被它的酷烈、焦黄、干旱、贫瘠所震惊：永远干旱的河床，积雪雨水积存在一口大窖中就是农民的水源，那毫无指望的庄稼，永远填不饱的肚子，褴褛的衣衫。而就是这样的荒野，最终还是成为他精神的原乡。因为"进村后你看见了清真寺。在一牙黯淡闪烁的镰月下，你听见了他们在念诵。他们宽恕历史，赞美未来，他们苛求着心灵的洁净，在信仰中步入了佳境享受着愉悦"。也由于这种信仰，这片土地转化成"希望"的乐土，"出村你看见了庄稼地，麦子在峻峭的山顶上摇曳，胡麻在漫坡上开花，绿绿的洋芋枝蔓盖住了黄黄山峦的一些襟角，像浑黄的大海中飘浮着几片绿叶。绝地废土中升起来一股活气，洪荒不毛中已经垦出了良田"（《金草地》）。这是一片和世俗/丑的世界相对应的圣/美的世界，是一片自足的精神空间，是屏除了欲望之恶的洁净的生命境界。

---

① 陆迪：《做整个中华的儿子》，张承志：《辉煌的波马》，江苏文艺出版社 2003 年版，第 296 页。
② 张承志：《离别西海固》，《中华散文珍藏本：张承志卷》，人民文学出版社 1997 年版，第 91 页。
③ 张承志：《绿风土》，山东文艺出版社 2001 年版，第 5—6 页。

二

宗教作为一种意识，它反映的是人与神的神秘关联，它为人的生存提供了一整套的价值系统和行为规范，最终指向人的根本归宿和生存意义所在，因而具有乌托邦的理想精神和超越意识。但与世俗乌托邦不同，世俗乌托邦认为完美的世界存在于现实的社会中，不管它是存在于某种类型的社会制度中，还是存在于人与人之间的伦理关系中，它都是把乐土建立在属人的大地上，人类可以通过种种的努力在世俗生活中实现理想。而宗教具有超世的追求，"宗教对世俗生活、社会文明从根本上是否定的。宗教不会主张用一种社会制度去取代另一种社会制度，在宗教徒眼中任何世俗社会都是有缺陷的，不完美的"①。但要注意到，宗教超世，但并非是完全厌世的。在宗教的价值观中，世俗的生命是神的赐予，只有神才能收回，因而大多数宗教对生命采取顺其自然的态度，鼓励人们顺应神意，接受生命本身。特别是伊斯兰教，它注重两世吉祥，既向往后世的终极乐土，也不弃绝今世的短暂幸福。而不管是终极幸福还是短暂的世俗幸福，人所依靠的不是社会、自然等外在因素，不在于外在政治制度和组织的完美，也不在于道德理想主义，宗教所追求的幸福体现在人的精神追求之中，"宗教想要改变的是人"②。在伊斯兰教的观念中，人作为神在尘世的代理人具有双重属性，"人是真主在地球上的代理人，他们是最活跃的，他们有软弱的一面，也有坚强的一面，这种软弱与坚强紧密相连，有时一方会战胜另一方，从而表现出时而堕落、卑贱，时而进取、伟大"③。它既有恶的因子，也拥有神的本质，它可以被贪婪的欲望所裹挟，堕入恶的深渊，也能够战胜自身的软弱，表现出人崇高的内在神性，散发出壮烈优美的情操，因而体现出宗教所推崇的神性理想人格。

在回族作家所构建的"圣"的世界里，活跃的是一批具有崇高精神追求的理想人物。这一点在张承志的创作中特别突出，他的很多作品贯穿着

---

① 王晓朝：《宗教学基础十五讲》，北京大学出版社 2003 年版，第 206 页。

② 同上。

③ 马燕：《伊斯兰教艺术观与回族文学创作》，《青海民族研究》1999 年第 3 期。

相近的母题和形象。早期多是九死不悔、执着寻找人生意义的追寻着、探索者。《九座宫殿》中的韩三十八，默默寻找传说中的"九座宫殿"；《黄泥小屋》中的苏尔三坚信："哪怕走上这一辈子，哪怕走到这片茫茫大山的尽头，那大山的彼岸一定会有纯净的歇息处。"后期则成为信仰的捍卫者，在寻找到自己心灵的归宿——哲和忍耶后，作家把理想主义的激情转化成英雄的赞歌。他的代表作《心灵史》对作家而言是一部重要的作品，其重要性在于它是一个具有理想主义精神的斗士的最高的赞歌，是作家视为可以结束自己文学生涯的收官之作。张承志通过中国西北哲和忍耶门宦几百年来争取生存、捍卫信仰自由的斗争史谱写了一曲恢弘悲壮的回民的心灵史诗。哲和忍耶历代七代教主和追随他们的忠诚的教徒，为了捍卫伊斯兰教清洁的信仰，维护民族尊严，与清廷进行了艰苦卓绝的不懈的斗争。他们"在二百年时光里牺牲至少五十万人"。在这部作品中，出现了一大批为了捍卫心灵自由而奋不顾身、前赴后继、不畏牺牲的英雄人物。他们拥有纯洁的灵魂，具有崇高的道德情操，洋溢着刚健悲壮的人格之美，闪现着宗教所赋予的神性光辉。

张承志推崇的神性生命推崇的是激动人心的阳刚之美。与佛教相比，伊斯兰教所推崇的生命形态是动态的、充满着力量和主动性。如果说佛教的理想生命境界是如湖水一样宁静、超脱、轻盈，充满内在的丰沛，那么伊斯兰宗教的生命形态则是动态的。他们表面上像岩石、像森林，沉默无语、谦逊有礼，"我们这一类人在茫茫人世中默默无言但又深怀自尊"①，而他们的内心则像雷雨、闪电，内心涌动着澎湃的激情。这样的精神品质是伊斯兰文化漫长的积淀和民族艰苦的生存环境所铸造的。伊斯兰教从诞生的时候起，就面临着生存危机，恰如《古兰经》所云，"我确已把人创造在苦难里"（《古兰经》90：4）。这里的苦难首先是历史性的。伊斯兰教属于平民的宗教，在宗教传播的过程中面临传统的多神教政治势力的压制，因而伊斯兰教的历史实际上是一部斗争的历史。在《古兰经》的教义中留下了早期斗争的痕迹，"你们当为主道而抵抗进攻你们的人"（2：

---

① 张承志：《生命如流》，《中华散文珍藏本：张承志卷》，人民文学出版社1997年版，第227页。

190），"你们当反抗他们，直到迫害消失"（2：193）。伊斯兰教崇尚"吉哈德"精神，也就是奋斗的精神。认为人要奋发努力，为维护圣道而竭尽全力。在宗教斗争的时代，"吉哈德"往往鼓励教徒为捍卫伊斯兰教而与迫害势力斗争，认为为真主而牺牲是伟大的光荣的，可以得到真主的酬报；而随着时代的发展，"吉哈德"精神又转化为内在精神上的斗争，指的是"个人尽力，去驱逐一切罪恶、诱惑，纯洁心灵，远离各种罪恶"①。入华后的穆斯林在政治上一直属于边缘民族，"人口较少，在漫长的封建和半封建半殖民地社会，一直处于受歧视、受压迫的地位。逆境中的图存欲望使得他们不得不抱起团来，应付和反抗随时可能加身的凌辱与欺侮"②。而中国伊斯兰教徒聚集地往往处于僻远贫困之所，特别是大西北伊斯兰教徒，自然生存环境极为恶劣，民族生存环境的恶劣与宗教教义尚刚尚勇的精神结合起来，他们在历史上更多地发展了传统的圣战的精神，形成一种英勇顽强、坚韧不拔、追求纯洁与尊严的民族文化性格，并形成特有的赞美苦难、赞美流血的英雄气质。这一点，在张承志的创作中非常明显。杨经建说："穆斯林民族都极力倡扬坚韧、敬畏、苦其心志磨其心力的人格风范，强调为人的血性和刚气，呼唤人的硬朗与旷达，以此来品悟'苦难'和拒斥'悲悯'并坚守宗教信念的虔诚。"③苦难对他们而言绝不仅仅是痛苦的经验，相反，伊斯兰教主张接受苦难甚至享受苦难，因为苦难是神的预定，恰恰经过苦难的磨砺，人纯洁的追求才更为宝贵。《大阪》中的攀登者，历尽艰辛终于到达目的地，领略到千年积成的冰川的壮美，终于认识到"经过痛苦的美可以找到高尚的心灵"，完成了作者的心灵的升华；《辉煌的波马》中的神秘的"碎爷"，有着惊天动地的经历，"造反举义、背井离乡、冤狱折磨"，然而这些在"我"看来无比重要的事情对碎爷来说却如过眼烟云，世俗的荣辱悲欢如微风过隙，真正的生命就是"在长流水里沐浴，在洁净的波马举礼，碎爷用不着一张白纸片证明自己，虽也有一颗打不垮的心"。"那枯瘦的沟壑密布的脸膛上，那紧张地凝聚着

---

①　刘其文：《智者与神》，河南人民出版社 2007 年版，第 254 页。
②　王树理：《试论回族穆斯林的民族认同感》，《中国穆斯林》2000 年第 5 期。
③　杨经建：《伊斯兰文化与中国西部文学》，《人文杂志》2003 年第 2 期。

的诚挚、苦难、渴求的深情"打动了"我"的心灵，因为在这样一个沉默的生命中，"我"发现了那在苦难中默默坚守信仰的高贵的灵魂。

张承志的神性生命具有崇高的悲剧美。哲和忍耶的生存是悲剧性的，它正义的要求和它所处的历史环境形成了尖锐的冲突，但这里的悲剧不仅仅是美的、有价值的事物被摧残、被毁灭，而是在毁灭中闪烁出人的主体力量的光辉。雅斯贝尔斯说："悲剧与不幸、痛苦、毁灭，与病患、死亡或罪恶截然不同。它的不同取决于它的知识的性质；这一知识是普遍的，而不是特殊的；它是问询，而非接受——是控诉，而非悲悼。"[①] 张承志的神性生命是主动的、超越的，充满阳刚之气，反映了伊斯兰民族不屈不挠的精神。它对外在政治暴力决不屈服，对严酷的民族生存困境提出强有力的控诉，它决不接受不义的现实，而是大声地对命运说"不"。就像《心灵史》中的"天问"一段："为什么只有无常？/痛苦的边界在哪里？/忠诚、正道、坚守、信仰的回赐在哪里？……信仰者的终极是什么？/没有回讯。/但是我们依然诚信，用牺牲证明诚信。"这是忠诚的信仰者对命运发出的泣血的质问，它是不屈不挠地质问、抗议、问询和否定。他们用生命捍卫信仰自由，屠杀、流放、监禁、阉割都不能改变他们的信仰。为维护心灵的自由，他们奋起反抗，为了人类自由意志宁可放弃生命也不选择苟且偷生。悲剧主人公们的有价值的人生理想、追求、事业，尽管被某种异己的强权力量所毁灭，但悲剧主人公英勇顽强、前仆后继、不屈不挠、奋斗至死的英雄行为，却凝聚着人性的信念、尊贵和力量，使人的生命显示出崇高、伟大、牺牲和自由的美，显示出生命的主体性光辉，就像张承志所说的："我崇拜生命。我崇拜高尚的生命的秘密。我崇拜这生命在降生、成长、战斗、伤残、牺牲时迸溅出的钢花焰火。我崇拜一个活灵灵的生命在崇山大河，在海洋和大陆上飘荡的自由。"生命是无悔的奋斗、追求，"它飘荡无定，自由自在，它使人类中总有一支血脉不甘于失败，九死不悔地追寻着自己的牧场"[②]。对张承志而言，生命的意义就存在于人对神的皈依，人的生命价值在于遵循神的意志，弃恶扬善、奋发有为，在苦

---

① 〔德〕雅斯贝尔斯：《悲剧的超越》，亦春译，工人出版社 1988 年版，第 106 页。
② 张承志：《生命》，《小作家选刊》2003 年第 3 期。

难的历练中修养身心，达到灵魂的自由和圣洁。因为"在苦难中沉沦的只是凡夫俗子，而勇士和圣者怀着坚定的信仰，走上艰险的长旅。宗教的顺从哲学，原是包含着不屈不挠的人生态度的。张承志对待苦难和遗恨的态度就体现了宗教的这种积极意义"①。

可以说，在这个几乎被汉民族主流文化湮没的、沉默无语的苦难民族深处，张承志找到了他梦想中的生命形式。这个情感浓烈的、长久流浪的孤独的灵魂也找到了属于他的栖息之地。作家曾经屡次强调这种发现对作家自己的意义，"我渐渐感到了一种奇特的感情，一种展示或男子汉的渴望皈依、渴望被征服、渴望巨大的收容的感情"。而真正打动他的，就是哲和忍耶所追求的"人道"与"尊严"。这里的"人道""尊严"是一种"活在穷乡僻壤可以一贫如洗、却坚持一个心灵世界的凛然的人道精神"，是哲和忍耶"清洁"的精神追求，它包含着"五四"启蒙运动以来的现代的价值追求，是一种平等、自由的精神，是对人的尊严、力量、主体性的肯定，是一个经受过现代乌托邦文明洗礼的知识分子在信仰崩溃的时代为回族所保存的理想的赞歌。"我是从现代人的立场出发，从 20 世纪的末尾出发，来看待中国特殊的、充满圣洁理想和人道尊严的伊斯兰回族的。"②张承志决不仅仅因为自己的血统而草率决定了自己心灵的归属，而是站在一个更为开放的文化立场上思考华夏文化的前途。他在《心灵史》中说："我和哲合忍耶几十万民众等待着你们。我们把真正的期望寄托给你们——汉族人、犹太人、一切珍视心灵的人。"他在哲和忍耶身上所发现的"人道""尊严""纯洁"，是对 90 年代以后金钱拜物主义的反拨，是具有乌托邦精神的现代知识分子对真正的现代文明的期许。

宗教与文学作为意识形态的组成部分一直存在着错综的关系，两者之间存在着广泛的联系。作为意识形态，两者都关注"人"的存在，反映了人的自我反思，体现了人类对自我生存的意义、价值的思考。宗教在 20 世纪与文学的关系较为复杂，20 世纪以来经历了曲折的过程，它们是在中国

---

① 陈国恩：《张承志的文学和宗教》，《文学评论》1995 年第 5 期。

② 张承志：《未诞生的封面》，《中华散文珍藏本张承志卷》，人民文学出版社 1997 年版，第248 页。

现代化的文化语境中展开交流的。无论是宗教还是文学，整个 20 世纪都必须服从于现代社会的转型，而 20 世纪中国现代性追求存在着时代的特点，经历了几个较大的转折，而在每一个转折时期，都影响了宗教和文学的走向。新时期是一个文化转折的时期，在这个时期，宗教和文学都经历了自身的变化，从政治附属的地位转向本体的追求，而在这个过程中，作家宗教立场的变化也影响了文学的创作。才旦在总结新时期少数民族创作情况时认为："在新时期文学大潮中，少数民族作家在自省的过程中，对宗教表现出三种态势：第一，完全否定宗教文化……第二，在新时期崛起的中青年作家的作品中，他们将笔端渗入到本民族的宗教文化领域，正面描写宗教现象，他们既看到了宗教的消极因素，也发现了宗教文化在本民族历史发展中的作用，予以审美观照……第三，完全肯定宗教文化……"[①] 可以说，80 年代中期以后，随着寻根文学思潮的兴起，知识分子开始重新思考传统文化与现代文化、民族文化与世界文化的关系。在现代性的文化建设中，民族主义文化立场的觉醒促使一部分少数民族作家关注本民族的历史，发掘其中现代性合理因素，整合民族优秀文化与汉民族文化。宗教正是在这样的语境中进入现代知识分子的视野中。

90 年代以后社会发展变化极大，世俗化思潮既解放了被主流意识形态所压制的人的感性生命，同时也带来了新的问题。人的物质生存要求被看作合理的需要，而社会主义初级阶段的经济发展还不能完全满足民众的要求，因而引发现代人的精神危机，甚至引起社会矛盾。传统的乌托邦精神遭到质疑，张扬感性欲望、彰显个性、肯定本能、嘲笑理性的后现代主义成为新的文化精神，但是推倒了陈墙旧瓦，在一片废墟似的断壁残垣前，人类在短暂的破坏性的快感后很快就陷入了更深的空洞与虚无中。因为人不仅仅是生物学上的生命，同时也是具有超越精神的生命。俄国哲学家别尔嘉耶夫说过："人不仅如现代思想所想要断言的那样的是一种有限的动物，而且是一种无限的生命物，他是有限形式中的无限性，是无限和有限

① 才旦：《当代少数民族文学创作的民族特征》，《青海民族学院学报》（社会科学版）2009年第 1 期。

的综合。"① 欲望、感性等的满足只是暂时的，它不能给人的精神追求提供出路。何况对人的生存来讲，不管在多么合理的社会制度和文化语境中，人总要面临理想与现实、自由和压迫的永恒的问题，面临科学、理性所难以彻底解决的问题，而宗教恰恰满足了人类的某些情感需求，提升人的精神品格。一方面，宗教创造了一个神性的世界，它与短暂、艰辛甚至混乱的世俗世界相比，给人类提供了安全而温暖的空间，它用神的无上的权威保证了神性家园的公正和善性，为苦难中的人们提供了文化心理支撑，鼓励他们忍受苦难、保持希望，在神的信仰中获得安宁；另一方面，宗教在新时期文化建设中具有重要意义。

　　宗教提供的灵性的世界可以匡扶现代人的文化分裂，提升现代人的人格层次。"新时期宗教文学呼唤神性的莅临，试图超越世俗，救赎人生，根本的出发点还是人本主义。从宗教的现实功用来说，天国的存在与否，上帝、真主的真相如何，已经变得越来越显得不那么重要。"② 因而新时期的宗教乌托邦更注重人的精神建构。宗教有助于人的精神成长，"是人格整合、精神完善、自我升华的基础，是制约人类之整体性或完善性的因素"③。它体会到人的自然性、社会性、神性对人性的规定，提倡人们克制欲望、鼓起勇气与内在的恶性做斗争。它鼓励人们追求精神的超脱和纯洁，努力摆脱实用功利对人的奴役，它"通过对世俗价值的贬抑和对神圣价值的推崇，来缓解、摆脱人们对世俗功名利禄的执着，从而达到心理调节"④。宗教的超越性的乌托邦精神为浮躁喧嚣的现代文明提供了参考，它所推崇的自由、纯洁、超脱、宁静、安谧的宗教理想人格与极度物化、异化的现代人格形成了鲜明的对照，为现代人提供了合乎文明的价值体系。

---

　　① ［俄］H. A. 别尔嘉耶夫：《精神王国与恺撒王国》，安启念、周靖波译，浙江人民出版社2000年版，第18页。

　　② 万孝献：《苦难的超越和灵魂的救赎——新时期文学中宗教文学思潮浅析》，《西安石油大学学报》（社会科学版）2006年第3期。

　　③ 梁丽萍：《中国人的宗教心理：宗教认同的理论分析与实证研究》，社会科学文献出版社2004年版，第8页。

　　④ 王晓朝：《宗教学基础十五讲》，北京大学出版社2003年版，第209页。

　　"它们的价值，更多地在于为实存的人类提供了一种永恒的参照，使可能走向畸形的人类文明得到调整和匡正。"① 这一点，在很多具有宗教追求的作家那里有反映。张承志就曾在《心灵史》的前言中说："不应该认为我描写的只是宗教。我一直描写的都只是你们一直追求的理想。是的，就是理想、希望、追求——这些被世界冷落而被我们热爱的东西。"而阿来也说："在我怀念或者根据某种激情臆造的故乡中，人是主体。即或将其作为一种文化符号来看待，也显得相当简洁有力。而在现代社会，人的内心更多的隐秘与曲折，却避免不了被一些更大的力量超越与充斥的命运。如果考虑到这些技术的、政治的力量是多么的强大，那么，人的具体价值忽略不计，也就不难理解了。其实，许多人性灵上的东西，在此前就已经被自身所遗忘。"② 他们是在全球化、现代化的文化背景中警觉到现代文明的病症，而试图用宗教的精神加以补救。可以说，这正是宗教的时代意义所在。

---

① 杨慧林：《基督教的底色与文化延伸》，黑龙江人民出版社 2002 年版，第 121 页。
② 李康云、王开志：《阿来其人及〈尘埃落定〉》，《乐山师范学院学报》2001 年第 2 期。

结　语

　　20世纪是一个乌托邦精神高扬的历史时期。现代人以饱满的热情试图把一种完美的社会蓝图展现在地平线上，也促使现代文学乃至新中国成立后的文学实践充满乌托邦色彩。20世纪也是乌托邦幻灭的时期。"乌托邦在西方哲学史和文学史上都占有重要的地位，然而从文艺复兴到19世纪，绵延近500年的乌托邦主题在进入20世纪后发生了变化，由于科学技术的不断进步，弥漫于传统乌托邦文学中的那股对理想国的热情讴歌、积极向上的乐观精神在现代作品中却很少见了。"[①] 西方乌托邦由意识进入实践领域以后陆续遭遇到挫败，由启蒙而建立的科学精神、理性精神进入20世纪后遇到内在危机。西方现代社会在经历了几百年的高速发展，在极大地提高了人类的物质生活水平以后，社会的不平等、人的异化现象逐渐打破了现代民主、自由、人道的乌托邦梦想，它所蕴含的危机与矛盾也逐渐暴露出来，并引起一部分知识分子的忧虑与思考。理性并没有带来它所许诺的终极幸福，科技理性的发展、资本主义商品经济的发达的确带来物质上的进步，但它所蕴含的功利主义和金钱至上的原则又给人类带来深重的苦难。人，已经不再是宇宙的中心，不再是启蒙学家所设想的富有创造力量的主体，而是成为自身所创造的物的奴隶。而欧洲两次世界大战的爆发加

---

　　① 马兆俐、陈红兵：《解析"乌托邦"》，《东北大学学报》（社会科学版）2004年第6卷第5期。

剧了西方知识分子的反思意识，现代主义、后现代主义正是现代性危机深化的反映。特别是后现代主义思想，后现代主义是 20 世纪五六十年代以后在西方发展起来的一种文化思潮，是西方资本主义社会内部产生的反现代性意识。后现代主义所反对和清理的是西方文艺复兴以来的现代启蒙主义乌托邦传统，它动摇了以理性为基础、以民主和自由为核心价值的现代文化系统，促使现代乌托邦走向了反乌托邦。

　　同样，西方现代乌托邦的另一个分支——科学社会主义在历史实践过程中也遭遇到挫折。新中国成立以后的社会主义实践出现了失误，从 70 年代末开始进行调整。80 年代是一个社会文化转变的时期，80 年代的文化新启蒙是在深刻的社会反思中进行的。出于对新中国成立后社会政治实践活动的失望，文学中否定批判意识加强，伤痕文学、反思文学中的苦难书写表现了对社会主义主流意识形态的突破。但总体来说，乌托邦精神还潜在地影响着新时期初期的文学创作。或者说，80 年代仍然是一个乌托邦的时代。李陀就说过：“八十年代一个特征，就是人人都有激情。什么激情呢，不是一般的激情，是继往开来的激情，人人都有这么一个抱负。”① 乌托邦中重要的内容——对人的主体性信仰尚没有根本性动摇。80 年代中期以后的乡土乌托邦进一步脱离了政治思维模式，乌托邦向文化层面拓展，而情爱乌托邦则预示着乌托邦的个人化特点。这样的轨迹说明，当代乌托邦已经脱离了政治的束缚，由一元向多元发展，它在逐渐地拓展着自己的生存空间。但我们也看到，新时期乌托邦文学在开拓自己道路的同时，似乎也走到了难以为继的地步。伤痕文学中的历史理性信赖，乡土乌托邦中的伦理理想，情爱乌托邦中的完美的两性关系在短暂地鼓舞了新时期知识分子之后，就陷入了历史的窘境。80 年代中期以后先锋文学、新诗潮、新写实主义文学思潮的出现则标志着社会文化的再一次转型。

　　80 年代中期以后文化的转型是从人的主体信仰的失落开始的。现代乌托邦的价值基点在于人的主体性地位的认知。人取代了上帝成为历史的主人，上帝的“天堂”被世俗的城邦所代替。人收回了对来世缥缈世界的凝望，

---

① 　查建英主编：《八十年代：访谈录》，生活·读书·新知三联书店 2006 年版，第 252 页。

而把热烈的目光转向真实的大地。与宗教乌托邦相异的是现代乌托邦——不管是西方的民主乌托邦还是社会主义乌托邦——都承认人类的德性、智性、力量之美。可以说，现代乌托邦的核心原则——历史的善本体恰恰建立在人的主体性认知之上。它是天赐的本体，保障历史的公道正义的实施。在人类的早期乃至漫长的历史发展过程中，人类曾经对自我保持了一定的信心。尽管自然、宇宙与人持续地斗争，很多时候人类处于被摧毁、被破坏、被毁灭的境地，对宇宙的毁灭性力量深有感触，但人类并没有放弃自我。这一点在中西的悲剧性作品中突出地表现出来。中国早期的神话传说中的女娲补天、夸父追日是以力量型英雄对抗自然界，他们在与自然的斗争中积累经验，凭借勇气向上天挑战，并且在想象中解决了困境；在后来的文学实践中，又出现了一种智慧型英雄，像《三国演义》中的诸葛亮、司马懿；《水浒》中的吴用，他们通达人情世故，善于利用社会力量的冲突指导实践活动以实现目标。经典的《红楼梦》《聊斋志异》等文本则出现了理想的女性人格，她们容貌美丽，才华横溢，保有两性平等的现代思想，蔑视世俗，具有独立的意志，自由自主地实现自我、确定自我。这些文本正是在传统理性主义的引导下，出于对人类力量的相对信心的文化背景下对人的歌颂。20 世纪后占据主潮的是社会主义政治乌托邦思潮。十月革命以后，科学社会主义迅速在中国传播，最终成为新中国的建国纲领。早期毛泽东就说过："大同者，吾人之鹄也。"① 但改良派和资产阶级的革命都遭遇失败，毛泽东最终转向了马克思的科学社会主义学说。科学社会主义的传播带给现代人新的启示，它以社会主义的观念观察社会、批判现实，提出新的现代民族国家的蓝图，唯物主义历史观念和阶级斗争学说逐渐成为主导性意识形态话语，极大地主宰了 20 世纪中叶的中国历史进程。社会主义的政治乌托邦，是现代知识分子在转型时期为中国开出的济世良方。如果说历史上不同时期的乌托邦都存在着对现实的否定和超越现实的冲动，那么 20 世纪的中国人充满着更为激越的情绪和革命的动力，他们渴望通过一场渐进的或者彻底的革命改变清末以来的民族危机，进而跻

---

① 转引自汪澍白《毛泽东思想与中国文化传统》，厦门大学出版社 1987 年版，第 76 页。

身于全球化的世界，奠定华夏民族新的价值形象。这其中体现了传统与现代、个体与社会、政治与文化等多重问题的深刻思考，蕴含了现代人对理想社会和理想人性的探索。它大大强调了无产阶级的主体性，主张民粹主义和历史进步论，对人民、政党改变社会、优化社会保持极大的信心，对社会的进步亦保有信心。社会主义政治乌托邦渗入文学，就产生了具有乌托邦精神的左翼文学，它立足于农村，"腾飞的却是有关另一个未来'新中国'、新政权的乌托邦理想，当然，它已经超越世纪初梁启超'万国公会'式的世界大同而奔向以'革命'之长矛重建的社会主义新型王国，并且，历史证明这一乌托邦主义在中国社会的必然性与合理性"①。而40年代的解放区文学延续了其精神，形成现代政治乌托邦文学流脉。社会主义政治乌托邦以党和人民为实践主体，以阶级斗争为政治纲领，它包含着历史进步的信念。反映在文学上，一是情节模式的二元对立结构，政治上的革命与反革命、进步与落后构成常见的冲突模式，而冲突必然以革命的胜利为结局。二是在人物谱系上，现代政治乌托邦的二元思维使人物形象呈现类型化的特征。正面人物高大完美，反面人物和落后人物则被刻意贬低，用夸张和漫画的手法丑化其形象。三是崇高的美学追求。崇高一直贯穿着乌托邦文学，因为乌托邦强调人的主体力量。在政治乌托邦文学中，人不是个体的人，而是群体的人，它体现为先进的政党和具有革命觉悟的人民——工农兵，他们掌握历史的客观规律，以改天换地的革命豪情投入创造历史的伟大任务中。在豪迈的乌托邦激情中，个人融进集体而分享了创造的光荣，个人的牺牲也因为集体事业的延续而消解了悲剧感。

　　新时期后随着思想界的拨乱反正，新中国成立以后的政治乌托邦激情消退，作家的主体意识觉醒，意识形态的约束减弱，文学向现实主义回归。社会主义制度下的悲剧纳入文学视野，标志新时期文学否定、批判功能加强，但同时乌托邦思维依然或明或隐地影响着新时期的创作，并使80年代的文学具有浓重的乌托邦性。先后出现了乡土乌托邦、情爱乌托邦、语言乌托邦、宗教乌托邦等多种类型。总起来讲，新时期乌托邦小说仍然

---

①　周黎燕：《中国近现代小说的乌托邦书写》，博士学位论文，华中师范大学，2007年，第90页。

保持历史进步的信仰，带有英雄主义的余绪。小说中的主人公，哪怕是遭遇悲剧性事件，在与自然、社会、他人的斗争遭遇失败，甚至丧失生命，作家依然承认人所具有的尊严。他们高度赞扬人的主观能动性，赞美人的价值，弘扬人的力量。新时期乌托邦小说中出现了一系列的悲剧英雄，政治乌托邦中的为民请命的老革命者、乡土乌托邦中的热爱生活、淡泊生死、乐观朴素的平民、语言乌托邦中的远离世俗、坚守灵魂自由的孤独者、宗教乌托邦中抵抗诱惑、坚守清洁之灵的卫道者。即便在爱情乌托邦中，我们也能看到具有英雄气质的主人公。这里的英雄，不再是传统意义上的具有绝对力量和智慧的"大人物"，而是普普通通的底层人物，他们卑微、弱小，既没有金钱、地位的优势，也没有光彩照人的英雄事迹，有的只是琐碎平淡的世俗人生。他们的敌人不是外在的世界，而是内在的自我。他们摒弃虚华喧嚣的世界，寻找真实的自己。在他们的世界中，人的力量不在于改变世界，而是改变自我、维护自我，不断地完善自我、强大自我。这一点在海岩的作品中特别突出。在海岩的作品中，清晰地呈现出作家对人性、历史认识的转变。在海岩长达十几年的创作过程中，理想寻找与探索的痕迹颇为明显。从早期的《便衣警察》来看，如果说年轻的海岩对生活作出的是较为简单的善恶判断与正义性实现的盲目信心的话，那么从《一场风花雪月的事》起，海岩更多地表现了作家对生活的某种迷茫，对人类灾难与恐怖的无能为力。而从《玉观音》《深牢大狱》看，海岩试图重新构建人类的力量以对抗无限强大的外部世界。一方面他承认人类力量与智慧的有限性，体会到人的主体性的虚妄，确认人的力量和智慧依然不能完全拯救人类。另一方面，海岩并没有完全丧失对人类的希望，他提出了应对人生灾难的一条途径：从被动性的承受苦难到主动性的超越苦难。如果说在某个阶段，客观世界显示出优势力量挤压人类，使人类的生存空间日渐缩小的话，海岩在后期的思索中试图建立一种饱满的人格系统以抗衡强大的外部世界，并在文本世界中建立一种新的现代性的意志型英雄人格。意志型英雄人格的要素之一是主动性，即坚持个体社会实践活动的正义性，主动克服内在认识、情感与意志的冲突，构建丰满、健康、充满力量的人格系统。海岩小说中的人物早期具有各种各样的人格缺陷，对此作家有清醒的认识和批判。像《一场风花雪月的事》里的吕月月，幼稚、虚荣，在个人感情和职业道德上的立场不坚定；《玉观音》中的安心早期也表现出认识上的偏差，不情愿去指证毛杰，对队长除恶必尽的作风也不太理解。在她当时的观念里，个人情感可以超越社会正义，甚至因此而回避尖锐的冲突，回避一个警察所应该承担的对公众的责任。而一个理想的社会人格应该要主动地认识社会、认识自我，正确地认识社会，在是与非、善与恶上有坚定的认识，而且要勇于批判自己并修改自我、完善自我。意志型人格的要素之二是意志的坚韧。海岩早期的人物在个性上显得阴柔有余、阳刚不足，常常身陷感情的旋涡难以自拔，人物行动的出发点往往是情绪上的一时冲动，像刘川、龙小羽。海岩毫不留情地剖析他们身上的弱点：冲动、急躁，不善于自我控制，不能妥善地协调人际冲突乃至于故意或失手伤人，造成无可弥补的大错。而后期的作品，人物有了质的飞跃。海岩的小说很大程度是在描写一个意志型英雄的成长史，他的前半部分是被命运捉弄，不断地承受恐惧、灾难、折磨；他的后半部分则是人类自我拯救的艰辛旅程。人物从幼稚走向成熟，从脆弱走向坚强，从回避到面对，实现了人格的重建升华。《玉观音》中的安心没有在一次又一次灾难的打击下沉沦，反而在短暂的时间内安抚住内心的伤痛，重新回到了她所挚爱的禁毒事业中。她放弃了个人的幸福而选择社会福利，这种行为使她的人格呈现光辉的色彩而具有了道德上的巨大震撼力。海岩说过，安心是他最喜欢的一个人物，"她的宽容、温柔、包容是其最可爱的地方"，"从另一层意义上讲，安心其实是人生的一种境界，一种在现实中不是每个人都可以轻易达到的境界"。之所以叫安心，"就是希望她面对幸福、快乐、苦难和悲伤的时候，都能够从容应对"①。这种人格的伟大之处不在于在多大程度上改变了环境，而是在最大程度上改变了自己，熔铸了一种淡泊、坚韧、勇于面对苦难、承受苦难，并在苦难中重建生活、重建意义的精神世界。正是从这一点上，海岩再一次体会到人性的美好与力量所在，并对人类的明天表现出乐观主义的期许。

---

①　《〈玉观音〉昨日开播安心生死之谜有结论》，中国新闻网，新闻大观，文艺新闻 http：//www.chinanews.com/n/2003－07－01/26/319758.html。

　　80 年代后期特别是 90 年代以后，乌托邦文学逐渐式微，新时期乌托邦小说谱写了一个过渡时期现代中国人的理想模式，而 90 年代的市场化浪潮和后现代主义的兴起则意味着乌托邦逐渐走向它的反面，反乌托邦、恶乌托邦、敌乌托邦等先后在西方出现的文学符号也传入中国，引发文学上的回响。历史进步信仰、人的主体中心地位丧失了稳固的同盟关系，逐渐显露出内在的分裂。人，已经不再是乌托邦话语中英雄的、大写的人，他不再是万物的灵长、宇宙的精华，而是褪去了主体性的平凡的人、卑微的人。林白的短篇小说《英雄》记录了英雄时代到凡人时代的嬗变。主人公丹娅，正是革命时代的产物，1966 年她在全地区第一个组织"长征宣传队"，"大串联一来，丹娅就兴冲冲地拉扯起队伍北上直抵北京，赶上了毛泽东主席在天安门城楼首次接见红卫兵"。1969 年下乡插队，担任学大寨铁姑娘突击队队长，当选过地区农业学大寨标兵。丹娅曾经是童年时代的"我"——湄的偶像。很多年后，湄再一次看到丹娅，她"看到一个臃肿的身躯正在撩着衣服奶孩子"，"她似乎笑了笑，她这一笑眼角上就出现了许多明显的皱纹"。湄"从这皱纹中间看到一个未老先衰、发胖的、消沉了意气的、已经完全走向了反面的丹娅"。湄找到了丹娅，也失去了丹娅，失去了她心目中的英雄。当然，消失的英雄只是表面，因为在丹娅心中，"过去的日子将要一一留在身后，成为遥遥的模糊的图画"，现在怀抱婴儿的自己才是真实的自己。她已经放弃了彼岸的光荣而选择了凡俗人生，"她想她将永远留在此岸，留在此岸。现在她终于汇集到人类行进的大道上，就像一滴水终于进入大海，她感到了前所未有的安全和宁静"。乌托邦英雄的消失是历史的必然，英雄必将从浪漫革命时代回归世俗世界。池莉的《烦恼人生》、刘震云的《一地鸡毛》塑造了一系列世俗的凡人形象。这里的世俗凡人和乡土乌托邦中的凡人不同。乡土乌托邦中的凡人饱含生命的热情，他们能在衣食住行的日常生活中发现美，能在一颦一笑的微观世界中创造美，他们是生活的主人。而在新写实文学的话语中，日常生活已经成为人的对立面。工作、房子、金钱构成一个又一个的障碍，而人在琐碎的日常生活面前全无招架之力，只能穷于应付。即便温情如池莉，也无法抹去横亘在人物内心的无奈的情绪。诗歌中，朦胧诗人之后的第三代诗人也在颠覆朦胧诗人的英雄气质。有论者云:"诗歌的后现代标准仍是鲜明和清晰的。根据我们对后现代诗歌的了解,可以举出:反智性、重体验、重经验的直接性、片段性、反解释、拒绝深度、对自发性的强调、反文化、神秘主义倾向、原始性崇拜、反抽象、对具体性的强调、个人化、内在性。"① 在第三代诗人的文化价值模式中,"个人"已经成为价值的中心,文化所维护的应是个体利益。第三代诗人所谓的"个人"已经不再附着于传统政治、文化的价值基础之上,而是带着生命个体的独立意志,忠诚于个体的生命感受,张扬着个体的欲望。他们所主张的个人,与朦胧诗人所主张的自我具有相当大的差异。朦胧诗人的自我与民族、国家有着不可分割的关联,自我借助与历史的融合而获得了荣耀。而第三代诗人的自我则更为平凡、普通,他们否认朦胧诗人所描摹的人的崇高的主体人格,而肯定了人性的平凡。他们这样总结自己的写作立场:"莽汉诗自始至终坚持站在独特角度从人生中感应不同的情感状态,以前所未有的亲切感、平常感及大范围锁链式的幽默来体现当代人对人类自身生存状态的极度敏感。"② 他们的诗歌世界与真实的生活接轨,塑造凡人形象,挖掘凡人经验,把被朦胧诗人遮蔽的平凡的、普通的、真实的、本原的、琐碎的生活展示出来,从朦胧诗人"英雄"人格书写转向"凡俗"人格书写。

在先锋文学的话语中,人的主体性继续沉落。在余华、苏童、格非的话语世界中,人已经丧失了理性所赋予的高贵,他的智性和德行已然消失,人已经堕落成一个委琐、卑鄙、野蛮的肉体存在。他被欲望所驱使,贪婪、邪恶、暴力、愚昧控制着他的灵魂。而随着人性的全面堕落,社会、历史也必然地丧失进步的动力。"所谓社会发展有历史规律可循的话语受到挑战。某个时代是某种知识类型的产物,是人为的、而非历史必然的。"③ 由人的理性所保障的社会和谐、历史正义失去了其存在的基础,历

---

① 周伦佑:《反价值时代:对当代文学观念的价值解构》,四川人民出版社 1999 年版,第239—240 页。

② 《莽汉主义宣言》,徐敬亚等编:《中国现代主义诗群大观 1986—1988》,同济大学出版社1988 年版,第 95 页。

③ 刘小枫:《"四五"一代的知识社会学思考札记》,《这一代人的怕和爱》,生活·读书·新知三联书店 1996 年版,第 123 页。

史被理解为琐碎、荒诞、混乱、不可理喻、极其偶然的事件的结合。而由
非理性个人所结构的社会，也越来越显示出丑与恶的面目。特别是 90 年代
以来，经济变革加快，商品经济的发展迅速改变了社会构成，金钱至上的
原则统治了社会文化，人的原始欲望日渐膨胀，人的异化现象更为严重。
新时期初期的乌托邦精神迅速衰落，世俗化俨然成为新的文化符号，欲望
成为人类活动的动力来源，它全面扭曲了人性与人伦关系。余华的《兄弟》
是一部用反乌托邦呼唤乌托邦的文本。它描写了两个异化的时代，一个是
"本能压抑、命运惨烈"的"文化大革命"时期，一个是"伦理颠覆、浮躁
纵欲"的商业时代。余华以荒诞的手法描写了两个反乌托邦的世界，涉及了
人性和历史的全面堕落。代表着善与美的宋凡平、宋钢父子，分别成为两个
异化世界的牺牲品。可以说，先锋文学、新写实主义文学的出现，代表了反
乌托邦时代的到来，传统乌托邦的道德理想，现代乌托邦的历史信赖、人的
主体性信仰走进了尴尬时期，正像苏珊·桑塔格所说："我们不再生活在一
个乌托邦的时代，而是生活在一个每种理想皆被体验为终结——更确切地
说，已越过终结点——的时代。"① 乌托邦走向了反乌托邦的历史时期。

　　20 世纪末乌托邦的陷落原因是多方面的。现代乌托邦从它产生的时刻
起，就把一幅完美世界的前景镂刻在不远的将来。它宣称找到了破解历史
危境的密码，它把革命作为进入新世界的途径，它允诺人类以终极的幸
福。而经过百年实践，它所预言的美丽新世界并没有如期而来，乌托邦虚
幻性的一面日益暴露出来，这其中蕴含了乌托邦自身的内在危机。

　　德国的蒂里希就认为，乌托邦有自身的软弱性，就是它的不真实性和
无效性。这体现在两点：其一是它所预设的终极世界的虚假性。因为"如
果把那些意义模糊的暂时性的事物和那些意义明确的终极性的事物混淆起
来，那就不可避免要产生幻灭。我们朝着未来运动和生存，但我们同时又
始终在暂时性因而也是在模糊性中生存，如果把某种初步的事物确立为终
极性的事物，那就会引起幻灭"②。乌托邦过早地把它所设想的理想世界指

---

① ［美］苏珊·桑塔格：《反对阐释》，程巍译，上海译文出版社 2003 年版，第 357 页。
② ［德］蒂里希：《乌托邦的政治意义》，《政治期望》，徐钧尧译，四川人民出版社 1989 年
版，第 219 页。

认为终极世界。在这个理想世界里，人类自产生以来的所有的冲突与危机都得到了最终解决，正像罗伯特所说的，乌托邦"描述的是一个静止和严格的社会，没有任何改革的机会或发展的希望"①。人、自然、社会、自我克服了对立达到了终极和谐，一切已臻完美。而完美即运动状态的消失。显然，乌托邦的完美世界存在着内在的悖论，因为完美是圆满、充足，不完美是不圆满、不足，乌托邦追求完美，或在路上，或已经到达，臻于极至，不能改变。因为改变即意味着不完美、不足，而完美世界的终点即"时间"的消失。现代的发现就是"时间"的发现，时间把过去、现在、未来连接成连续的、统一性的存在。而产生在现代"时间"憧憬之上的乌托邦最终却消解了"时间"，它走到了自己的反面，它显示出自身内在的悖论。其二是它所预设的人性的虚假性。"乌托邦的不真实性还在于乌托邦关于人的形象的虚假性。它在这个不真实的基础之上构筑了自己的思想和行动。"② 乌托邦完美的世界有赖于完美的人性，不管这种完美性是基于传统的道德理性还是现代的科技理性，它至少预设了一种先验的人性。它认为人性之中存在着稳固坚定的善的因子，而由于它的持续的保障，乌托邦才保持了活力。无疑，这样的预设是先验的，更多是想象出来的。乌托邦所预设的完美世界和完美人性，无论在目标上还是在实现的过程中都出现了偏差。当它把一种静止、机械、单调、同一的"完美"世界贡献给历史时，人们也开始感受到完美之后包含的片面与专制。正像某论者所言："人间其实是没有天堂的，理性对感性穿越的话，就是任何社会都不是完美的。我们只能要独特的社会、独特的时代，只能追求独特，不能追求完美。只能追求不同，而不能追求同一，完美是追求不到的，同一也必然是会失败的。"③ 特别是当它以激进暴力的手段实现理想的时候，它不可避免地会导致幻灭。

---

① 〔美〕罗伯特·诺齐克：《无政府、国家和乌托邦》，何怀宏等译，中国社会科学出版社1991 年版，第 325 页。

② 〔德〕蒂里希：《乌托邦的政治意义》，《政治期望》，徐钧尧译，四川人民出版社 1989 年版，第 217 页。

③ 吴炫：《穿越当代"经典"——王蒙式忠诚、梁晓声式信念之局限》，《淮阴师范学院学报》（哲学社会科学版）2004 年第 26 卷第 3 期。

　　我们认为，乌托邦有它的缺陷，然而人类仍然需要乌托邦。我们要扬弃乌托邦内在的片面与专制，而保留乌托邦的精华。乌托邦可以成为客观世界的本质源泉，成为物质世界和社会世界的推动性力量。真正的乌托邦，是站在现实与梦想之间：一方面它关注现实生活，它根植于真实、生机勃勃的人性和生活深处，它倾听大地的呼吸，它有着向一切苦难、喜悦敞开的宽阔的心灵。另一方面它又张望梦想，它以希望、信仰、美、善的光明烛照人间。它拥有不断向更高处升华的力量，它代表着否定、超越、创造、升华，它从不满足于已经达到的境界，而向往更高、更深、更远的世界。"乌托邦的生命与活力，恰恰在于它源自现实又超越现实的升华冲动（欲望）之中。"① 现实主义者和怀疑主义者对一切绝对的东西持有警惕的态度，因而无法全身心地投入，而乌托邦则根植于其坚定的善性信仰而生发出与现实斗争的勇气。它表现了人类内在的本能和创造力，是促使人类进行自我更新的内在动力。乌托邦往往具有超凡脱俗的追求，它们不与现实同流，在理想的激励下发挥创造精神，因而有助于改变积弊，为世界贡献出新的原则。赫茨勒就认为乌托邦为世界贡献了有价值的观念，其中一些成为社会所遵循的普遍原则，比如柏拉图所提倡的"善"、基督教中的"博爱"和平等思想、儒家的"仁"、道家的"自然"、现代启蒙思想中的民主、自由、个性价值等。科学社会主义对苏联、中国的影响巨大，其中包含的民粹主义、反对压迫、剥削、追求阶级平等也具有普世的价值，它极大地促进了社会进步。

　　乌托邦是一种超越性的文化立场，它保持了对世俗社会的警惕，用理想的精神鼓舞人们去创造新世界，它包含的文化意识对建设现代文化具有重要意义。人的生存需要乌托邦，乌托邦根植于人类的需要之中，乌托邦作为一种具有普世价值的精神在后现代语境中仍然具有价值。乌托邦又必须克服自身所容易滋生的空想成分，它必须保持和世界沟通的能力，和人的生命、存在息息相关，既形而上又形而下。它既高蹈凌空、透彻清远，又要平视大地、拥抱凡俗，与真正的生活息息相通、心心相印。人的生

---

① 姚建斌：《乌托邦小说：作为研究存在的艺术》，《北京师范大学学报》（社会科学版）2003 年第 2 期。

命，是从无到有，从有到无，从虚空、混沌、静默的世界又回到虚空、混沌、静默的世界，这样的过程也许正意味着生命流浪的本质。飘泊、寻找、追索，不断地到达，又不断地开始，不断地得到，又不断地失去。"在路上"也许是人的宿命。人类注定是处于无限的欲望旅途中，在信仰与怀疑、意义与虚无、绝望与希望的旅程中奏响着生命的赞歌与哀愁，它既蕴含了悲剧性的成分，又显示了人超越苦难的力量。对于人的精神而言，正是借助这一历程获得新的质素：对于苦难、悲伤、痛苦、不幸、幻灭的承认和承担，对于希望、温暖、光明、和谐的永不磨灭的信仰和追求。对现代人而言，传统乌托邦一定程度的幻灭并非是精神探索的终点，人所具有的超越精神注定要为现代人的生存开拓空间、铺展道路。对文学而言，乌托邦赋予文学以梦想的色彩。乌托邦文学反映人类对美好理想的深切期待和追求，它在意识上表现为对理想社会和人性的价值认知，在情感上表现为对人类美好理想的热烈讴歌和赞美。他们承认人的价值与尊严，相信真善美的统一，追求世界的和谐与秩序，相信正义、公理、自由在人间的意义，把它们当作人生中珍贵而神圣的馈赠。他们往往把热情注入一个完美的世界，它所描绘的是"应然"的世界，是富有象征意味、寄寓人类理想和憧憬的虚拟世界。它与现实主义所追求的"已然"的世界正好构成了人类生活的两极，它以对照的形式反映了人的生存梦想。正如汪曾祺所言："小说之离不开诗，更是昭然若揭的。一个小说家才真是个谪仙人，他一念红尘，堕落人间。他不断体验由泥淖至清云之间的挣扎，深知人在凡庸、卑微、罪恶之中不死去者，端因还承认有个天上，相信有许多更好的东西不是一句谎话，人所要的，是诗。"[①] 文学恰因乌托邦而具有了两种光芒：借助否定精神获得透视丑陋、黑夜、混沌、暧昧不明的深幽处的悲悯，借助超越精神获得美、光明、纯洁与温暖的馈赠。而乌托邦文学正是两者之间——此在与彼岸、超越与拥抱、沉沦与拯救之间——的忠诚于内心的自由的舞蹈。

---

① 汪曾祺：《短篇小说的本质——在解鞋带和刷牙的时候之四》，《汪曾祺散文》，广西人民出版社 2006 年版，第 18 页。

参考文献

一 学术论文

张隆溪：《乌托邦：观念与实践》，《读书》1998 年第 12 期。

张隆溪：《乌托邦：世俗理念与中国传统》，《山东社会科学》2008 年第 9 期。

张全之：《文学中的"未来"：论晚清小说中的乌托邦叙事》，《东岳论丛》2005 年第 26 卷第 1 期。

李江梅：《论文学中的"精神原乡"对当代生态文学圈建设的意义》，《当代文坛》2009 年第 5 期。

姚建斌：《乌托邦小说：作为研究存在的艺术》，《北京师范大学学报》（社会科学版）2003 年第 2 期。

李志斌：《欧洲文学的乌托邦情结》，《外国文学研究》2001 年第 4 期。

王振林：《"乌托邦"思维与普遍伦理》，《吉林大学社会科学学报》（社会科学版）2005 年第 45 卷第 2 期。

耿传明：《清末民初"乌托邦"文学综论》，《中国社会科学》2008 年第 4 期。

耿传明：《清末民初乌托邦文学的类型、源流与文化心理考察》，《中山大学学报》（社会科学版）2011 年第 1 期。

吴晓东：《中国文学中的乡土乌托邦及其幻灭》，《北京大学学报》（哲学社会科学版）2006 年第 43 卷第 1 期。

周志雄：《论文学与理想精神》，《湖北大学学报》（哲学社会科学版）2003年第 30 卷第 1 期。

孟二冬：《中国文学中的"乌托邦"理想》，《北京大学学报》（哲学社会科学版）2005 年第 42 卷第 1 期。

董四代、杨静娴：《现代性、乌托邦与中国社会主义的历史和现实》，《天津师范大学学报》（社会科学版）2008 年第 1 期。

胡全章：《晚清乌托邦小说的主题特征》，《山西师大学报》（社会科学版）2007 年第 34 卷第 4 期。

李仙飞：《乌托邦研究的缘起、流变及重新解读》，《北京大学学报》（哲学社会科学版）2005 年第 42 卷第 6 期。

周均平：《审美乌托邦研究刍论》，《文学评论》2010 年第 3 期。

马治军：《文明转向与文学的乌托邦精神》，《当代文坛》2011 年第 1 期。

单继刚：《社会进化论：马克思主义哲学在中国的第一个理论形态》，《哲学研究》2008 年第 8 期。

武善增：《"文化大革命"主流文学的叙事模态》，《南京师范大学文学院学报》2009 年第 2 期。

王宏图：《左翼都市叙事中的乌托邦诗学》，《杭州师范学院学报》（社会科学版）2003 年第 4 期。

李小青：《当代中国文学批评界对"乌托邦文学"的误读》，《当代文坛》2005 年第 1 期。

凌宇：《二三十年代乡土小说中的乡土意识》，《文学评论》2000 年第 4 期。

梁鸿：《"灵光"消逝后的乡村叙事——从〈石榴树上结樱桃〉看当代乡土文学的美学裂变》，《当代作家评论》2008 年第 5 期。

谢永新：《乌托邦理想社会的文化底蕴》，《学术论坛》1999 年第 2 期。

王又平：《从"乡土"到"农村"——关于中国当代文学主导题材形成的一个发生学考察》，《华中师范大学学报》（人文社会科学版）2003 年第 42 卷第 4 期。

谢有顺：《革命、乌托邦与个人生活史——格非〈人面桃花〉的一种解读方式》，《当代作家评论》2005 年第 4 期。

王学谦：《还乡文学：20世纪中国乡土文学的自然文化追求》，《东北师大
　　学报》（哲学社会科学版）2001年第4期。

王一川：《"伤痕文学"的三种体验类型》，《文艺研究》2005年第1期。

章国锋：《哈贝马斯访谈录》，《外国文学评论》2000年第1期。

胡伟希：《乌托邦的"否定辩证法"——对20世纪上半叶中国知识分子运
　　动的考察与反省》，《华东师范大学学报》2004年第36卷第6期。

李杨：《重返"新时期文学"的意义》，《文艺研究》2005年第1期。

林平乔：《试论朦胧诗人的乌托邦情结》，《嘉应学院学报》（哲学社会科学
　　版）2006年第2期。

靳新来：《新时期文学的苦难叙述》，《学术交流》2006年第7期。

杨经建：《伊斯兰文化与中国西部文学》，《人文杂志》2003年第2期。

张桃洲：《宗教与中国现代文学的浪漫品格》，《江海学刊》2003年第5期。

罗恒伟：《论佛教与藏族文学的影响》，《西藏研究》1997年第3期。

二　著作

［英］莫尔：《乌托邦》，胡凤飞编译，北京出版社2007年版。

［美］乔·奥·赫茨勒：《乌托邦思想史》，张兆麟等译，商务印书馆1990
　　年版。

［美］大卫·哈维：《希望的空间》，胡大平译，南京大学出版社2005年版。

［古希腊］柏拉图：《理想国》，郭斌和、张竹明译，商务印书馆1997年版。

［德］蒂里希：《政治期望》，徐钧尧译，四川人民出版社1989年版。

［美］诺齐克：《无政府、国家与乌托邦》，何怀宏等译，中国社会科学出
　　版社1991年版。

［德］卡尔·曼海姆：《意识形态与乌托邦》，黎鸣、李书崇译，商务印书
　　馆2005年版。

［古希腊］亚里士多德：《物理学》，商务印书馆1982年版。

［美］拉塞尔·雅各比：《不完美的图像：反乌托邦时代的乌托邦思想》，
　　姚建彬译，新星出版社2007年版。

［法］米歇尔·福柯：《疯癫与文明：理性时代的疯癫史》，刘北成、杨远

　　婴译，生活·读书·新知三联书店 2003 年第 2 版。

［美］大卫·雷·格里芬：《后现代宗教》，孙慕天译，城市出版社 2003 年版。

［瑞士］卡尔·古斯塔夫·荣格：《未发现的自我》，张敦福、赵蕾译，国
　　际文化出版公司 2007 年第 2 版。

［古希腊］柏拉图：《柏拉图全集》（第 2 卷），王晓朝译，人民出版社 2003
　　年版。

［古希腊］亚里士多德：《诗学》，陈中梅译，商务印书馆 1996 年版。

［美］斯特伦：《人与神：宗教生活的理解》，金泽、何其敏译，上海人民
　　出版社 1991 年版。

［美］E. 希尔斯：《论传统》，上海人民出版社 1991 年版。

［加］诺思罗普·弗莱：《批评的解剖》，陈慧等译，百花文艺出版社 2006
　　年版。

［法］爱弥尔·涂尔干：《宗教生活的基本形式》，渠东等译，上海人民出
　　版社 1999 年版。

［德］马克斯·韦伯：《学术生涯与政治生涯》，王容芬译，国际文化出版
　　公司 1988 年版。

［美］安德森：《想象的共同体：民族主义的起源与散布》，吴叡人译，上
　　海人民出版社 2003 年版。

［法］吉尔·利波维茨基、［加］塞巴斯蒂安·夏尔：《超级现代时间》，谢
　　强译，中国人民大学出版社 2005 年版。

［俄］巴赫金：《巴赫金集》，张杰编选，上海远东出版社 1998 年版。

［美］卡伦·霍妮：《我们时代的神经症人格》，冯川译，贵州人民出版社
　　2004 年版。

［美］苏珊·布朗米勒：《女性特质》，徐飚、朱萍译，江苏人民出版社
　　2006 年版。

［英］司汤达：《情爱论》，崔士篪译，辽宁教育出版社 1997 年版。

［法］波伏娃：《第二性女人》，唐译编译，北京燕山出版社 2009 年版。

［美］凯特·米利特：《性政治》，宋文伟译，江苏人民出版社 2000 年版。

［美］霍夫：《洞察未来》，许金声译，华夏出版社 2004 年版。

［英］休谟：《人性论》，关文运译，商务印书馆 2006 年版。

［美］克利福德·格尔兹：《文化的解释》，纳日碧力戈等译，上海人民出版社 1999 年版。

［美］乔纳森·卡勒：《结构主义诗学》，盛宁译，中国社会科学出版社 1991 年版。

［匈牙利］阿格妮丝·赫勒：《日常生活》，衣俊卿译，重庆出版社 1990 年版。

［英］戴维·洛奇编：《二十世纪文学评论》，葛林等译，上海译文出版社 1987 年版。

《马克思恩格斯全集》（第 1 卷），人民出版社 1956 年版。

［俄］别尔嘉耶夫：《自由的哲学》，董友译，广西师范大学出版社 2001 年版。

［俄］别尔嘉耶夫：《自我认知——哲学自传的体验》，汪剑钊译，云南人民出版社 1998 年版。

［德］彼得·科斯洛夫斯基：《后现代文化：技术发展的社会文化后果》，毛怡红译，中央编译出版社 1999 年版。

［美］马尔库塞：《审美之维》，李小兵译，广西师范大学出版社 2001 年版。

［美］马尔库塞：《爱欲与文明》，赵林译，农村读物出版社 1987 年版。

［美］费正清：《中国：传统与变迁》，张沛译，世界知识出版社 2002 年版。

Ernst Bloch, *The Spirit of Utopia*, trans. Anthony A. Nassar, Stanford California: Stanford University Press, 2000.

Ernst Bloch, *The Priciple of Hope*, trans. Neville Piaice etc., Cambridge Massachusetts: The MIT Press, 1995.

司马云杰：《价值实现论：关于人的文化主体性及其价值实现的研究》，陕西人民出版社 2003 年版。

朱学勤：《道德理想国的覆灭：从卢梭到罗伯斯庇尔》，生活·读书·新知三联书店 1994 年版。

陈周旺：《正义之善：论乌托邦的政治意义》，天津人民出版社 2003 年版。

武跃速：《西方现代主义文学的个人乌托邦倾向》，上海社会科学院出版社 2004 年版。

衣俊卿：《历史与乌托邦——历史哲学：走出传统历史设计之误区》，黑龙江教育出版社 1995 年版。

陆俊：《理想的界限："西方马克思主义"现代乌托邦社会主义理论研究》，
社会科学文献出版社 1998 年版。

龚群：《道德乌托邦的重构：哈贝马斯交往伦理思想研究》，商务印书馆
2003 年版。

谢江平：《乌托邦思想的哲学研究》，中国社会科学出版社 2007 年版。

章国锋：《于一个公正世界的"乌托邦"构想：解读哈贝马斯〈交往行为
理论〉》，山东人民出版社 2001 年版。

刘怀玉等：《走出历史哲学乌托邦：马克思主义发展观的当代沉思》，河南
人民出版社 2001 年版。

曲庆彪：《超越乌托邦：毛泽东的社会主义观》，北京出版社 1996 年版。

王雨辰：《哲学批判与解放的乌托邦》，黑龙江大学出版社 2007 年版。

李道编：《告别乌托邦》，甘肃人民出版社 1998 年版。

张康之：《总体性与乌托邦：人本主义马克思主义的总体范畴》，人民大学
出版社 1998 年版。

刘小枫：《这一代人的怕和爱》，生活·读书·新知三联书店 1996 年版。

陈正炎、林其锬：《中国古代大同思想研究》，上海人民出版社 1986 年版。

李春青：《乌托邦与诗：中国古代士人文化与文学价值观》，北京师范大学
出版社 1995 年版。

康有为：《大同书》，中华书局 1956 年版。

贺来：《现实生活世界：乌托邦精神的真实根基》，吉林教育出版社 1998
年版。

施茂铭、林正秋编：《莫尔和他的〈乌托邦〉》，商务印书馆 1964 年版。

王一川：《语言乌托邦——20 世纪西方语言论美学探究》，云南人民出版社
1994 年版。

王晓朝：《宗教学基础十五讲》，北京大学出版社 2003 年版。

汪澍白：《毛泽东思想与中国文化传统》，厦门大学出版社 1987 年版。

许纪霖编：《二十世纪中国思想史论》，东方出版中心 2000 年版。

曹文轩：《二十世纪末中国文学现象研究》，作家出版社 2003 年版。

吕大吉等：《中国宗教与中国文化》，中国社会科学出版社 2005 年版。

汪行福：《走出时代的困境》，上海科学院出版社 2000 年版。

何言宏：《中国书写：当代知识分子写作与现代性问题》，中国编译出版社
　　2002 年版。

彭华生、钱光培编：《新时期作家谈创作》，人民出版社 1983 年版。

陈学明等编：《爱是一门艺术：弗罗姆、马尔库塞论爱情》，云南人民出版
　　社 1998 年版。

梁丽萍：《中国人的宗教心理：宗教认同的理论分析与实证研究》，社会科
　　学文献出版社 2004 年版。

欧阳康：《社会认识论：人类社会自我认识之谜的哲学探索》，云南人民出
　　版社 2001 年版。

邓伟志：《近代中国家庭的变革》，上海人民出版社 1994 年版。

刘小枫：《拯救与逍遥》，华东师范大学出版社 2007 年版。

贾平凹、冯有源：《平凹的艺术：创作问答例话》，上海人民出版社 1998
　　年版。

李怡：《现代性：批判的批判》，人民文学出版社 2006 年版。

吕周聚：《现代中国文学沉思录》，齐鲁书社 2007 年版。

孟繁华、程光伟：《中国当代文学发展史》，人民文学出版社 2004 年版。

毛泽东：《民主主义论》，人民出版社 1975 年版。

毛泽东：《论人民民主专政》，人民出版社 1975 年版。

邵荃麟：《邵荃麟评论选集》，人民文学出版社 1981 年版。

紫竹编：《中国传统人生哲学纵横谈》，齐鲁书社 1992 年版。

王建刚：《政治形态文艺学：五十年代中国文艺思想研究》，中国社会科学
　　出版社 2004 年版。

查建英主编：《八十年代：访谈录》，生活·读书·新知三联书店 2006
　　年版。

彭富春：《哲学美学导论》，人民出版社 2005 年版。

丁帆等：《中国乡土小说史》，北京大学出版社 2007 年版。

孔范今等主编：《中国新时期文学思潮研究资料》，山东文艺出版社 2006

年版。

吴义勤主编：《中国新时期小说研究资料》，山东文艺出版社 2006 年版。

常文昌主编：《中国新时期诗歌研究资料》，山东文艺出版社 2006 年版。

王一川：《修辞论美学：文化语境中的 20 世纪中国文艺》，中国人民大学出版社 2009 年版。

戴逸主编：《二十世纪中华学案》（哲学卷 1），北京图书馆出版社 1999 年版。

吴秀明：《转型时期的中国当代文学思潮》，浙江大学出版社 2004 年第 2 版。

费孝通：《乡土中国》，生活·读书·新知三联书店 1985 年版。

张志刚：《宗教学是什么》，北京大学出版社 2002 年版。

马驰：《马克思主义文论》，山东教育出版社 1998 年版。

陆扬：《精神分析文论》，山东教育出版社 1998 年版。

中国作家协会编：《中国作家协会第四次会员代表大会文集》，作家出版社 1985 年版。

秦兆阳：《秦兆阳》，人民文学出版社 1992 年版。

唐达成主编：《中国新文艺大系（1976—1982）·短篇小说集》，中国文联出版公司 1986 年版。

汤学智：《生命的环链：新时期文学流程透视（1978—1999 年）》，郑州大学出版社 2003 年版。

周克芹等著：《新时期获奖小说创作经验谈》，湖南人民出版社 1985 年版。

查小英：《叙述学》，社会科学文献出版社 2001 年版。

王岳川：《现象学与解释学文论》，山东教育出版社 1999 年版。

王岳川：《后殖民主义与新历史主义文论》，山东教育出版社 1999 年版。

胡经之、王岳川主编：《文艺学美学方法论》，北京大学出版社 1994 年版。

王列耀：《宗教情结与华人文学》，文化艺术出版社 2005 年版。

金泽：《宗教人类学导论》，宗教文化出版社 2001 年版。

刘泽华主编：《中国传统政治哲学与社会整合》，中国社会科学出版社 2000 年版。

李世涛编：《知识分子立场：激进与保守之间的动荡》，时代文艺出版社
　　2002 年版。

张灏：《张灏自选集》，上海教育出版社 2002 年版。

周伦佑：《反价值时代：对当代文学观念的价值解构》，四川人民出版社
　　1999 年版。

刘小枫：《诗化哲学》，山东文艺出版社 1986 年版。

孔智光：《理想美学》，山东大学出版社 2002 年版。

衣俊卿：《现代化与日常生活批判》，人民出版社 2005 年版。

陶东风、徐艳蕊：《当代中国的文化批评》，北京大学出版社 2006 年版。

周保欣：《沉默的风景：后当代中国小说苦难叙事》，安徽教育出版社 2004
　　年版。

三　学位论文

张伟：《詹姆逊与乌托邦理论建构》，博士学位论文，北京语言大学，
　　2006 年。

张彭松：《社会乌托邦理论反思》，博士学位论文，清华大学，2004 年。

周黎燕：《中国近现代小说的乌托邦书写》，博士学位论文，华中师范大
　　学，2007 年。

王艳华：《信仰的人学价值意蕴》，博士学位论文，吉林大学，2004 年。

杨静娴：《乌托邦与现代性交织下的马克思主义文化》，博士学位论文，天
　　津师范大学，2009 年。

顾韶阳：《理想与现实——乌托邦与反乌托邦作品中人性的揭示》，博士学
　　位论文，上海外国语大学，2009 年。

周惠杰：《布洛赫乌托邦哲学思想研究》，博士学位论文，黑龙江大学，
　　2008 年。

四　主要作品

阿城：《阿城精选集》，北京燕山出版社 2006 年版。

张一弓：《犯人李铜钟的故事》，时代文艺出版社 2001 年版。

古华：《芙蓉镇》，人民文学出版社 1981 年版。

周克芹：《许茂和他的女儿们》，人民文学出版社 2004 年版。

王蒙：《夜的眼（中国小说 50 强，第 1 辑：1978—2000）》，时代文艺出版社 2001 年版。

丛维熙：《丛维熙》，人民文学出版社 1997 年版。

谷声应、陈利民编：《伤痕》，中国文学出版社 1993 年版。

阎连科：《受活》，春风文艺出版社 2004 年版。

阎连科：《瑶沟人的梦》，春风文艺出版社 2007 年版。

阎连科：《最后一名女知青》，百花文艺出版社 1995 年版。

丛维熙：《文学的梦》，江西人民出版社 1985 年版。

苏叔阳：《我的人生笔记：燃烧是美丽的》，时代文艺出版社 2007 年版。

张贤亮：《张贤亮文集》，甘肃人民出版社 1998 年版。

高晓声：《高晓声精选集》，北京燕山出版社 2006 年版。

洪子诚、程光炜编选：《朦胧诗新编》，长江文艺出版社 2004 年版。

顾城：《顾城文选》，北方文艺出版社 2005 年版。

顾城：《顾城作品精选》，湖北长江出版集团长江文艺出版社 2007 年版。

李国文：《自由谈文学》，文化艺术出版社 2001 年版。

李国文：《李国文》，人民文学出版社 1991 年版。

巴金：《随想录》，人民文学出版社 2000 年版。

鲁彦周：《彦周文集》，安徽文艺出版社 2003 年版。

迟子建：《我的世界下雪了》，山东画报出版社 2005 年版。

李佩甫：《李佩甫》，人民文学出版社 1996 年版。

贾平凹：《贾平凹文集·寻根卷》，中国文联出版公司 1995 年版。

迟子建：《向着白夜旅行》，河北教育出版社 1995 年版。

迟子建：《微风入林》，春风文艺出版社 2005 年版。

迟子建：《逝川》，长江文艺出版社 1996 年版。

迟子建：《迟子建影记》，河北教育出版社 1998 年版。

迟子建：《女人的手》，明天出版社 2000 年版。

迟子建：《格里格海的细雨黄昏》，江苏文艺出版社 2003 年版。

迟子建：《朋友们来看雪吧》，解放军文艺出版社 1999 年版。

黄蓓佳：《没有名字的身体》，人民文学出版社 2003 年版。

李国文：《冬天里的春天》，人民文学出版社 1981 年版。

张洁：《无字》，北京十月文艺出版社 2005 年版。

张洁：《无字我心》，陕西人民出版社 1995 年版。

梁晓声：《站直了不容易》，文化艺术出版社 2004 年版。

王蒙：《我的人生笔记》，时代文艺出版社 2008 年版。

残雪：《残雪》，人民文学出版社 2000 年版。

张弦：《张弦代表作》，河南人民出版社 1994 年版。

《梁晓声知青小说选》，西安出版社 1993 年版。

斯妤：《倾心相告》，中国青年出版社 1995 年版。

张抗抗：《情爱画廊》，时代文艺出版社 2006 年版。

张炜：《批评与灵性》，文汇出版社 2005 年版。

张承志：《辉煌的波马》，江苏文艺出版社 2003 年版。

张承志：《张承志散文》，人民文学出版社 2005 年版。

张承志：《金牧场》，时代文艺出版社 2001 年版。

张炜：《九月寓言》，上海文艺出版社 1993 年版。

张承志：《张承志回族题材小说选——回民的黄土高原》，青海人民出版社
　　1993 年版。

张承志：《金草地》，北岳文艺出版社 2001 年版。

阿来：《空山》，人民文学出版社 2005 年版。

阿来：《阿来文集》，人民文学出版社 2001 年版。

阿来：《尘埃飞扬》，四川文艺出版社 2005 年版。

阿来：《尘埃落定》，人民文学出版社 2003 年版。

扎西达娃：《骚动的香巴拉》，作家出版社 1993 年版。

扎西达娃：《西藏，隐秘岁月》，长江文艺出版社 1996 年版。

虹影：《康乃馨俱乐部》，江苏文艺出版社 2005 年版。

陈染：《私人生活》，江苏文艺出版社 1997 年版。

陈染：《嘴唇里的阳光》，作家出版社 2001 年版。

林白：《一个人的战争》，江苏文艺出版社 1997 年版。

林白：《秘密之花——林白散文集》，新华出版社 2005 年版。

虹影：《双层感觉》，中国华侨出版社 2000 年版。

舒婷：《舒婷的诗》，人民文学出版社 2000 年版。

北岛：《北岛诗歌集》，南海出版社 2003 年版。

顾城：《顾城的诗》，人民文学出版社 1998 年版。

后　记

这本书是我的博士毕业论文，并作为教育部人文社科基金项目的成果得以出版。三年前于山师求学的经历仍然历历在目，学校、老师、图书馆所结构的奇妙的语言空间，以及隐现于后的家庭、生活的重担，它们纠结在一起，痛并快乐着，告诉我生存、生活、学习的秘密。一切不再像少年时代的简单和纯粹，中年的悲欢、求索，艰辛和隐藏其中的不得不的、必需的坚韧和承担。

仍然要说，研究文学实际上就是追踪人的灵魂的密码。我总是好奇于那些怀有奇妙的语言魔力的作家，他们所勾画的世界，所传递的热情，总会引起人们探索的冲动。而一个研究者在选取他的对象时，一定会与他的研究对象产生奇妙的共鸣。对于我来说，乌托邦精神就是希望的精神，就是在痛苦中孕育的向往，在泪水中绽放的微笑，在黑夜中闪烁的光芒，那些在长长的、孤独的旅程中不变的依赖与信仰。尽管这信仰似乎存有它虚弱的地方，因为，人们在千百次执着地追求之后，有时竟然发现，那隐藏在梦想之后的千疮百孔的真实。尽管这样，我仍然会在千百次的失望之后再次出发，踏上追寻之旅。只要活着，就不放弃梦想，这正是乌托邦带给我的启示。特别是现在，在学业、工作告一段落，在每一个迷茫、沉重，希望似乎微渺、前路迷离的暗夜时刻，我会再一次仁望乌托邦，那来自遥远星空的启喻。用梦想引路，哪怕赤足亦要拥抱，哪怕泪流亦要行走。

再次感谢我的导师吕周聚老师，我的学习生涯中有很多老师，他们给予了我很多启迪，然而吕老师确是对我帮助最多的老师。在求学期间，是吕老师纠正了我过于散漫的天性，告诉我学术研究中与自由的心灵同样重要的严谨。特别是在论文的修改中，吕老师几乎是一字一句地反复检查，大到文章的结构，小到标点符号，其间付出的时间、心血我铭记在心。在他细致的教导下，我逐渐地拥有了谨慎的思考和严格的规范。感谢师母，我总记得她美丽的笑容，聚会时亲切的话语，是她的温良细腻化解了我们内心丝丝缕缕的焦虑，感受到与学习同样重要的生活的魅力。毕业后，又是吕老师关心我的成长，督促我进行论文的修缮、弥补，惭愧的是，这几年忙于琐屑事务，心浮气躁，未能按照原有的计划进行大范围的修改，只做了局部的调整。幸运的是我的下一个课题与此密切相关，希望通过进一步的研究提升学术认识。

感谢朱德发老师、吴义勤老师、魏建老师、王万森老师、房福贤老师、李掖平老师、王景科老师，在葱葱郁郁的校园内，各位老师为我打开了一扇扇窗户，引领我走进了奥妙的文学世界，领会思想的美、语言的美。

本书的一部分内容已在《山东社会科学》《学习与探索》《云南社会科学》《宁夏大学学报》《山东大学学报》《中共济南市委党校学报》《济南大学学报》等杂志发表，感谢编辑刘光磊老师、修磊老师、张东丽老师、杨旻老师、岩宏老师、马晓黎老师、谢雨佟老师的辛勤劳动。

感谢北京大学的陈晓明老师、武汉大学的陈国恩老师，他们给予我宝贵的意见。感谢济南的文学院的领导和同事，本书的出版也得到了学院的大力支持。

感谢我的家人们，我的母亲、爱人和我亲爱的儿子。是他们承担了家务劳动，减少了我的负担，是他们谅解了我写作期间的恶劣情绪，陪伴我度过这段有意义的时间。在这样一个极速变化、一切永恒都转变为短暂的时代，家仍是一片温柔的灯火，需要我们温柔地维系，我们仍要前行，共同成长。

李　雁

2014 年 10 月